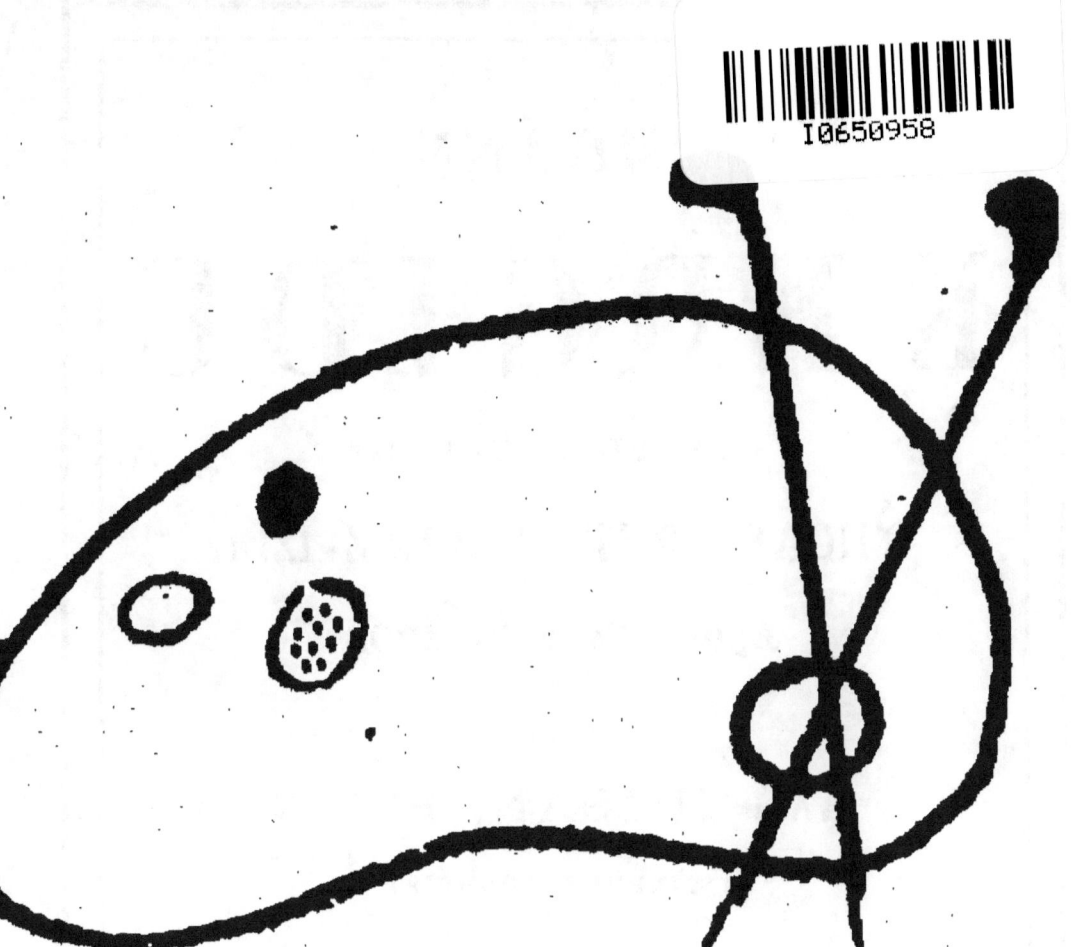

Couvertures supérieure et inférieure
en couleur

EMGANN
KERGIDU

HA TRAOU-ALL

C'HOARVEZET E BREIZ-IZEL

Epad dispac'h 1793

GANT

LAN INISAN, BELEK

A VINEVEZ-LOCHRIST

✿ ✿

BREST | **KEMPER**
J. B. HAG A. LEFOURNIER | E TI IANN SALAUN
Leorierien | Leorier
86, ru Vraz, 86 | 56, ru Kereon, 56

1878

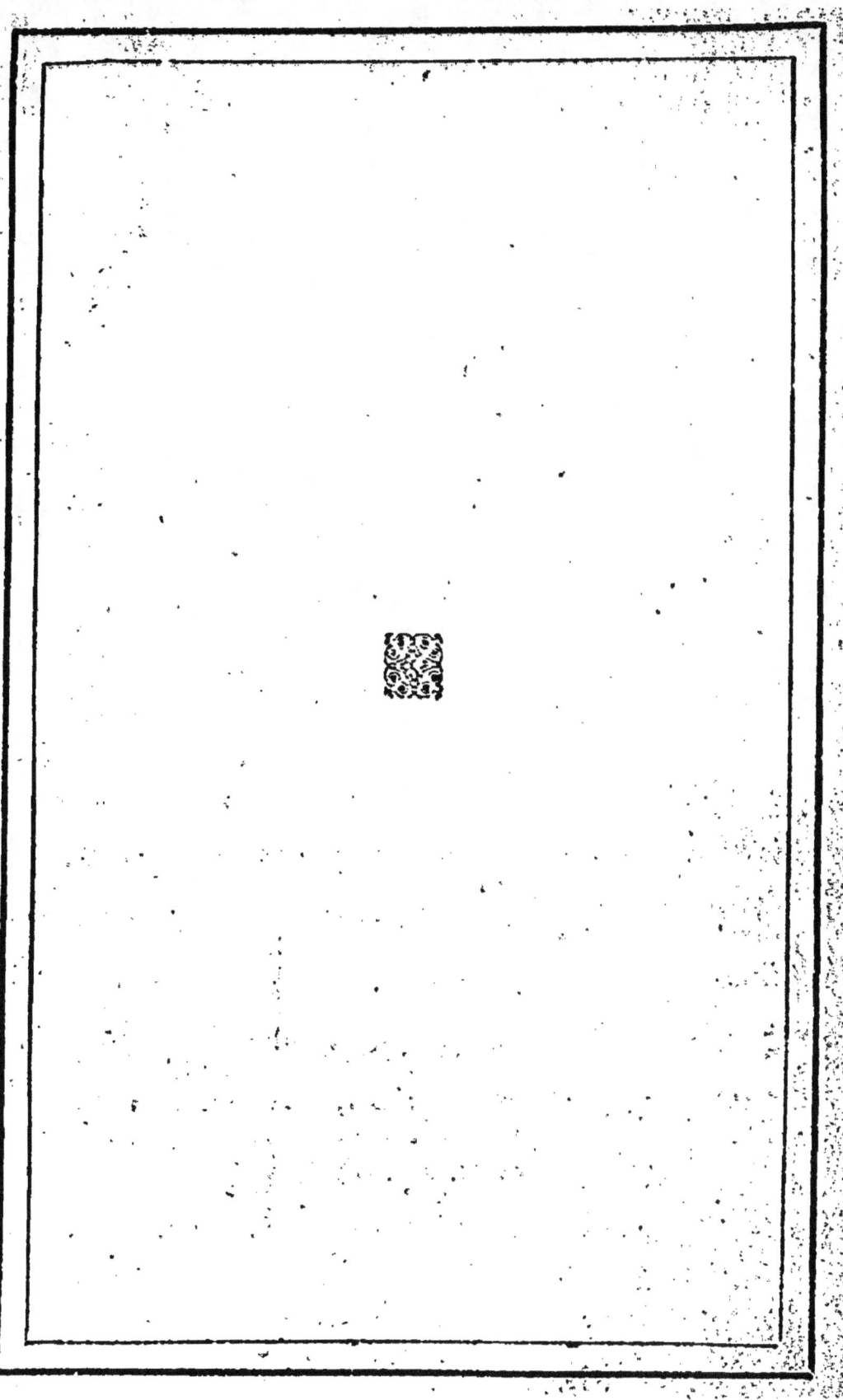

EMGANN KERGIDU

EMGANN
KERGIDU

HA TRAOU-ALL

C'HOARVEZET E BREIZ-IZEL

Epad dispac'h 1793

GANT

LAN INISAN, BELEK

A VINEVEZ-LOCHRIST

BREST	KEMPER
J. B. HAG A. LEFOURNIER	E TI IANN SALAUN
Leorieriea	Leorier
86, ru Vraz, 86	56, ru Kereon, 56

1878

PROPRIÉTÉ

ÉVÊCHÉ DE SAINT-BRIEUC & TRÉGUIER

Saint-Brieuc, 4 Mai 1878.

MONSIEUR L'ABBÉ,

C'est avec une vive satisfaction que je vois notre littérature bretonne s'enrichir d'un nouveau volume, écrit en excellent style, et faisant vibrer toutes les cordes religieuses et patriotiques de notre Bretagne.

Vous ne pouvez douter de mon approbation, après le rapport si flatteur de M. Chatton, mon vicaire général.

Si je ne puis encore le lire couramment, parce que les affaires viennent toujours interrompre mes études de *Brezonek*, j'en traduirai toujours quelques pages, et, comme dans votre premier volume, j'y trouverai de nobles sentiments traduits en langage correct et énergique.

Vous contribuerez pour votre part à rajeunir notre antique idiome, qui, en traversant les siècles, s'est laissé envahir par des mots exotiques. Quelques-uns prédisent sa mort : qu'ils se rassurent ! Le *Brezonek*, expression du génie de la Bretagne, vivra autant que cette race immortelle.

> *Ni zo bepred*
> *Bretouned,*
> *Bretouned, tud kaled.*

Je bénis l'œuvre et l'auteur.

† AUGUSTIN,
Évèque de Saint-Brieuc et Tréguier.

EMGANN KERGIDU

KENTA PENNAD

Trelaouenan. — Koajou Kermenguy

Evel am euz lavaret d'eoc'h, eur guehenn vad ac'hanomp a ioa eat da ambrouk Canclaux betek Kermoruz, e kichen Kastel. En em gavet eno, an Aoutrou de Kerbalanek a lavaraz oa guelloc'h d'eomp dont enn dro gand aoun na viche deuet, euz a Vontroulez, soudarded da Canclaux, evel a ioa deuet euz a Lesneven, rak neuze e viche eaz d'ezhan ober an dro d'eomp, kelc'ha ac'hanomp, trec'hi ac'hanomp hag hor laza-oll enn eun taol.

Dont a rejomp ive-ta enn dro dre an hent braz, oc'h en em ziouall evelato hag o sellet piz enn dro d'eomp. P'en em gafchomp e Kergidu,

oa sioul an traou, ne dregerne ken an drao-
nienn gand ar iouc'herez, an tennou fuzil hag
an tennou kanol; n'oa den var vale e neb leac'h;
ne velet nemet guez dibennet, kleuziou freuzet,
parkeier turriet evel pa viche bet e pep hini
kant penn-moc'h gouez oc'h ober ho ebad. Var
an hent braz oa aridennadou ruz a deue euz an
neac'h d'an traon, great gand goad ar re euz
an daou du a ioa kouezet enn emgann. Den na
c'helle lavaret : Heman eo goad ar c'houeriad,
heman eo goad ar zoudard.....

Ar guel euz an traou-ze a c'hlac'hare hor
c'haloun, ha ne zalejomp ket pell el leac'h
m'oamp en em gannet ker kalounek dioc'h ar
mintin. Diskenn a rechomp d'an traon hep sonjal
hor boa freuzet ar pount er penn kenta euz an
emgann. N'hor boe ket a geuz, rak Canclaux en
doa lezet unan euz he girri da ober pount e
Kergidu; e fesoun, n'en doa ket bet a amzer
d'her c'has ganthan. Ni a icaz dreisthan enn
tu-all, ha goude-ze a grogaz enn he limonou
hag hen stlapaz er ganol, evit miret ouc'h
Canclaux da zont dre an hent braz ma teuche
c'hoant d'ezhan da zont var hor lerc'h.

Distrei a rechomp neuze divar an hent braz
evit mont da vourk Trelaouenan. Eno oa an

oll glac'haret, rak an oll a c'houie hon doa kollet e Kergidu. Clederiz ha Plouescadiz a ioa eat d'ar gear dre an hent-se. Hon-unan oa du hor penn ha laosk an tamm ac'hanomp. O velet kement-se, an Aoutrou de Kerbalanek hor galvaz-oll, hon destumaz enn dro d'ezhan, hag a lavaraz d'eomp :

— Guelet a ran var ho penn eun ear nec'het; koulskoude ne ket kaloun a vank d'eoc'h, hen diskouez oc'h euz great abaoue an derveziouman; eun dra epken a vank d'eoc'h : hini ac'hanoc'h marteze n'en deuz sonjet n'oc'h euz debret tamm abaoue deac'h da noz, ha koulskoude oc'h en em gannet evel goazed a benn hag a galoun. Petra fell d'eoc'h? Korf an den ne ket evit harpa aliez keit hag he ioul; izomm oc'h euz, kerkouls ha me, hen anzao a ran hep mez evidoun, euz a eun tamm-bennag d'en em grenvaat. Ha mar deuz unan-bennag e bourk Trelaouenan hag en defe eun tamm bara da rei d'eomp da zibri, e rafe eur vad vraz d'eomp oll.

Kerkent ha m'oue klevet kement-se, an oll en em hastaz da lavaret :

— Deut du-man, deuit du-man, hag ho pezo da zibri ha da efa kement ha ma karfot.

Ha peb hini a groge e tri, pevar, pemp ha c'hueac'h ac'hanomp evit hor c'has gant-han d'he di.

O velet ac'hanomp oll o vont enn tiez, an Aoutrou de Kerbalanek a lavaraz d'eomp :

— Goazed, gouzout a rit hon euz ambrouget Canclaux betek Kastel ; mez mar deuz deuet d'ezhan soudarded-all a Vontroulez, e tigaso anezho var hor lerc'h ; ha ma tigouezont var-nomp aman epad ma vezimp oll o tibri enn tiez, hor lazint-oll ive hep ma c'hellimp en em zifenn. Me garfe e chomfe an drederen ac'hanomp da zibri ho zamm aman var an hent, ha ma tigouez soudarded Canclaux varnomp, e vezint avoualac'h evit en em zifenn eur pennad, da c'hedal ma vezo ar re-all deuet d'ho zikour.

— Ia, ia, mad ha guir a livirit, Autrou de Kerbalanek, eme an oll. N'oc'h euz nemed hen-vel ar re a gerfot, oll e chomimp a galoun vad.

— Mad, neuze me a jomo va-unan var an hent gand paotred Plouvorn, tud va bro, ha re Guikourvest. Ar re-all a c'hell mont enn tiez da zibri ha da chana.

Kerkent al loden vrasa ac'hanomp a icaz gand tud Trelaouenan d'ho ziez : d'an Aoutrou de Kerbalanek ha d'ar re a ioa chomet ganthan, e oue digaset da zibri ha da efa kement ha ma karient.

Nag e oue debret c'houek an tamm bara-ze! Nag e oue kavet mad! Bennoz Doue da dud 'Trelaouenan da veza bet ker kalounek ha ker mad enn hor c'henver! Ho zamm bara en doa digaset buez ennomp.

E miz meurs e teu buan an noz. Erru oa an abardavez ha mall oa d'eomp klask hol lojeiz enn tu pe du. N'oamp ket evit chom o bourk 'Trelaouenan, rak re dost edomp da Gastel ha da Gergidu, ha n'oamp ket breman avoualac'h a dud evit herzel oue'h Canclaux hag he zoudar-ded. Da beleac'h ez aimp-ta?

An Aoutrou de Kerbalanek, goude m'oa achu hor pred gancomp, hor galvaz oll enn dro d'ezhan hag a lavaraz d'eomp en eur c'hoarzin:

— Alo, paotred, peger buan e sao an tamm bara an den var he dreid! Bremaïk edoc'h o vont da goueza var ho penn, ha breman eman adarre an tan enn ho lagad. Guell a-ze, rak emgann Kergidu, mar d'eo bet ar c'henta, ne vezo ket an diveza, da viana evidon-me.

— Nag evidomp-ni ken nebeut, eme an oll.

— Nag evidoc'houi! Tridal a ra va c'haloun oue'h ho klevet. Lakeat oc'h euz ive 'ta mad ha

stard enn ho penn difenn betek ar maro ho
Toue, ho relijion, ho roue hag ho pro?

— Ia, ia, Aoutrou de Kerbalanek, betek hon
huanad diveza. Fisiout varnomp a c'hellit, ha
n'hon euz ken mall nemed da skei adarre var
soudarded ar republik.

— Vad a ra d'am c'haloun ho klevet, mez
selu aman eun dra. Varc'hoaz hag en dervesiou
varlerc'h, Canclaux a guzo soudarded ha tud
euz he berz e pep parrez hag e pep ti euz pep
parrez, marteze da c'houlen hanoiou ar goazed.

Ma ne vezit ket er gear p'en em gavo den
Canclaux, e vezo lavaret edoc'h e Kergidu hag
e vioc'h barnet d'ar maro, me gred. Guelloc'h,
a gaf dign, eo mont d'ar gear, d'an nebeuta d'ar
re a zo dimezet, ha d'ar re-all a zo muia izomm
anezho. Pa vezo red, me ho kalvo adarre.

— Ha c'houi, petra a reot?

— Me a jomo e kuz aman hag ahount, el
leac'h ma kavo dign e vezo an casa koueza
var Canclaux hag he zoudarded.

— Ni a raio eveldoc'h, eme eur vandenn dud
iaouank.

— Ne fell ket dign oc'h alia re, rak gouzout
a ran e vezo poan. Aliesoc'h marteze e rankimp

kousket er meaz, etouez al lann, eget enn eun
ti, etre diou linser.

— N'euz fors, ni a jomo gancoc'h, a en em
ganno gancoc'h betek ar maro.

— Ne zalc'hign ganen nemed ar re a zo gal-
vet da vont da Gastel d'an tenna d'ar *sort*, hag
ar re a zo bloaz pe zaou iaouankoc'h, rak ar
re-ze, ma ne jomont ket ganen-me, a vezo
kaset a bell bro da veza soudarded d'ar repu-
blik, ha da ober el leac'h-all ar pez a rank ar
zoudarded ober dre aman, enn despet da zarn
anezho marteze.

— Bikenn! bikenn, ne daimp da zoudarded
ar republik.

— Nann, n'oc'h euz ket a c'hoant da vont e
mesk tud hag a ra kement a draou fall; abala-
mour da-ze e talc'han ac'hanoc'h ganen, mez ne
jomo nemedoc'h; ar re-all a alian da zistrei
fenoz pep hini d'ho gear.

— Ni a jomo ive, ni a jomo ive.

— Nann, ne fell ket dign, abalamour m'euz
lod ac'hanoc'h dimezet ha m'euz izomm er gear
euz a lod-all evit gounit eun tamm bara d'ho
zadou ha d'ho mammou. Hag ouc'penn-ze, pe-
naoz e c'hellfenn-me beva kement-all a dud?
Nann, nann, bezit sentuz, goazed; va c'hredi

a c'hellit, ne espernign ket ac'hanoc'h pa vezo
red. Daoust hag er mintin-man n'em euz ket
lavaret d'coc'h lammet var soudarded Canclaux?
Koulskoude e c'hellac'h beza lazet; ha meur a
hini, siouaz! a zo chomet var an dachenn. N'em
euz ket bet a druez ouzoc'h pa ranket en em
ganna, ar memez tra a rign adarre pa vezo red.

— Mad, diez e kavomp ho kuitaat.

— Soublit ho penn, ha sentit ouzign.

— Ha c'houi, da beleac'h ez eot?

— Setu aman petra m'euz sonjet : red eo
d'comp klask golo enn eur vro vad, ekreiz an
dud a zo a du gancomp, evit ma vezo easoc'h
d'comp kaout eun tamm boued ha klevet kelou
euz a zoudarded ar republik. Me gaf dign al
leac'h braoa evidomp, eo koajou Kermenguy.
Eno e vezimp etre Plougoulm, Sibiril, Cleder,
Plouescat, Guinevez, Sant-Nouga, Guitevede
ha Plouvorn. Ma ne c'helleur ket dont euz a
eun tu d'hor c'haout, e teuor, me gred, euz a
eun tu-all, hag, er c'hiz-se, hor bezo bevanz
ha keleier. An Aoutrou de Kermenguy goz
n'eman ket er gear, evit guir, rak, evel a c'hou-
zoc'h, ranket en deuz tec'het da Vro-Zaoz,
abalamour m'en deuz roet skoazel d'an Aoutrou
de la Marche, eskop Kastel, da gemeret an

teac'h, ha m'en deuz klasket eul lestr d'ezhan da
dreuzi ar mor. Eur goall goll eo an dra-ze evi-
domp, rak he vugale a zo iaouankik-flamm.
Mez he verourien en deuz kemennet mad, hag
ober a raint evidomp ar pez a c'hellint da ober.

— Mad, Aoutrou de Kerbalanek, pa ranker
senti ouzoc'h, her greomp. Ne ankounac'haimp
ket ac'hanoc'h, ha d'hon amezeien a dro-var-
dro, e lavarimp e peleac'h e viot. C'houi ne
ankounac'haot ket ac'hanomp ken nebeut; fi-
zianz hon euz er pez oc'h euz lavaret d'eomp.
Kenavezo! ar c'henta ar guella.

— Kenavezo, tud a galoun!

Araok en em zispartia oamp en em glevet
evelhen : Pa deuche unan-bennag, enn noz pe
enn deiz, da zigas d'eomp bevanz pe geleier, ne
dlie ket dont he-unan, mar gelle, mez atao
digas ganthan eun all pe zaou. Sevel a dlie, enn
eun tu-bennag, e ribl ar c'hoajou, var eur
c'hleuz; ha neuze, houpa teir gueach ha distag,
o tifreza houpadenn ar gaouenn. Goude an trede
gueach, ni a dlie houpa d'hon tro, eur veach
epken, evit diskouez hon doa klevet hag e pe-
leac'h edomp. Ma ne houpachemp ket, e tliet
reded a-hed ar c'hoajou hag ar goaremmou a
dro-var-dro, enn eur houpa atao teir gueach,

an eil varlerc'h eben, ken na glefchet ac'hanomp oc'h ober eun houpadenn. Pa vichemp klevet, e tliet dont varzu ennomp oc'h houpa atao eur veach enn amzer, ha ni a dlie respount bep tro goustatoc'h goustata, dre ma tostachet ouc'h al leac'h ma vichemp ennhan. — Unan-bennag a dlie chom var eur c'hleuz evit ober ar ged, ha diouall na gouesche an dispac'herien varnomp. Hennez, ma velche pe ma klefche eun dra-bennag, a dlie leuskel c'hueac'h pe zeiz houpadenn stag-oc'h-stag, evel ar gaouenn o vont kuit pa vez spountet gand eun dra-bennag. Goude-ze e tlie en em ruza a-hed ar c'hleuziou evit gouzout e pe du e troche ar *zitoyaned*. Ma teuchent varzu ennomp, e tlie kenderc'hel da houpa c'houeac'h pe zeiz gueach stag-oc'h-stag, ha ni a dlie tec'het guella ma c'hellchemp. Mar dachent abiou, pa vichent eat pell avoualac'h, e tliet, evel er veach kenta, houpa teir gueach distag.

Evel a velit, an traou a lakeamp enn urz vad araok en em zispartia. Eun dra-all a rejomp c'hoaz : rei a rejomp hor ger an eil d'eguile da zifenn bepred, hag e pep leac'h, betek ar berad diveza euz hor goad, hon Doue, hor relijion hag hor roue. Goude-ze e kimiadchomp an eil

dioc'h egile, ha me her lavar d'eoc'h, ne oue ket
hep doan. Lod a iea d'ar gear da gaout ho zud,
ha lod-all a iea, evel bleizi, da loja er meaz
etouez al lann pe ekreiz ar c'hoajou….

Ni a deuaz da goajou Kermenguy, hag en
eur vont ee'h ejomp d'ar Gear-a-Draon da
gere'hat peb a vriad kolo da astenn azindan-
omp, evit en em viret dioc'h glebor an douar.
Araok gourvez var hor c'huchenn golo, an
Aoutrou de Kerbalanek a lavaraz d'eomp :

— Leveromp hor pedennou evit trugarekaat
an Aoutrou Doue da veza herrio hon diouallet.
Ne ankounac'haomp ket ken nebeut hor mi-
gnouned, ha leveromp eun *De Profundis* evit ar
re a zo marvet e Kergidu.

Meur a veach em euz pedet a greiz kaloun, a
gaf dign : nepred ne zilezan va fedennou ; ne
gredan ket evelato e ve biskoaz deuet euz va
c'haloun eur beden ker c'houek hag an hini a
riz enn abardavez-se e koat Kermenguy.

Skuiz oamp, ne ket souez : kousket
c'houek a rejomp oll betek antronoz vintin;
nemed unan achanomp, pep hini d'he dro, a
ioa chomet dihun evit ober ar ged. Ne viche
ket bet red beza kement-se var evez, rak ne
oue klevet netra nemed chilpadenn skiltruz al

louarn o reded varlere'h ar c'had pe al lapin,
hag houpadenn kanvaouuz ar gaouenn var dro
maner Kermenguy. Al loened gouez a ioa
dinee'h; ne gouient ket e ranke kristenien dont
da loja er meaz eveld'ho, e kreiz ar c'hoajou
hag e mesk al lann.

Kerkent ha m'ouemp savet divar hor c'hu-
chenn golo, an Aoutrou de Kerbalanek a lavaraz
adarre ar pedennou a vouez huel, evel m'ho
leverour e pep ti kristen. Hen eo a ranke ho la-
varet, abalamour m'oa hen ar mestr varnomp,
rak n'oa chomet belek ebed gancomp. Ar re a
ioa eat d'ar gear, enn dere'hent da noz, o doa
ho c'haset gant-ho, abalamour, a lavarent, ma
tlie ar veleien mont adarre da guzet enn tiez
m'oant boazet da veza enn-ho araok. Er c'hiz-
se, emez-ho, e viche easoc'h ho c'haout pa viche
tud klan da gofez, pe eur vadiziant da ober, rak
an dud a gouie pell a ioa e vezent enn tiez-se;
eleac'h o chom gancomp-ni, ne viche ket eaz
ho c'haout pa viche izomm, rak eveldomp-ni,
o diviche ranket marteze reded euz an eil goa-
remm enn eben, euz an eil koat enn egile, dioc'h
ma viche kouezet beac'h varnomp; hag evelse
e viche diez gouzout da beleac'h mont d'ho
c'hlask. N'o doa ket hon dilezet evit-se, pell

ac'hano. Lavaret o doa d'comp e klefchent, gand an dud, ma vichent enn ho zies, peur e viche eun emgann-all, ha neuze e teuchent adarre a greiz ho c'haloun d'hor c'haout hag e chom-chent gancomp, keit ha ma viche tennou ha taoliou.

Goude hor pedennou, ec'h en em lakejomp da zibri peb a damm. Hor fest ne oue ket druz, va c'hredi a c'hellit; n'hor boe da zibri nemed bara torz hag eun tammik bian a gik. Tud Trelaouenan o doa roet d'comp kement a ioa enn ho zi, evit guir, mez n'edont ket o c'hortoz ac'hanomp-ni; dre-ze n'ho doa poazet nemed evel m'oant boaz da ober evitho ho-unan. Ha petra oa an dra-ze evit eur vandenn dud iaouank eveldomp-ni, toullet frank ho gouzouk gand al labour o doa bet en deiz araok e Kergidu ha var hent Kastel? N'euz forz, gand ar pez a ioa, e oue ranket ober, ha den n'en em glemmaz.

Hed an deiz e chomchomp da chana, da bura hor fuziliou, da glenka mad hor poultr hag hor boledou, ha da zibria hon dillad kaillaret-oll e Kergidu.

Antronoz, mintin mad, Paol Monot, euz a vilin Kerveneur, hag ho zaou genderf, Lell ha Loïs, euz a Gerliviri, a deuaz da zigaz boued d'comp ha da gounta d'comp petra a ioa a nevez o kreiz hor c'hoat; evel guechall an ermited enn dezert, ne glevomp hano a netra.

Paol a gountaz d'comp oa tremenet dre Blouescat, enn dervez araoc, eur vandenn vraz a zoudarded, hag a rea freuz dre ma'z eant. Den ne grede ken breman herzel out-ho; lacrez kemen a gavent, goall lakaat an dud a reant hed an hent. P'oant en em gavet var Bount-Christ, ec'h en em rannehont etre diou lodenn : unan anezho a icaz varzu Goulc'han, Plouneour ha Kerlouan; eben a gendalc'haz da vont var eeun gand an hent braz varzu Lesneven. Da beleac'h ez eant e guirionez? Paol ne oue ket evit her lavaret d'comp.

O klevet kemen-se, e savaz ar goad d'hor penn. Oll hor boa c'hoant da vont dioc'h-tu var-lerc'h an diou vandenn-ze, da lammet varnezho, an eil varlerc'h eben, ha d'ho douara ho diou, araok m'en diviche klevet den edomp var ho lerc'h. N'oa ket hennez mennoz an Aoutrou de Kerbalanek. An diou vandenn soudard-se, emez-han, goude beza en em rannet, a c'hell en em gaout adarre an eil gand eben, pa'z eo guir n'ouzomp ket da beleac'h ez eant. Ha petra omp-ni a enep kemen-all a dud? Hag ouc'hpenn, piou a c'hell lavaret n'euz ket deuet var ho lerc'h, euz a Gastel, eur vandenn-all? Ar guella eo ive-ta chom sioul, ken na vezo klevet eur c'helou-all bennag sklearoc'h.

Paol Monot n'oa evit lavaret d'comp nemed ar pez en doa klevet. Var dro eiz heur ez eaz kuit gand he zaou genderf, an dour enn he zaou-lagad; diez e kave, a lavare, mont d'ar gear ha lezer ac'hanomp-ni da loja er meaz evel loened gouez.

Var dro div heur e klefchemp iouc'herez, cholori ha jabadao var dro ar Vengleuz. Tre-gerni a rea ar vro gant-ho a dro-var-dro, adalek Milin-an-Tour betek Milin-Sioc'han, a-hed traonienn Keraouell. Hini ac'hanomp ne c'helle gouzout petra oa an trouz-se. Var dro teir heur-hanter, e klefchomp, var dro Berven, an tennou o vont enn dro, ken stank ha ker stard, ma kavaz d'comp edor oc'h en em ganna. Lagad an Aoutrou de Kerbalanek a verve enn he benn, o lavaret d'comp :

— Paotred, hor breudeur o zo e krok ouc'h ar republikaned; ha chom a raimp-ni aman?

— Nann, nann, eme ni a-unan, d'comp araok!

— E doare eman ho fuziliou, d'comp ive-ta

enn hent d'en em ganna gand hon tud, da ver-
vel gant-ho, mar d'eo red.

Ha ni enn hent a-drenz ar c'hoajou hag ar
goaremmou. Edomp eat eur pennad mad dija,
pa glefchomp houpadenn ar gaouenn. Chom a
rejomp a za. Houpa a rejeur adarre teir gueach
distag.

— N'euz droug ebed, eme an Aoutrou de
Kerbalanek. Respountomp hag e klevimp petra
a zo a nevez.

Ne jomchomp ket pell da c'hedal. Abarz ne-
meur ec'h en em gavaz enn hon touez Olier
Conseil, euz a Sant-Nouga, hag a lavaraz d'eomp
en doa great Canclaux, gand he zoudarded,
bandennou a zaou-ugent pe hanter-kant den,
hag a c'haloupe ar vro en eur laerez kement a
gavent, hag en eur gregi enn dud evit ho c'has
d'ar prizoun pa droe enn ho fenn. Evelato, ne
deuent ket a-benn euz ho zaol e kement leac'h
ma'z eant. E Landeboc'her, paotred Guillou
Berthou hag ho amezeien, da c'hedal anezho da
vont kuit, a ioa en em guzet adren eur c'hleuz,
e kichen an ti, ha p'edo ar zoudarded, leun ho
c'hof, o vont a-biou d'ezho, a-hed an hent, a
laoskaz varnezho beb a denn hag a ziskaraz
eun dek pe zaouzek. An taol-ze a skuillaz ar

spount etouez ar republikaned : dont a rejont
var ho c'hiz da Verven, hag edont eno, eur
pennad a ioa, o tiviz petra da ober, pe distrei
da Gastel, pe chom e Berven, hervez m'oa gour-
c'hemennet d'ezho.

Enn eun taol e klefchot, e tu ar Vengleuz, var
hent Lanhouarne, kanaouennou ha iouc'herez.
Petra ioa-ta a nevez enn tu-ze? Setu aman.

Ian Prigent, mear Guitevede, hag a ioa ga-
ncomp-ni e Kergidu, o velet penaoz o doa
stourmet ouc'h ar republikaned paotred Lan-
deboc'her, ha pegen eaz oa sevel tud ar vro a
enep soudarded Canclaux, a deuaz enn eun taol
enn he benn mont da Lanzeon da gemenn da
Baol Inisan dont dioc'htu gand tud he vro
varzu Berven, evit rei an taol diveza d'ar repu-
blikaned. Ne c'hellaz ket, siouaz! dont a-benn
euz he vennoz. P'edo o tistrei divar hent Lan-
houarne evit mont varzu ar Vengleuz, ec'h en
em gavaz dirak eur strollad soudarded hag a
deue varzu enn-han. N'oa ket evit tec'het, rak
n'edo ket daou c'hant paz diout-ho. Ian Prigent
ne gollaz ket he benn evit-se. Var an hent oa eur
paotrik a zaouzek pe drizek vloaz o tiouall he
vioc'h. Ian Prigent a ieaz d'her c'haout hag a
lavaraz d'ezhan :

— Ro peoc'h, va faotr; lez da vioc'h ganen-me. N'en em gavo drouk ebed gant-hi : me eo mear Guitevede.

Ha kerkent Ian Prigent lakaat he zourn var ar vioc'h en eur skei varnez-hi, gand eur via-lennik, da vont araok, evel pa viche bet o vont gant-hi d'ar foar. Kaout a rea d'ezhan en diviche gellet er c'hiz-se mont abiou hep m'en diviche sonjet d'en ebed enn-han.

Ar zoudarded, evit guir, ne reant nemed mousc'hoarzin o velet Ian Prigent o c'horta he vioc'h enn he raok. Mez ar c'habiten a ioa eun tamm lian enn dro d'he benn, goude beza great eur zell out-han, a jomaz krenn enn he za.

— Soudarded, soudarded, krogit enn den-man : heman a ioa e Kergidu.

— Me, eme Ian Prigent, a ia da esa guerza ar vioc'h-man d'ar c'higer, da Blouescat, evit gellout kaout eur guennek-bennag da brena bara.

— Gevier, gevier, eme adarre ar c'habiten, a bouez he benn, ha droug enn-han! Hennez, ar c'hos-tamm koueriad-se, eo en douz va bornel-me, e Kergidu, gand eun taol forc'h.

— Me n'hoc'h anavezan ket, eme Ian.

Ha ne lavarc ket a c'hevier evit lavaret an dra-ze, rak meur a daol fore'h enn doa roet.

— Mad, me da anavez, liou ar groug, ha bremaik me en diskouezo did. — Soudarded, krogit enn-han, liammit he zaouarn d'ezhan adren he goin, hag e bourg Berven dirak an oll, ni her fuzilio.

— Fuzilia eun den ne ra droug ebed d'eoc'h, n'euz arm ebed gant-han?

— Ma n'euz ket breman ez euz bet.

— Neuze oa d'eoc'h tenna varnez-han ha ne ket breman.

— Eo, eo, breman eo d'comp lakaat ac'hanod da baca va lagad di-me. Kea atao : te a c'houz bornet ac'hanom-me ; bremaik te ne vezi ket born, dall put e vezi avad. Kargit mad ho fuzi-liou, soudarded, abalamour d'comp da rei he stal d'ar c'houeriad-man kerkent ha m'en em gavimp e Berven.

E guirionez, ne zalechont ket d'en em gaout e Berven, ha, dioc'htu m'oant en em gavet, heb rei amzer da Ian Prigent da lavaret eun tamm peden zoken, e oue staget oue'h tour an iliz, ha, buannoc'h eget n'her lavaran d'eoc'h, e oue laosket varn-han daou-ugent tenn fuzil enn eun taol..... Iouc'herez ha tennou ar re-ze eo oc'h euz klevet n'euz ket goall bell. — Me, eme Olier Conseil c'hoaz, me, o c'houzout mennoz Ian Prigent, a ioa eun den a benn hag a skiant, a zo deuet da lavaret d'eoc'h petra en doa c'hoant da ober. C'houi breman, Aoutrou de Kerbalanek, a raio ar pez a gerfod.

— Bennoz Doue d'eoc'h, Olier Conseil; it d'ar gear, lavarit da baotred Guitevede beza var c'hed ac'hanomp. Ni a ia da vont enn dro da goat Kermenguy. Me a gaso fenoz tud enn dro da lavaret d'hor mignouned en em zestum ha beza o doare, enn derveziou kenta, da zont gancomp da skei adarre var soudarded Can- claux.

Olier Conseil a ieaz d'he gear ha ni a zistroaz da goat Kermenguy. Pa ouemp en em gavet, an Aoutrou de Kerbalanek a roaz da bep hini ac'hanomp he gevridi. Me, evit va lod, a ioa gourc'hemennet dign mont da Lanzeon da la- varet da Baol Inisan petra a ioa c'hoarvezet gand Ian Prigent, ha d'hen digas ganen, hen hag he dud, da gaout an Aoutrou de Kerba- lanek.

EIL PENNAD

—

Keraouell

Al loar a ioa o sevel p'edon oc'h en em lakaat
enn hent : digoc'hen oa an amzer. Eur pennad
braoa valo am boa da ober evit mont da Lanzeon,
ha poan am boa c'hoaz em morzed glazet e Ker-
gidu : Evelato e kave dign e vichenn araok an
deiz e penn va beach. An Aoutrou de Kerba-
lanek, o velet ac'hanoun o kamma, a lavaraz
dign en eur c'hoarzin :

— Kea atao, Ian Pennorz, e kanol Keraouell
e kavi dour. Laka eur pennad da vorzed ebarz
hag e teuio da zistana, ha nebeut goude da
barea.

— Louzou marc'had mad, Aoutrou, eo hen-
nez! Emaoc'h oc'h esa ober goab ac'hanoun;
mad, hen ober a rign, rak an tan a zo em
morzed.

Destumm a riz va benviachou tenna-tan,
hag eur pennadik goulou koar, gand aoun n'am

biche izoum da velet sklear eun tu-bennag, epad an noz. Goulen a riz va bouledou ha va foultr evit gellout en em zifenn ma viche red : kregi a riz em fuzil. Kenavezo ar c'henta, a liviriz d'am c'henvreudeur, ha me enn hent, en eur jilgammat, a-zindan diou-askell an Aoutrou Doue ha va Eal-mad.

Anaout mad a rean an hent euz a goajou Kermenguy da Geraouell, mez aoun am boa o vont a-hed an hent. Martezo pa sonchenn ne-beuta e koueschenn, evel Ian Prigent, e kreiz eur vandenn soudarded. Abalamour da-ze o teuen a-hed ar c'hleuziou dre ar parkeier. Kredi a c'hellit ne rean ket eun hent éaz ; meur a veach oa bet ribinset va (dremm) bisaich ha va daouarn dign, gand an drez hag ar spern, o vont dreist ar c'hleuziou. Evelato, a fors da boania ec'h en em gaviz dirak pount Keraouell. Chom a riz a za da zelaou ha ne glefchenn netra. Ne zaleiz ket da glevet kan ha iouc'heroz a-bell ; me gred o tlie beza var dro maner Ker-Ian enn tu-bennag ; evelato, ne gouien ket mad avoualac'h e peleac'h oa. Gouzout a rean da viana oa soudarded Canclaux o c'haloupat ar vro. Zoken e kave dign em boa klevet tud o kaozeal goustat var dro maner Keraouell ; mez

ne gouien ket piou a ioa o kaozeal, pe tud ar
vro pe re-all. Chom a riz eur pennad da sonjal;
kaer am boa sonjal, ne gouien ket muioc'h petra
oa ar guella dign da ober. Atao e kleven krial
ha iouc'hal var zu Ker-Ian; ne ket an dra-ze a
rea aoun dign; mez kaout a rea dign e kleven
ive atao kaozeal goustadik enn dro dign, enn
tu-bennag, heb ma gouien e peleac'h. Petra oa
ar guella dign da ober? N'oan ket evit chom
eno, azioc'h pount Keraouell, evel eur mean
enn eur c'hleuz; red oa dign mont araok pe
dont adren, unan a zaou. Eul lastez mez a gro-
gaz ennoun : sevel a riz e mesk al lann var ar
c'hleuz, hag ac'hano e selliz piz, diouc'h an daou
du, var an hent braz a ia euz a Blouescat da
Landivicho. Ne velen den ebed varnezhan : mad
oa an traou, a gave dign : n'em boa nemed dis-
kenn ha mont d'ar ganol da goale'hi va morzed.
Araok diskenn e kuziz mad va fuzil, va boledou
ha va foultr e mesk all ann, rak aoun am boa
d'ho glepia.

E kenver pount Keraouell euz eun tamm
douar diskloz, leun a raoz hag a vrouan; an
dour-beuz, o vont dre greiz, en deuz great eno
goueriou bian. C'hoant am boa da vont etouez
ar raoz-se, enn unan euz ar goueriou bian, pella

ma c'helchenn dioc'h an hent braz. Eno e kavo
dign o viche eaz dign goale'hi ha distana va
morzed, hag ive efa eur banne dour, rak sec'hed
braz em boa. Kemeret a riz penn-her, ha mont
a riz adreuz ar goueriou bian hag ar brouan
hirra ma c'helchon o touez ar raoz. P'ouen
azezet var ribl ar ganol, o tenniz va alan ; eat oa
berr var-noun ; ma n'em boa ket bet a aoun, em
boa bet enkrez da viana.

Kenta a riz oue efa eur banne dour. N'oa ket
dour mad, mar kirit, rak dour kanol n'oa ken ;
mez pa vez sec'hed, peb dour a zo mad. Goude-
ze, ee'h en em lakiz da goale'hi va morzed. Nag
a vad a rea dign ar banne dour-ze ! Distana a
rea ar gouli nebeut-a-nebeut, hag a-benn eur
pennad e stankaz ar goad, rak abaoue m'oan en
em laket da vale, oa digoret ar glaz. Guellaat a
rea dign, plega hag astenn va gar a c'hellenn
breman hep poan ebed : edon e doare da vont
da Lanzeon heb aoun da jom enn hent.

Pegeit e chomiz enn dour, ne oufenn ket her
lavaret. Edon erru er meaz pa gleviz tud o tont,
enn eur gaozeal, var an hent braz, a-hed bali
maner Keraouell. Piou oa an dud-se ? Hag int-
hi a ioa tud ar vro, tud a relijion hag a zoujanz
Doue ? Hag int-hi a ioa soudarded ar Republik ?

N'oa ket caz dign her gouzout, hag abalamour da-ze o chomiz sioul etouez va raoz. Ne zalejon ket da c'houzout piou oant, rak dont a rechont betek pount Keraouell, azioc'h va fenn. N'oa ken hano gant-ho nemed euz an Aoutrou Borgne de la Tour, euz an Aoutrou de Kerbalanek, euz a Ian Prigent. Kement ha ma c'hellenn ho c'hlevet, o kavaz dign edont o klask an Aoutrou de Kerbalanek hag an Aoutrou de la Tour, evit ober d'ezho, emichanz, evel o doa great da Ian Prigent. N'oa ket ar c'homzou-ze kelou brao d'am skouarn. Eun tamm aoun a grogaz enn-oun; plega a riz va fenn, soubla a riz ken izel, mac'h en em gaviz, heb gouzout penaoz, azezet er ganol eleac'h beza var ho ribl. C'hoant am boa da veza kuzet gand ar raoz hag ar brouan.

Ne ouzoun ket pe em boa great trouz o rikla er ganol, pe n'em boa ket; da viana, unan euz ar zoudarded ne chane da grial d'ar re-all oa eur c'houeriad kuzet etouez ar raoz. Ho gamaraded a c'hoarze goab d'ezhan; mez seul-vui ma c'hoarzet d'ezhan, seul bennokoc'h a-ze n'oa ken.

— Daoust ha piou, eme ar zoudarded, a iafe da guzet e kreiz an dour? Diot eo tud ar vro-

man, evit guir, mez n'int ket diskiant avoua-
lae'h evelato evit ober traou evelse.

Kaer a eue her goapaat, hen ne reaz van
ebed : dere'hel a rea atao d'ho lavar, evel pa
viche bet an diaoul enn ho gorf.

— N'am c'hredit ket, emezhan? Mad, bremaik
e velot ha ne ket guir ar pez a lavaran.

— Daoust ha c'hoant mont da ziliaoua ee'h
euz e kreiz an noz, e kanol Keraouell?

— Ne ket da ziliaoua eo ez an; d'ar chase,
avad, ne lavaran ket.

— Da chaseal petra?

— Da chaseal tud, enebourien ar Republik.
Ne glevit-hu ket eur c'hi o c'harzal?

— Eo, klevet a reomp eur c'hi o c'harzal, pe
o iudal; ne ouzomp ket kals petra ra.

— Dioc'h ho harz, hennez a zo eur c'hi chase.
Me a ia d'her c'here'hat, hel laosko aman etouez
ar raoz hag e vezo guelet unan-bennag o sevel
alese. Da c'hedal ma vezign distro, diouallit
mad n'e daio kuit ar re a zo kuzed a-ze etouez.

— Bez dinee'h var gement-se, ni a ziouallo
mad, ha n'hor bezo ket a boan o viret ouc'h den
da vont kuit ac'halen.

— Guelet a vezo great.

Hag hen kuit ac'hano da Gere'hoenner, da

zistaga Polidor, ki chase braz an Aoutrou
Borgne de la Tour, pere'henn maner Keraouell,
a ioa e Kere'hoenner abaoue m'oa eat he vestr
d'ar prizoun, ha ne rea nemed harzal oue'h he
stag. Hen digas a reaz gant-han, hag hen isa a
reas etouez ar raoz.

Enn taol-man e kave dign oa great ganen.
Sevel a riz va c'haloun varzu Doue; goestli a
riz, mar gelehenn dont e buez ac'hano, mont
diare'henn da bardouna da Zant-Ian-ar-Biz, va
fatrom. — Ne ket-ta, ne dlien ket c'hoarzin?
Polidor a iea hag a doue, dre douez ar raoz, a
lamme dreist ar goueriou bian hag a biltrete
dre an dour kement, ma rea dudi ar zoudarded
a zelle out-han divar ar pount. Furcha a ra dre
oll.... Tostaat a ra ouzign.... Evit doare en deuz
klevet ar c'houez ac'hanoun... Great eo ganen!
Evelato me ne finven ket muioc'h eget na ra
tour ar C'hernik gand eur barrad avel.

Soudarded ar republik a heulie, a daol-lagad,
Polidor, guella ma c'hellent. N'oant ket evelato
evit guelet mad avoualac'h, rak ar raoz a ioa re
hir; ha kaer e doa al loar beza sklear, n'oa ket
koulskoude ker sklear hag an deiz. N'oant ket
evit heulia ar c'hi nemet dre an trouz a rea o

piltrotat dre ar goueriou bian : a veac'h o veleur ar raoz oc'h horzella.

M'en divicho great Polidor eun harzadenn ep-ken, oa great ganen evit ar bed-man : dek tenn d'an nebeuta ho divicho dioc'htu torret va fenn ouzign. Mez sant Ian, va fatrom benniget, en doa selaouet va fedenn. Hag evit guir ive avad, divezatoc'h oun bet diarc'hen o pardouna e Sant-Ian-ar-Biz; rei am euz great guerz eun ofern d'an Aoutrou Persoun, ha prena am euz great, d'ar zant, eur c'houlaouenn goar a nao real ha daou vennek.

Ar paour keaz ki! Kerkent ha m'en em gavaz ganen, e chomaz eur pennad a za da zellet ouzign. Ne zalcaz da anaout, me gred, evit-han da veza ki, oan eur christen mad, dishenvel dioc'h ar zoudarded, rak dont a reaz d'am c'haout hag harpa a reaz he fri oue'h va sto-mok. Me a flouraz he gein d'ezhan heb lavaret ger, gand aoun da veza klevet, ha Polidor a en em lakeaz da lipat va diou-voe'h ha va daouarn gand he deod karantezuz.

O velet ar c'hi o chom a za, ar zoudarded a grie :

— Kis, kis, Polidor! Pill, pill-ta!

Polidor ne rea van oue'h ho c'hlevet; lipat a

rea atao va daouarn ha va diou-voc'h dign.
A-benn eur pennad ez eaz kuit heb ober eun
harzadenn, evel p'an diviche goezet oa red roi
peoc'h. Ki kalounek, kea! Miret ec'h euz va
buez dign koulskoude en eur devel edon etouez
ar raoz. Abalamour da-ze em euz kemont a joa
ouc'h ar chaz. Polidor ken nebeut ne garie
tamm ar *sitoyaned*; c'houez fall, a gaf dign, a
zante gant-ho. Antronoz e kouezas klan, mar-
teze abalamour m'oa eat he vestr d'ar prizoun
oa; taga a reaz pevar zoudard. Krouget e oue
ar paour keaz Polidor; mes evelato ar pevar
enn doa taget n'int ket distreet da ober brezel
d'ar Vretoned. — Eur prizounier paket o
Rosko, er zizun varlerc'h, en deuz lavaret an
traou-man d'eomp-ni goude-ze.

Polidor a ioa eat kuit, mez me a jome atao
enn dour : ha kredi a c'hellit n'oa ket tomm
dign, rak e miz meurs e vez c'hoaz ien an
amzer. Ar zoudard a ioa bet o kerc'hat Polidor
a bec'he goasoc'h eget biskoaz, abalamour n'en
doa kavet netra, hag ar re-all a c'hoarze d'ezhan
a greiz kaloun.

A-benn eur pennad ez echont kuit, adarre
dre vali maner Keraouell. Me ne greden ket
tec'het c'hoaz : aoun am boa na viche chomet da

2*

guzet ar pennok a ioa bet o kerc'hat Polidor.
Pegeit e chomiz er c'hiz-se c'hoaz etouez ar
raoz? Ne oufenn ket her lavaret. Kenta tiz em
boue, eo guelet an tan, dre greiz ar guez, var
dro Kerc'hoenner enn tu-bennag. Tan braz e
ranke beza, rak dont a rea ar sklerder betek ar
foenneier a zo a-hed kanol Keraouell. Kri ha
iouc'herez a gleven ive, evel pa viche kollet ho
fenn gand ar re o doa lakeat an tan. Chom a
riz mantret heb gouzout petra da ober. A-benn
eun nebeudik e kleviz anezho o vont kuit, mez
da beleac'h ez eant? N'oan ket evit her gou-
zout. Pa ne gleviz netra ebed ken, e saviz euz
a-douez ar raoz, gleb-dour-teil, hag, hep gou-
zout kals, me gred, petra rean, ez iz da velet e
peleac'h oa bet an tan.

N'oan ket en em faziet, e Kerc'hoenner eo o
doa lakeat an tan. Devet oa kement tra ioa :
an ti, ar granchou, ar c'hreier, ar c'holoeier
hag ar c'hoat da ober tan. A drugare Doue, tud
an ti n'o doa bet droug ebed : epad m'oa bet ar
zoudarded oc'h ober ho zro e pount Keraouell,
o rei eun tamm spount di-me, o doa oll kemeret
an teac'h, rak guelet a reant oa kordigellet a
fallagriez kaloun ar zoudardet; an dra-man am
beuz klevet abaoue.

Me a jomo mantret o velet kement-all a dan hag a c'hlaou, pa zantiz eun tamm tomder o tont enn-oun.

— Sell-ta, eme-ve dign va-unan; gleb oun hag aman euz eun tan braz, kouls eo dign sec'ha va dillad araok mont kuit, rak anez e vezign skournet araok varc'hoaz vintin.

Ha me tostaat ouc'h an tan, trei ha distrei outhan a dren, araok hag a gostez. Ne ouenn ket pell evit beza seac'h, rak eno oa berniou glaou, herder gant-ho, evel n'oc'h euz guelet biskoaz. Heb ma gouient, ar zoudarded o doa great, enn dro-man, eur vad vraz di-me. Pedi a riz em c'haloun an Aoutrou da bardouni d'ezho an torfet-se. Koulskoude ne ket Ian Pennors eo an hini a bed aliez evit ar *zitoyaned;* mez enn dro-man, evel a lavaran d'eoc'h, o doa great vad dign, hag eur veach ne ket atao eo.

Goude beza sec'het va dillad ha lakeat eun tamm tomder em izili, e tistroiz var va c'hiz da glask va fuzil, va boledou, va foultr, va direnn ha va benviachou tenna-tan am boa kuzet, evel a ouzoc'h, var eur c'hleuz azioc'h pount Keraouell. Kaer am boa klask ne gaven netra : koulskoude al laer ne c'helle ket beza bet dre eno : marteze ive oa eun tamm badinellet va fenn, hag an dra-ze n'eo ket iskiz. N'oa ket eiz dervez m'oan eat euz ar gear, hag em boa guelet kement a draou, ma kave dign oa hanter-kant vloaz abaoue m'oan eat euz a di va zad. N'em boa ket kollet va fenn evelato, hag ober a riz neuze ar pez am euz great abaoue bep tro m'oun en em gavet nec'het; en em erbedi a riz ouc'h ar Verc'hez Vari hag ouc'h sant Ian, va faeroun; goulen a riz sklerijenn digant-ho evit en em anaout, en eur lavaret d'ezho n'em boa ken ioul nemed difenn va Doue, va roue ha va bro.

Me gaf dign e oue selaouet va fedenn, rak enn eun taol va dourn a gouezaz var eun dra-bennag a galed : va fuzil oa; e fesoun em boa he c'huzet mad. An traou-all a gaviz enn he c'hichen. Sederraat a reaz va c'haloun ouc'h he c'haout, rak ne gaven ket diriskl bale heb va fuzil. Evelato, d'ar mare-ze, kaout eur fuzil a ioa kaout merk-ar-guir evit mont d'ar maro. An dra-ze ne rea netra : gand va fuzil, da viana, e c'hellenn en em zifenn, hag, her lavaret a c'hellan d'eoc'h, gant-hi em euz kaset meur a zispac'her d'ar bed-all.

Setu me adarre krog em fuzil, guelleat d'am morzed, va-unan var an hent braz. An traou a ioa c'hoarvezet ganen abaoue m'oan diskennet e kanol Keraouell, o doa lakeat ac'hanoun da ankounac'haat ar pez en doa goure'hemennet dign an Aoutrou de Kerbalanek; ankounac'heat em boa e ranken beza araok ar mintin e Lanzeon. N'oan ket re zivezat, ha, ma n'en em gafche netra ganen, e vichen c'hoaz araok goulou-deiz e penn va beach.

En em lakaat a riz enn hent, mez ne iz ket a-bell. Epad m'edon e touez ar raoz, o toura va morzed, em boa klevet, evel a ouzoc'h, ar zoudarded o vont kuit goude beza lakeat an tan goall e Kere'hoenner, mez ne gouien ket varzu pelcac'h oant eat. Mad, breman ne ket diez dign her gouzout. Kerkent ha m'oenn savet dioc'h Keraouell, e veliz Croaz-ar-Pab, eur groaz vrao meurbet, diskaret ha torret. Anat oa dign oa tremenet ar republikaned dre eno. Hogen, hennez eo hent Guinevez hag hini Lanzeon. Ha fur oa dign ober ar memez hent gant-ho? Lod a lavaro dign marteze e tlichenn beza eat var ho lerc'h, ha pa ne viche bet ken nemed evit lavaret da Baol Inisan beza var evez pe kemeret an teac'h, rak oat erru varn-han. Pep hini a lavaro ar pez a garo, me n'oan evit goulen ali ouc'h den, hag a reaz va fenn va-unan. Euz a Geraouell da Lanzeon, n'euz nemed an

hent braz penn-da-benn; ar zoudarded a dlie
beza eat dre an hent-se, ne c'hellenn ket-ta en em
gaout enn ho raok, pa'z eo guir oant eat euz a
Gerc'hoenner evit eun heur a ioa d'an nebeuta.
N'oan ket, evel a velit, evit kas kelou ebed da Baol
Inisan. Sonjal a riz neuze trei a gleiz ha mont
da Vaner-al-Liorzou, da di Herve Soutre, breur-
kaer da Baol Inisan, hag ive kerent tost avoua-
lac'h di-me. Hennez a dlie gouzout eun dra-
bennag, ha dioc'h ma lavarche dign, me a iache
da Lanzeon pe a zistroche da lavaret d'an Aou-
trou de Kerbalanek penaoz ez ea an traou.
Klemmit ac'hanoun, mar kirit, mez na it ket
da lavaret en defe bet aoun Ian Pennors rak
ar republikaned, abalamour n'oa ket eat da
Lanzeon.

TREDE PENNAD

—

Maner-al-Liorzou

Mont a riz ive-ta varzu Maner-al-Liorzou.
D'ar mare-ze n'oa ket brao rei golo d'an oll, da
dud eveldi-me dreist pep tra, a gouiet a ioa
bet e emgann Kergidu. Eyelato e kave dign em
biche lojeiz e Maner-al-Liorzou, rak, ouc'h-
penn m'oamp ive-ta eun tamm kerent, evel em
euz her lavaret d'eoc'h, breman oa var dro eiz
miz, em boa great eur vad vraz da Herve enn
eur prosez en doa bet gand eur marc'hadour
kezek. An dra-ze en doa guerzet he vare'h da
eur marc'hadour; diviz en doa great he zis-
karg, mez he c'hollet en doa abaoue. Me a ioa
gant-han p'an doa guerzet; da dest e ouen gal-
vet; kreded oan bet, evel ma'z oa dleet, hag
Herve a c'hounezaz he brosez. Evit guir, anaou-
dek oa bet a gement-se, ha beza oan bet zoken,
tri miz a ioa, paeroun d'an diveza euz he

vugale, a reat an Didik anezhi, abalamour ma'z
oa Mac'harit he hano.

Herve Soutre a ioa ive-ta koumper dign, ha
beza koumperi, an dra-ze a laka atao ar c'halonou
d'en em domma an eil ouc'h eben. Hag ouc'h-
penn-ze, karet a rean ive he vap Ivonik, paotrik
a bevar bloaz euz ar re goanta, a gouie va
anaout hag a furche va godellou, pa'z cann di,
da c'houzout pe graon pe avalou a viche enn-
ho. Ha neuze, ti va c'houmper Herve a ioa eun
tiegez a zoujanz Doue; dre-ze en doa daou
vevel euz ar re vella, Ion an Deniel ha Goul-
c'hen Abolier; ar re-man am anaveze mad, ha
me a rea stad anezho ive, abalamour ma'z oant
mad e kenver ho zud, rak beb bloaz e kasent
d'ezho, heb derc'hel diner, kement guennek a
c'heunezent e ti Herve Soutre.

Setu me o vont varzu Maner-al-Liorzou. Her
lavaret a ran, mont a rean dinee'h avoalac'h
divar benn Herve ha Katel Eukat, he bried.
Guir eo, fors soudarded a ioa er vro; enn hor
beg douar-ni n'oa bet biskoaz guelet kement-
all. Mez Maner-al-Liorzou n'eman e kichenn
hent braz ebed, ha soudarded Canclaux a dle
gouzout dija pegement a goust d'ezho dont enn
heatchou bian divar an hentchou bras. Paotred

Landeboc'her o doa roet d'ezho eur gentel vad enn derc'hent.

Goude-ze o deuz her gouezet guelloc'h; ha me, evit va lod, em euz hen desket d'ezho meur a veach.

Evelato, er C'hroaz-Hent, dirag ar maner, ne gaviz ken enn he za ar groaz vean a ioa eno, hag em boa diraz-hi ken aliez a veach lammet va boued. Enn eur zellet enn dro dign, e kaviz tamm aman tamm a-hount, stlapet e kichen eur poull dour; ennhan, me gred, oa taolet an tammou all. « Asa! eme-ve, dre aman euz c'houez » ar rost! Ar *zitoyaned* pe an diaoul a zo treme- » net dre aman, rak int-hi hepken a c'hell beza, » er c'hiz-man, bruzunet kroaz hor Zalver! Na » petra lavaran, ar *zitoyaned* pe an diaoul?...... » An eil hag egile, me hen toufe, rag an diaoul » a zo e kaloun ar *zitoyaned*, ha dre-ze ez eont » atao a-unan. »

Mad, an traou-ze a lakeaz diez va spered. Dont a riz da gaout aoun, nann abalamour dign va-unan, rag va fuzil a ioa ganen, hag, araok mervel, me am biche c'hoariet ar vaz ha diska-bellet meur a hini, mez abalamour d'am c'houm-

3

per Hervo Soutro, abalamour d'ho bried, Katel
Eukat, ha d'an daou clig binniget ho bugale.

Er venojenn, e kichen an ti, e veliz kalz
roudou tud, roudou bouteier ler, roudou bou-
teier ler-goat. O velet kement a vale dre eno e
chomiz a-za mantret.

Kement-man a dud ne d-eont jamez var eun
dro da Vaner-al-Liorzou ; hag ar groaz a zo du-
hount bruzunet er C'hroaz-Hent !

Heb gouzout re perag, en em lakiz da vale
buannoc'h varzu ti va c'houmper Hervo Soutro.
Eur veach pe ziou oan chomet a-za da c'hou-
zout ha me a glefehe eun tamm trouz-bennag
enn tu pe du. Nann, sioul oa an noz, didrouz
oa tro-var-dro, ne gleven nemet va c'haloun
o lammet em c'hreiz.

Pa en em gaviz dirag Maner-al-Liorzou, oan
evel dialanet; re a enkrez am boa, a gaf dign.
Araog diskenn euz ar park enn hent, ec'h en em
harpiz ouc'h ar c'hleuz a-zindan eur skour lann;
chom a riz hep tenna va alan, astenn a riz va
skouarn da zelaou ha me a glefehe eun dra-
bennag a bell pe a dost. Allaz! Netra, netra!
Ker sioul oa Maner-al-Liorzou evel bered Gui-
nevez pa vez sounet an hanter-noz.

Diskenn a riz enn hent ha mont a riz var ceun da gaout an or-borz. — Maner-al-Liorzou en doa eur pors-kloz. — Plega a riz da zellet dre zindan an or : edon dirag an ti ; n'oa ket a c'houlou e prenestr starn-an-daol ; mez an dra-ze n'oa ket iskiz, rag divezat oa dija. Herve Soutre, Katel Eukat, Ivonik hag an Did, a dlie beza enn ho guele abaoue div heur a ioa d'an nebeuta. Esa a riz digeri, mez an or a ioa pren-net enn diabarz. Skei a riz varn-hi daou pe dri daol gand kros va fuzil...... Netra ne respountaz dign. N'em boa ket a c'hoant d'en em zoania re ; skei a riz adarre eur veach, hag eur veach-all c'hoaz, atao gant kros va fuzil, hag atao ne roet respount ebed dign. Dont a riz evelato d'en em jala ; skei a riz krenvoc'h ha mortoc'h var an or.... Netra.

Ha me gervel :

— Herve Soutre, eme-ve, Herve Soutre !

Netra !

— Herve Soutre, Katel Eukat, digorit dign-ta ! N'o pezet ket a aoun, me eo Ian Pennors, me zo kar d'eoc'h, me eo paeroun an Did !

Netra !

— Digorit dign, me ho ped, va zud paour ! Eun taol kleze am euz bet em morzed hag a ra

kals poan dign. Enn hano Doue e teuan da
c'houlen lojeiz digancoc'h, rak n'oun ket evit
mont larkorc'h. Digorit dign....

Netra !

Evit beza dircbech avoalac'h o krogiz adarre
em fuzil hag e skoiz ker kren ha ker kren var
an or, ma kave dign e vezen klevet betek Pont-
Christ ha Plouescat.

Netra atao !

Eo, kaout a reaz dign klevet evel eun dra-
bennag o klemm e kreiz trouz an avel a c'houeze
er guez dero a zo var gleuz liorz al leur; mez
ne riz ket kals a van evit kement-se. « Mad,
» red eo dign da viana mont er porz hag enn
» ti zoken, mar gellan, pa'z eo guir oun deuet
» beteg aman. »

Mez, evit mont er porz, oa red dign divarc'ha
an or, rak e Maner-al-Liorzou, evel a c'houzoc'h,
ez euz eur pors kloz, po mont ebarz dreist ar
voger. — Divarc'ha an or ! Arabat oa dign hen
esaat, rag re skuiz ha re zinerz oan breman
evit-se. Easoc'h c'hoaz oa dign mont dreist ar
voger. Setu ar pez a riz, dre boan, mar kirit,
mez mont a c'helliz dreist evelato. Sellet a riz
piz enn dro dign araog mont larkoc'h ; lakaat

a riz va skouarn da zelaou; mez kaer em boa
sellet ha zelaou, ne velen seurt, ne gleven netra.
« Mad, red eo e kouskfent evel gozed enn ho
» zoullou, pa ne zihunont ket, eme-ve en eur
» vont da gichenn prenestr starn-an-daol. »

Lakaat a riz va fenn er prenestr, ha, va fri
harp ouc'h ar guer, ec'h esaiz guelet e diabarz
an ti. Mez ne oan evit guelet netra, ha setu
me nec'hetoc'h eget biskoaz. Skei a riz kren
avoalac'h, gand va dourn serret, var ar prenestr;
netra ne finve, netra ne respounte! Diez oa va
fenn; red oa dign kouskoude gouzout petra ioa
c'hoarvezet, hag evit-se e ranken mont enn ti.
Dont a riz da gaout an or : serret oa. Skei a riz
varn-hi krenvoc'h c'hoaz evit n'am boa great var
ar prenestr. Netra! netra! Eo, pa lavarign mad;
kaout a rea dign beza klevet adarre evel unan-
bennag o klemm dre douez skourrou ar guez
dero, ha zoken, n'edo ket pell diouzign.

Rei a riz d'ezhi neuze eun taol penn-skoaz
hag o tigoraz a-flao. Trouz an or o tigeri a reaz
aoun dign. Ia, aoun am boue, me, Ian Pennors,
ha kouskoude n'eo ket eaz va spounta. Perag em
boue aoun? Ne oufen ket her lavaret; me gred
oa abalamour ma ne respounte den ac'hanoun

ha ma velen an ti du diabarz. N'oan ket evelato
evit dont var va c'hiz... Dont a reaz da sonj dign
enn eun taol, edo ganen, em godel, va ben-
viachou tenna-tan hag eur pennad goulou koar.
Alumi a riz va goulaouenn....

Petra veliz neuze? Oh! eur rann-galoun oa!
Guele Herve, a ioa e kichenn an aoled, a ioa
divarc'het; arbel Katel Eukat a ioa diskolpet a
daoliou bouc'hal; an dillad a ioa stlapet aman
hag a-hount dre al leur-zi; eur grucifi euz ar
re vraoa, e doa bet Katel, pa zimezaz, digant
itroun goz maner Maille, a ioa eat kuit......

Arabat eo d'eoc'h kemeret souez o velet ac'ha-
noun o sellet ker pis-se ouc'h an traou : c'hoant
am boa da c'houzout piou a ioa bet dre eno.
Gouzout a rean o doa an dispac'herien kasouni
ouc'h hor relijion hag ouc'h hon Doue, mez
gouzout a rean ive e karient dreist pep tra, er
brezeliou a reant d'comp, an arc'hant hag ar
pez a c'helle talvezout arc'hant. Hogen, krusifi
Katel Eukat a dalie dek skoued, dioc'h ar gount
a ioa great, deiz an cured, pa oa bet lakeat da
ober an dro da daol an dud-nevez, var eur plat
stean ker guenn hag arc'hant.

Pa veliz oa eat kuit ar grucifi vrao-ze, e teuaz

da anat dign oa bet ar zoudarded oc'h ober ho
zro dre eno. En om lakaat a riz neuze da zellet
pisoc'h dre an ti da c'houzout ha me a velche
unan-bennag, beo pe varo. Ha petra veliz?
Ekreiz al leur-zi, el leac'h m'oa kleuzet gand an
dud o vont hag o tont euz an eil penn d'egile d'an
ti, oa boutaillou o neun enn eur poullad guin;
paotred ar Republik, goude beza karget ho
c'hof ha sammet gant-ho kement a c'hellent da
zougen, ho doa diskarget ar boutaillou leun ha
didalet ar varrikenn evit miret n'en diviche den
banne var ho lerc'h. N'o doa ket kavet a vin-
ardant, rak d'ar mareou-ze ar guin-ardant n'oa
ket ker stank enn tiez evel ma'z eo breman.
Neuze, enn tiez mad, evel e Maner-al-Liorzou,
ne veze roet da breja da zen nemed eur banne
guin mad : neuze ne veze na kafe, na guin-
ardant, na likuriou. Hon tudou koz a gave
d'ezho e teue ar guin-ardant d'ho lakaat da
goll ho skiant ha da verraat ho buez. Setu perag
e veze kals kosoc'h en amzeriou-all
eged breman.

Ar guel a gement-se a lakeaz eur beac'h
pounner da goueza var va c'haloun. Petra am
boa da ober? Ne gouien ket va-unan. Setu me
er meaz euz an ti da c'hervel adarre :

— Hervé Soutre! Hervé Soutre!

Kaer am boa krial, netra ne respounte ac'ha-
noun, nemed atao dre an avel, hag evel pa viche
etouez ar guez, eun tammik klemm bian hag
ankeniuz, evel, ma kaf dign, e klever klemmou
an Anaoun, da c'houel an Oll-Zent, dioc'h an
noz, pa vez ar c'hleier o seni glaz.

— Marteze, eme-ve, int eat d'ar c'hrainch.

N'em biche ket gellet lavaret, evit guir, perak
e viche eat an dud euz an ti d'ar c'hrainch, ne
oufen ket lavaret ken nebeut perak ez iz di
d'ho c'hlask, nemed abalamour an nep a glask
a furch dre-oll. Mont a riz ive-ta a-hed an ti
varzu ar c'hrainch; anaout mad a rean an
hent : n'edo ket ouc'hpenn hanter-kant paz
dioc'h an or : sklear oa an noz, evel a c'houzoc'h;
mad, evelato e ouen eur pennad hep kaout
na grainch na netra. — Ne ket souez. — El
leac'h m'oa bet grainch Hervé Soutre, n'oa
breman nemed eur bern ludu ha glaou c'hoaz
klouar!

Chom a riz mantret. Ne ouzoun ket pe
glaz va morzed pe ienien an noz a ioa kaoz, en
em lakaat a riz da grena evel eur bern deliou.
Va spered a ioa gand va c'houmper Hervé

Soutre, gant Katel Eukat, gand Ivonik hag an
Did, va filloroz, hag ive gand Ion an Deniel ha
Goulc'hen Abolier, hag e c'houlennen ouzign
va-unan :

— Daoust petra int douet da veza?

Daoulinet oan etouez al ludu, glac'haret va
c'haloun, va daoulagad leun a zaelou; sioul oa
an noz : klevet ho piche hoc'h eal-mad o c'hour-
nijal enn ho kichenn.....

Enn eun taol, epad ma peden Doue evit-ho
oll, ar vouez klemmuz ha truezuz am boa klevet
c'hoaz hag a gave dign a ioa trouz ezenn an
avel o vont dre ar guez dero, a deuaz adarre
evel d'am divoredi. Selaou a riz guelloc'h eget a
ziagent.

— Petra eo an trouz-ze a glevan? An avel
eo?

Nann, eur vouez oa, ha mouez eun den zoken;
anat eo dign breman. Doue, mad ha trugarezuz,
en doa selaouet va feden.

Enn eun taol edon em za; hag evel ne chane
ket ar vouez, ez ean goustadig varzu enn-hi,
en eur zelaou, ouc'h he heulia, ouc'h he
c'hlask enn eur blega va skouarn a-rez an
douar, rak kaout a rea dign e teue ar vouez

3*

ouz a izel. Klevet a rean va c'haloun o lammet em c'hreiz hag o skei taoliou var gorn va fenn. Bale a rean goustata ma c'hellen, evit miret na glefche den ac'hanoun. A-benn eur pennadig o chomiz hep mont larkoc'h, harp ouc'h eur punz koz dizeac'h a ioa eno. — Berr-alan oan deuet da veza, evel p'am biche great teir leo dioc'htu d'an daou-lamm.

Ar vouez a glemme atao, ha neuze oan ken tost d'ezhi, ma c'hellen zoken dem-anaout ar pez a' lavare. N'oa na gallek na brezounek; evelato ne gouien ket mad avoalac'h c'hoaz petra a lavare. N'em boa biskoaz klevet eun hevelep mouez : n'oa na pell na tost; lavaret e viche e teue euz ar bed-all, evel eun eno o poan o c'houlenn pedennou. Kaer am boa sellet enn dro dign var an douar, dreist va fenn etouez skourrou ar guez dero, a gleiz hag a zeou, ne oan evit guelet netra; hag evelato e kleven ar vouez. Kaer em boa digeri va diouskouarn, n'oan ket evit gouzout euz a beleac'h e teue ar vouez-se. — Red eo d'eoc'h beza bet hoc'h-unan, e kreiz an noz, dirag eur bern ludu tangoall lakeat gand tud fallakr ha dizakret, evit gellout santout ar pez a ioa neuze dre va spered-me.

Va daoulagad a drolle, va divesker a horjelle, edon o vont da zempla... Mont a riz d'en em harpa ouc'h ar punz koz, sevel a riz zoken var ar bardell, rak n'oan ket evit chom em za.

Kerkent ha m'ouen savet var bardell ar punz, e kleviz splamm ar vouez klemmuz, kaout a rea dign e komze ouzign. Me ne finven ken... Klevet a rean breman sklear ar pez a lavare : Pedennou an Anaoun e oa....

— *De profundis clamavi ad te, Domine, Domine, exaudi vocem meam.*

Selaou a rean ; ia, selaou a rean, mez evel eun den er meaz anezhan he-unan.... Enkrezet ha laouen oan bep eil.

— *Fiant aures tuæ intendentes in vocem deprecationis meæ.*

Betek enn-oun e teue sklear klemmou ar vouez truezuz-se, mez ne gouien ket he anaout. N'oa nag hini Hervé Soutre, nag hini Katel Eukat ! Mouez piou oa-ta ? — Chom a riz eur pennad evel spountet, n'oan evit lavaret ger nag evit ober netra.... Ar vouez a gendalc'he he feden :

— *Et ipse redimet Israel ex omnibus iniquitatibus ejus.*

— *Requiem æternam dona eis, Domine.*

— *Et lux perpetua luceat eis.*

— *Requiescant in pace !*

— *Amen,* eme-ve, divar gorre ar bardell, kalouneka ha devota ma c'hellen.

Me gred, va mouez-me a lakeaz ar vouez-all da devel; da viana, rei a reaz peoc'h enn eun taol-kount. Klevet a riz hepken eun tamm trouz, evel unan-bennag oc'h ober eur paz pe zaou. Ha me, kaer am boa sellet piz ha lugerni va daou lagad a bep tu, ne velen ket zoken skeud eun den beo.

Hag aoun am boa? Ne gredan ket, mez evelato n'em boa ket a c'hoant c'hoarzin, ha ne ket souez, ha ne ket-ta? Piou a ioa dre eno? Pedennou brao a lavare, mez ha n'oa ket dre drubarderez e pede Doue? Beteg gouzout e kaven guelloc'h lakat va fuzil enn he bant, abalamour dign da c'hellout en em zifenn ma viche red.

— Ha me adarre da zellet enn dro dign.

Netra ! netra !

Edon atao var bardell ar punz, souezet, mantret, nec'het, pa gleviz ar vouez o c'houlen :

. — Ha daou zen beo omp-ni c'hoaz var an douar etouez kement-all a dud varo?

— Ia, daou omp da neheuta.

— Neuze eta an Aoutrou Doue en deuz bet truez oue'h ho servicher?

Enn dro-man arvar ebed ken ; gouzout a ran breman euz a beleac'h e teu ar vouez doaniuz ! — Trei a riz var va c'hof da zellet o ginou ar punz, ha goude beza lakeat va dourn var va skouarn evit selaou guelloc'h, e kleviz ar c'homzou-man :

— Piou bennag e veac'h, e teuit a berz Doue. Deuit da rei sikour d'an nep en deuz poan hag a varvo aman anez.

— N'o pet ket aoun, eme-ve, n'o pet ket aoun ! Me, ne ket eun dispac'her oun. Gortozit eun tammik bian ; bremaik me a deuio enn dro.

Epad m'edon o vont kuit, e kleven adarre ar vouez o lavaret pedennou ar re varo :

— *De profundis clamavi ad te, Domine; Domine, exaudi vocem meam.*

Me a ieaz da gerc'hat eur skeul am boa guelet a-ispill dindan toen an ti, epad ma skoen var brenestr starn-an-daol. Mont a rean d'ar red ; mall am boa da denna er meaz euz ar punz ar christen mad a ioa eharz. Ne deuaz ket zoken

em penn laosker va malloz var an dispac'he-
rien; eur sonj-all a ioa em spered. Ar christen
paour a ioa er punz a roche marteze dign kelou
euz a Herve Soutre hag a Gatel Eukat. Kement-
se a lakea ac'hanoun da hasta a-fo. Evelse ne
ouen ket pell evit dispega ar skeul dioc'h an ti
ha dont gant-hi enn dro. Lezer a riz anezhi da
rikla goustadik er punz : mez pa gouezaz er
fons oa red d'ezhi da nebeuta tri zroatad evit
tizout an neac'h. Ha me diez va fenn o velet
n'oa ket hir avoalac'h va skeul. Mez guelet a
reot bremaik eo mad an droug-eür da eun dra-
bennag.

— Ac'hanta, ac'hanta, eme-ve e ginou ar
punz; savit er meaz, va den mad.

— Re zinerz oun : red eo d'eoc'h diskenn
da zevel ac'hanounn er skeul.

— Ha! daoust ha forbuet omp hon daou?
Gortozit evelato, me a ia da ziskenn d'ho
kaout.

Edon o vont er punz heb va fuzil; mez eun
dra a deuaz em penn hag he c'hasiz ganen. —
Guelet a reot em boa great mad. — He staga a
riz enn dro d'am skoaz kleiz. Goude-zo e lakiz
va daou-zourn unan a bep-tu d'ar bardell, hag
e klaskiz toullou e diabarz ar punz evit lakaat

va zreid. Neuze, enn eur ziskenn beb eil, an eil troad varlere'h egile, hag enn eur zere'hel mad gand va daouarn, e c'helliz tizout beg va skeul.

Ha me d'an traon.

Kenta a riz goude beza lakeat va zreid e fons ar punz, oue tenna tan hag elumi va fennad goulou koar. Pebez vad a rea dign fenoz ar pennad goulou koar-ze, deuet ganen divar fae, hag heb gouzout perag, euz a goat Kermenguy! Siouaz! ne dlie sklerijenna nemed goal-draou. Marteze e kavot iskiz va c'hlevet, guir eo eve-lato ar pez a lavaran. Evidoun da veza dindan an douar, e rea avel-dro e fons ar punz, hag e ouen, ne ket eaz gouzout pegeit, eo'h esa kaout sklerijenn; an avel-dro a vire oue'h an tan da gregi em fennad goulou. Klevet a rean em c'hichen unan-bennag o rounkounenna hag o tenna he alan gant kals a boan. Dont a riz eve-lato, a forz da boania, a benn euz va stal, hag e c'helliz kaout eun tamm sklerijenn.

— Aoutrou Cren, kure Guinevez!

— Ian Pennors!

Setu an daou c'her kenta a leverchomp, va c'henseurt ha me. Ia, an hini a gaviz e fons

punz koz Manor-al-Liorzou, oa an Aoutrou
Cren, kure Guinevez. Daou zervez araok edo ga-
neomp-ni e Kergidu, ampart ha skaon he c'har,
o klask ar re vac'hagnet, ha breman eo besiet
e beo : Hag hen a ioa drouk-livet! Truezuz oa
sellet out-han!

— Piou-ta, Aoutrou Cren, en deuz stlapet
ac'hanoc'h enn toul-man?

— Soudarded ar Republik.

— Dre aman int deuet ive-ta?

— Ia, siouaz !

— E peleac'h eman Herve Soutre?

An Aoutrou Cren a lakeaz he zaou zourn var
he zaoulagad.

— Ha Katel Eukat? Hag Ivonik? Hag an
Did, va fillorez?

An Aoutrou Cren n'oa evit lavaret ger; voucla
a rea ken a zifrunke, ha me ne gouien petra
da ober; va c'haloun a viannea o velet daelou
an Aoutrou Kure. Trei a riz kein d'ezhan evit
miret out-han da velet an daelou a rede euz va
daoulagad va-unan. Eur paz am boa great evit
pellaat, pa ouen strobellet gand eun dra-ben-
nag a ioa var an douar. Distrei a riz, izellaat a
riz va goulou, plega a riz va fenn da zellet....

hag o laoskiz our griadenn, our griadenn
skrijuz!... Abaoue euz pell; mad, n'oun ket
evit miret da gaout nec'hamant, ha da veza
bec'hiet va c'haloun bep tro ma ia va spered
da zonjal enn traou trubuilluz a veliz enn
nosvez-se.

Diraz-oun oa c'houeac'h korf maro, drouk-
livet ha leun-c'hoad! Anaout a riz dioc'htu Herve
Soutre, flastret he benn, ha Katel Eukat, he
daou vugelik gant-hi etre he divreac'h. E kichen,
a dreuz-kof, an eil var egile, edo Ion an Deniel,
toullet he benn, ha Goulc'hen Abolier, torret
he liven-gein.

An Aoutrou Cren a hirvoude atao oc'h esa
lavaret pedennou ar re varo, ha leac'h en doa
da bedi. Evidoun-me, n'oan ket evit mont ken.
Va divesker a horjelle, va izili a grene, va fenn
a voudinelle, va c'haloun a deuze em c'hreiz...
Koueza a riz semplet e kichenn Herve Soutre...

Pegeit e chomiz semplet? N'oun ket evit
her lavaret d'eoc'h. Me gred n'oan ket bet goall
bell, rag an avel-dro hag ar ienien a ioa e fons
ar punz a dlie, e berr-amzer, divoudinella va
fenn ha digas dign va skiant vad.

Pa deuiz enn-oun va-unan, oa maro va

fonnad goulou : edon o taoublega evit sevel em za :

— Peoc'h, Ian Pennors, eme an Aoutrou Cren goustadik ! Peoc'h, ar zoudarded a zo adarre o Maner-al-Liorzou.

Pa gleviz an dra-ze, e teuaz buan va skiant vad dign ; ar goad a zavaz d'am penn, ha, paneved an Aoutrou Cren, o vichenn savet euz ar punz, ha torret gand va zenn fuzil, he benn ouc'h unan-bennag. Lazet e vichenn bet goude va-unan, heb mar ebed, mez ne rean forz.

Nag e llie beza rok ar Republik gand sou-darded n'oant mad nemed da zevi maneriou an Aoutrounez ha tiez al laboureirien vad hag a zou-janz Doue, da deuler e punsou beleien, merc'hed ha bugale ! Oh ! ia, red eo e ve eur varnedigez-all varlerc'h ar vuez-man, rak anez e ve re vrao, e guirionez, beza dispac'her, pe republikan, mar kavit guell.

Ac'hanta ! guelit petra vichemp deuet da veza, an Aoutrou Cren ha me, m'am biche lezet va fuzil var bardell ar punz, ma viche bet ar skeul re hir pe hir avoalac'h zoken. Ar zoudarded o di-viche guelet dioc'htu, an dra-ze a zo anat, oa tud er punz-se, ha neuze ne vichent ket bet pell

evit klask mein pe draou-all da deuler varnomp,
d'hor flastra ha d'hor c'has d'ar bed-all da gaout
Hervo Soutre ha Katel Eukat.

Klevet mad a reamp ar pez a lavare ar zou-
darded el leur. En em glemm a reant abala-
mour ne gavent enn ti na guin na traou-all da
efa, nag arc'hant nag aour da gas gant-ho. Ar
re-all a ioa bet enn ho raok, o doa lounket ha
laeret kement a ioa enn ti.

— Pe seurt bro an diaoul eo houman, emez-
ho, ne gaver enn-hi nag eur banne guin fall
zoken, nag eun diner toull?

— Ia, eme-ve ouzign va-unan, abaoue m'oc'h
c'houi deuet enn-hi eo houman bro an diaoul,
guir eo; araok n'oa ket, a-vad.

Unan, dreist ar re-all, a glevemp o jarneal;
hen henvel a reant *Brutus an Normand. Brutus!*
Ha c'houi a glefe? *Brutus!* Daoust ha biskoaz
oc'h euz guelet an hano-ze e Buez ar Zent?
Daoust ha biskoaz an Aoutrou Persoun en deuz
komzet d'eomp euz a zant *Brutus* enn ho zer-
moniou? Mad, hennez, ar *Brutus*-se, en doa
c'hoant da lakaat an tan enn ti araok mont varzu
Lesneven, evit diskouez, a lavare, d'ar c'houe-
riad ne dleer ket lezer soudarded ar Republik
da vervel gand ar zec'hed.

— Ia, ia; lakeomp an tan enn ti, eme an oll
a bez.

Eun hanter-heur goude-zo ne glevemp nemed
an tan o rosta, an treustou o sklakal, an toen-
nou o koueza enn ho foull... Ar zoudarded a ioa
eat enn ho hent. — Great oan evit guelet tanou-
goall enn nosvez-se; heman eo an eil dign.

Elumi a riz adarre va fennad goulou koar;
eur zell a druez a riz c'hoaz ouc'h Herve Soutre,
ouc'h Katel Eukat hag ouc'h ho bugale. Eur
c'henavezo doaniuz a leveriz ive da Ion an
Deniel ha da C'houle'hen Abolier. Red oa d'eomp
mont er meaz cuz ar punz ha gedal ken na viche
deiz evit tenna er meaz ar c'houeac'h korf maro,
rak n'oamp ket hon daou evit ober an dra-ze.
An Aoutrou Cren a lavaraz eur veach c'hoaz a
vouez huel :

— *Requiescant in pace!*

— *Amen*, a respountiz, an dour em daou-
lagad.

Sikour a riz an Aoutrou Cren da zont er meaz :
poan am boue, rag gouzout a rit oa re verr ar
skeul : a forz da boania, e teuiz evelato a benn
cuz va zaol.

El leac'h m'oa bet tiegez Maner-al-Liorzou
n'oa ken nemed eur bern glaou.... Azeza a re-

chomp dirag, an Aoutrou Cren ha me, evit tomma
hon izili a ioa hanter-skournet gand ienien ar
punz. Epad m'edomp o tomma, e c'houlenniz di-
gant an Aoutrou Cren penaoz oa kouezet o punz
Maner-al-Liorzou, rag me grede oa eat euz a
Gergidu gand Paol Inisan, ha, dre-ze, e tlie
beza, evel m'oa boazet araok, kuzet e Lanzeon
pe e Kervern, pe da viana eun tu-bennag dre
eno. Setu aman ar pez a gountaz din hag ar
pez a ziskouezaz din em boa great mad dont
da Vaner-al-Liorzou el leac'h mont da Lanzeon,
rag aman e rean vad, el leac'h e Lanzeon e vi-
chen kouezet e kreiz ar zoudarded.

PEVARE PENNAD

Lanzeon (1)

Goude emgann Kergidu, Guineveziz, hag an Aoutrou Cren gant-ho, a c'hellaz trei dreist soudarded ar Prat ha dont da vourg Trezilide. Eno e chomchont eur pennad e ti Visant Cadiou ; ha pa deuaz an noz ec'h en em lakechont enn hent evit dont d'ar gear. Anaout mad a reant an hentchou distro, hag er c'hiz-se n'en em gavaz drouk ebed gant-ho hag e tigoueschont e Lanzeon var dro eun heur goude an hanter-noz.

Eno ec'h en em gavaz ive dioc'h ar mintin an Aoutrou Goachet, kure Guitevede. Heman, er penn diveza euz a emgann Kergidu, a ioa bet dispartiet dioc'h he genseurted hag en doa

---

(1) Mar teu an hini en deuz skrivet histor Ian Pennors da gomz keit divar benn he dad koz, ne ket evit en em veuli nag evit en em fougeal eo, evit lavaret an traou evel ma'z int c'hoarvezet eo a-vad. Tud koz a Vinevez hag a dro-vardro a c'helle kounta muioc'h c'hoaz eget na lavarer aman.

ranket, evit dont da Lanzeon, ober an dro dre abiou Plouescat. Lavaret a rejont ho daou an ofern, an eil varlerc'h egile, evid ar re a ioa marvet ac'hanomp e Kergidu, hag evit pedi Doue da bellaat peb drouk dioc'h ar vro.

Antronoz vintin, var dro eiz heur, goude beza lavaret an ofern, edo an daou velek, Paol Inisan hag Anna Roue, he c'hrek, o fevar er zolier, o tiviz divar benn ar pez a ioa c'hoarvezet er vro, ha divar benn ar pez a c'helle c'hoarvezout c'hoaz. Pep hini a lavare he zonj, mez hini anezho ne vele an traou var an du vrao. Enn eun taol e klefchont Laouik Appere o tont enn ti d'an daou-lamm, en eur grial :

— Paol Inisan! Paol Inisan!

— Petra eo, Laouik?

— Diouallit. Buan ha buan ar veleien enn hent! Aman eo leun al leur a zoudarded.

Ne oue ket red her lavaret diou veach : an Aoutrou Cren hag an Aoutrou Goachet a ziskennaz d'ar red an deleziou, ha, dre an or enn tu-all e lammchont er meaz. An Aoutrou Goachet a droaz varzu ar meneziou da glask kuz etouez al lann. An Aoutrou Cren ne d-eaz ket var he lerc'h : mont a reaz dre guz d'an

Atil-Vraz, hag ac'hano, var he zonch, e c'hellaz
mont a-hed ar c'hleuziou betek Lescoat. Mont a
reaz da di Ian ar Mest, eun den a relijion vad
hag a zoujanz Doue. Kounta a reaz d'ezhan ar
pez a ioa c'hoarvezet e Lanzeon. Ian ar Mest a
oue glac'haret meurbed o klevet an traou-ze,
rag en em zarempredi kals a reant, Paol Inisan
hag hen, dreist oll abaoue ma rea an dispa-
c'herien kement a zroug er vro. Ne ket marz
an dra-ze, rag daou zen a relijion hag a gous-
tianz ceun oant ho daou.

Ian ar Mest n'oa ket evit chom e peoc'h er
gear, re nec'het oa; re a c'hoant en doa da
c'houzout petra ioa c'hoarvezet gand he vignoun
Paol Inisan; marteze edot var e'hed anezhan e
Lanzeon zoken, rag pa vezer e poan eo e c'hor-
tozer ar guir vignoun. Abalamour da ze, var
dro teir heur, ez eaz da Lanzeon var zigarez
klask Paol Inisan da ober d'ezhan eun derve-
ziad kerc'hat bizin torr euz an aot. Ha setu
aman penaoz, e voe lavaret d'ezhan, oa tremenet
an traou e Lanzeon.

Mestr ar zoudarded, hag a ioa eur c'habiten,
a zavaz d'ar zolier, el leac'h m'oa chomet Paol
hag Anna Roue, hag a c'houlennaz gand eun
car griz :

— E peleac'h eman Paol Inisan, perc'hen Lanzeon?

— Me va-unan eo, eme Baol.

— Ah! c'houi eo? Soudarded, diouallit mad an doriou; kavet eo va louarn ganen; ema hen ama.

Hag en eur zistrei ouc'h Paol :

— Deuet omp d'ho kerc'hat aberz ar Republik, ha d'ho kas d'ar prizoun da Lesneven, da c'hedal mont da Vrest, hag euz a Vrest da n'oun dare da beleac'h.

— D'am c'herc'hat da vont d'ar prizoun! Na perak? N'em euz great droug da zen, a gaf dign da viana.

— An traou-ze ne zellont ket ouc'h-ime. N'euz ket gourc'hemennet dign lavaret d'eoc'h perag ounn deuet d'ho kerc'hat, n'em euz ken urz nemed d'ho kas da brizoun Lesneven. Eve-lato e c'hellan lavaret d'eoc'h oc'h tamallet divarbenn goall-draou. Klevet am euz lod anez-ho gand ar jeneral Canclaux, a ra stad braz ac'hanoun.

— Na pe seurt goall-draou? Me garfe ho c'hlevet hag ho anaout.

— Pe seurt traou?... C'hoant oc'h euz, a

4

velan, da ober goap ac'hanomp-ni. Daoust ha
n'edoc'h ket e Kergidu, e penn Guineveziz?

— Me?

— Ia, c'houi, den fall.

— Me, den fall?

— Ia, c'houi.

— Biskoaz den n'en deuz lavaret dign ke-
ment-all; ha c'houi a zislounko ar ger-zo, pe
me velo.

Ha Paol a zavaz en he za evit kregi e kolie-
rou ar c'habiten.

— Holla! holla! Soudarded, savit buan d'an
neac'h!

Ha daouzek soudard sevel d'ar zolier.

Neuze ar c'habiten, dinec'het, a zavaz mouez
d'ezhan adarre.

— N'oc'h euz great droug da zen ebed, eme
c'houi! Hag e c'heller lavaret gevier ken divez?
N'oc'h euz great droug da zen ebed? Piou a oar
ped euz hor breudeur oc'h euz lazet pe lakeat
da laza? N'oc'h euz great droug da zen? Nag a
zaelou kouskoude a vezo skuillet enn hor bro-
ni p'en em gavo ar c'helou euz a varo ar re oc'h
euz lazet e Kastel hag e Kergidu? Ped mamm
a ranno ho c'haloun pa glevint n'ho deuz mab
ebed mui?

— No gouion ket oa ker genaouek, ken diot, ken divergont kapitened ar Republik. Mammou ho soudarded-c'houi a vouelo d'ho bugale maro dre aman? Ha mammou hon tud iaouank-ni, lazet gancoc'h, petra livirint? Daoust ha mammou Breiz-Izel n'euz ket a galoun enn ho c'hreiz? Ni a zo er gear, a zifenn hor bro; ne glaskomp trabas ouc'h den, el leac'h c'houi a deu dre aman da esa lakaat ac'hanomp da zilezer hor roue ha zoken hon Doue; n'her graimp biken. Hag e fell d'eoc'h hon defem-ni truez ouc'h mammou tud ho pro pa ne rit, c'houi, van ebed evit laza hon tud-ni?

— Daoust hag ober eur gentel di-me òc'h euz c'hoant?

— Nann, rak ne gaf ket dign e talvesfe ar boan.

— Mad a rit, ha lavaret a ran d'eoc'h oc'h tamallet da veza bet e penn Guineveziz e Kergidu.

— C'houi a c'hell lavaret ar pez a girit ha tamall kement ha ma kirit. Mar d-edon e Kergidu, beza kroget enn-oun eno; lealloc'h e vije bet. Mez marteze n'oa ket ken eaz d'eoc'h eno evel ma'z eo aman, rak eno oa goazed ha ne grenont ket dirazoc'h, hag aman n'euz nemed merc'hed....

Ha Paol a reaz eur zell ouc'h Anna Roue, he bried.

— Rok an tamm ac'hanoc h, a gaf dign.

— An nep a zo ceun he goustianz, ne dle kaout aoun nemed rag Doue.

— Ho Toue! ho Toue! Ni ne gredomp ken er spountaillou diskiant-se.

— Doue kouskoude a varno ac'hanoc'h hag a stardo varnoc'h mar kendalc'hit da ober fall, evel ma rit breman.

— Lezit anezhan gancomp, ni her lakaio var he du, araok ma'z aimp kuit euz ar vro-man.

— Touer Doue, serrit ho kinou gand aoun na gouesfe varnomp tan an env.

— Lezomp-ta an traou-ze a gostez. Ha n'oc'h ket bet ive dilennet da vear e parrez Guinevez?

— Eo, guir eo kement-se. Daoust hag eun torfet e ve ive, hervez ho kiz, beza dilennet da vear?

— Nann, n'ounn ket evit lavaret an dra-ze.

— Hag e lavarac'h bremaik ounn eun den fall! Daoust hag eun den fall a dle beza lakeat da vear enn he barrez?

— Da viana, pa vezer mear e ranker beza

mear e guirionez, hag ober penn-da-benn ar
garg a vear; ha c'houi, petra oc'h euz great euz
ho karg a vear? Fae oc'h euz great var-n-hi, ha
pa rear fae var eur garg roet gant ar Republik,
e rear fae var ar Republik.

— N'em beuz great fae var den, na var baour
na var binvidik, her goulenn a c'hellit digant
an oll. Mez n'oun ket evit chom e karg da
ober an traou diskiant, disleal ha dizakret
goure'hemennet gant ar Republik. Me am beuz
c'hoant da heuilla lezenn Doue ha da zilezer he
enebourien; me gred e c'hellan ober kement-
se?

— Petra? C'hoant oc'h euz da lavaret ne rit
ket a fae var ar Republik? Kouskoude, n'oc'h
bet nemed eur veach epken e ti-kear, eun
dervez m'oac'h bet lakeat da zina oac'h hanvet
mear; abaoue n'oc'h ket bet var dro. Ha ne ket
an dra-ze ober fae var ar Republik?

— Ar pez a livirit a zo guir. Va c'hredenn, va
feiz, va c'houstianz a zifenn ouzign bale dre ar
memez hent gancoc'h; her lavaret am beuz dirak
an oll enn ti-kear: c'houi ne falveze ket d'eoc'h
kemeret digan-en an dilez euz va c'harg: abala-
mour da-ze oun chomet hep mont var ho tro.

— Ha neuze eur goall dra-all a zo c'hoaz var

4*

ho kount. Ne nac'hot ket oc'h eat da gred evit
an Aoutrou Borgn de la Tour, euz a vaner
Keraouell, rak kement-se a zo skrivet zoken
var baperou ti-kear Guinevez? Beza e rankit
ive-ta, beza mignoun braz d'an Aoutrou-ze.
Hogen hennez a zo er prizoun, ha goall damal-
let eo zoken. Gouzout a rit ive e levereur a bep
amzer, e peb bro : *Livirit dign piou a heuillit, ha
me a lavaro d'eoc'h petra oc'h.* Darempredi a rit
enebourien ar Republik, dre-ze oc'h ive enebour
d'comp.

— Guelet a ran n'emaoun ket e doare vrao
etre ho taouarn. Evelato n'oun ket evit miret
da vousc'hoarzin ouc'h ho klevet. Kaout a ra
d'eoc'h e c'hell beza kement-se a vignouniach
etre eun Aoutrou a vouen huel, evel an Aoutrou
de la Tour ha me, labourer douar divar ar
meaz ?

— Mousc'hoarzit keit ha ma raio vad d'ho
kaloun : n'her refot ket atao. — Gouzout a reer
n'oc'h ket c'houi ken nebeut euz a vouenn ar re
zisterra : ho tud koz a ioa lakeat e Guinevez,
hag e tro-var-dro, e renk an noblanz. Na d-it ket-
ta d'en em izellaat, pa ne dal ket ar boan. Araok
an traou-man e tarempredac'h an Aoutrou de la
Tour ha kalz a re-all, breman oll enebourien

ar Republik. — Ha neuze, ma ne vichac'h ket bet mignouned, ha mignouned vraz zoken, daoust ha c'houi a viche bet diskiant avoualac'h evit en em lakaat e tal da goll hoc'h arc'hant hag hoc'h oll danvez evit an Aoutrou-ze? Nann, traou evel-se ne vezont great nemed evit ar brasa mignouned. Ha c'hoaz.... ne vez ket kavet bemdez tud ker kalounek, pe, evit lavaret guell, ker zot ha c'houi.

Mez ne c'houzoun ket perak e choman keit-all da gomz oc'h tud hag o deuz kollet ho fenn; hag ho ti, ha ne vez ket ive noz-deiz leun a veleien hag a *seurezed* ne fell ket d'ezho soubla d'ar Republik?

— Emaoc'h e doare da c'houzout.

— Ia, her gouzout a rign abarz nebeut, hag araok mont kuit, me gred em bezo, ouc'hpenn, da vont ganen an Aoutrou Cren hag an Aoutrou Coachet. E Kergidu edont gancoc'h, aman e tleont beza ganeoc'h ive.

— Mar d-emaint, c'houi ho c'havo.

— Ia, me gred her graimp, rak an ti a zo diouallet mad a bep-tu, ha den ne dec'ho anezhan. Mez araok ez comp da viret ouzoc'h-c'houi da gemeret an teac'h, pe da rei dourn d'ezho e ken kaz ma teufent da enebi.

Ha dioc'htu e oue staget, gand eur jadenn hag eur potaill houarn, he zaouarn a-dren he gein, da Baol Inisan.

Paol a zoublaz heb lavaret ger : na petra a rache ken? N'oa ket evit herzel.... Ar pez en doa lavaret d'ezhan ar c'habiten a ioa guir; hen a gave en doa great mad, mez ar Republik a lavare en doa great fall, hag evelse e ranke koll, rag ar Republik oa ar c'hrenva. Goasoc'h evit an traou-ze a gave d'ezhan a ioa c'hoaz var he gount. Ar Republik e doa atao izomm arc'hant. Hogen, evit kaout arc'hant, evel am beuz her lavaret d'eoc'h, e doa lakeat e guerz leveou ar zent, leveou ar c'houentchou ha re an noblanz. Kinniget oa bet lod anezho da Baol Inisan a gouiet en doa arc'hant mad ha ne ket arc'hant paper oa. Mez Paol n'en doa ket a c'hoant da veza laer : ne brenaz ket eur bomm levo zoken digant ar Republik. Mad, an dra-ze a viche rebechet d'ezhan c'hoaz, oue'hpenn ar pez a lavare ar c'habiten. Guelet a rea ive-ta oa great gant-han, hag e kave guelloc'h plega he benn didrouz pa n'oa ket evit herzel.

Da ziouall Paol hag Anna Roue, rak, da hou-man ive, oa goure'hemennet chom er zolier, oa lezet pevar zoudard, ho fuziliou karget, gand

urz da denna didruez, mac'h esache Paol mont
kuit, pe re-all dont d'her c'here'hat.

Soudarded kalounek! Pevar! hag int-hi armet
kloz, da ziouall eur vaouez hag eun den staget
he zaouarn d'ezhan adren he gein !...

Ar re-all hag ho c'habiten a icaz da furcha
kement a ioa enn ti, adalek an traon betek ar
c'halatrez : ar gueleou a oue freuzet, an arbe-
liou a oue divarc'het...; betek e toull ar geuneu-
dek oant bet o klask, ha netra n'o doa kavet.

Goude beza furgutet dre bevar c'horn an ti, a-
dreuz hag a-hed, ez ejont divar err d'ar c'hreier,
d'ar grainchou ha d'ar sanaillou : klask a rejont
etouez ar foenn hag etouez ar c'holo : kement
a ioa a oue furchet, mez ne oue ket kavet
muioc'h er meaz eged enn ti. Evel a c'houzoc'h,
ar veleien o doa gellet kemeret an teac'h, rag
Laouik Appere a ioa bet lemm he lagad ha skaon
he c'har, ha n'oa ket bet red lavaret diou veach
d'ar veleien mont enn hent.

An dra-man a c'hoarveze dioc'h ar mintin,
eun tamm araok mare mern. Lanzeon a ioa
unan euz ar guella tiegesiou a ioa er vro; meur
a vevel ha meur a blac'h a ioa enn-han. Evit
mernia kement-all a dud oa red kaout eur
podad mad a iod; hag evit aoza eur podad mad

a iod, eo red kaout eun tantad mad a dan. Hogen Jannet ar Go ha Manuel Conseil a ioa, er marezo, plac'hed - ti e Lanzeon. P'en em gavaz ar zoudarded enn ti, Jannet ar Go a ioa oc'h aoza mern. Glac'haret braz oa kerkouls hag ar re-all, o velet he mestr o vont gand tud ken dizakret, hag o klevet lavaret oa anat e viche lakeat d'ar maro.

Ar zoudarded n'oant ket lent, ha perak e vichent? Mont ha dont a reant dre an ti, rok hag heb aoun ebed. Unan anezho a ieaz zoken beteg Jannet, a ioa var bennou he daoulin var an aoled oc'h aoza he fodad iod. Kregi a reaz enn he baz-iod en eur c'houlenn digant-hi evit pe rumm euz he loened e rea ar guelien-ze. Jannet ne respountaz ger, mez trei a reaz ouc'h ar zoudard en eur blanta gant-han eur stafad a-dreuz he c'hinou.

Setu ar c'hoarz etouez ar re-all.

Ar zoudard a deuaz da veza mezek, koll a rea gand eur vaouez!... Evit en em zevel a enep ar c'hoarz, e tistroaz da gaout Jannet, da floura he fenn d'ezhi, evel evit ober goap.

— Livirit dign, maouez, emez-han, ha mad eo ho kuelien?

— Sell, tanva anezhan, eme Jannet, en eur

denna he baz er meaz euz ar pod, hag en eur
frota he fenn leun a iod ouc'h baro ar zou-
dard.

Mar doa bet araok c'hoarz etouez ar zoudar-
ded, breman ez euz muioc'h c'hoaz. — Ha n'oa
ket farsuz ive guelet eur zoudard kaotet he
varo d'ezhan a iod gand eur vaouez? Ne ou-
zoun ket penaoz e viche cat an traou, ma ne
viche ket deuet ar c'habiten da c'hervel he zou-
darded ha da lakaat ar peoc'h etouez an oll.

Tregont soudard oant enn ti. Epad m'oa iod
oc'h esa goapaat Jannet ar Go, iod-all ne cha-
nent da duria kement kougn a ioa enn ti.
C'hoant kaout beleien o doa; ne gafchont ket a
veleien, mes kaout a rechont ar pez a blije
meurbed d'ezho. Kavet o doa eur varrikennad
guin-koz er c'hao, hag ar c'habiten a deue da
glask ar re-all da vont da eva gant-han. Eaz oa
d'ezhan rei banneou, marc'had mad oa ar guin,
rag ne gouste netra d'ezhan. — Ar c'helou-ze a
laouenneaz ar zoudard kaotet he varo gand iod,
ha mont a reaz gand ar re-all d'ar c'hao.

Ar varrikenn a ioa divoulc'h : lakaat eun
duellenn enn-hi a ioa re hirr : savet e oue en he
za, ha ker buan didalet. Unan euz ar zoudarded
a ieaz da lost an ti da gerc'hat ar parailler leun a

skudellou, ha neuze pep hini a ica d'ar varrikenn gand he skudell hag a efe kement ha ma kare.

Jannet ar Go a ioa dija barbouellet he fenn : ar guel a gement-se a droaz neat he goad.

— Manuel Conseil, emezhi d'ar plac'h-all, guelet a rez ar pez a ra al lacroun korfek-man?

— Ia, guelet avoalac'h. Oh! ma vichen-me bet eur goaz!

— Ha red eo beza goaz evit kaout kaloun?

— Ha petra fell did a rafemp-ni hon diou?

— Petra? Sell, ne velez ket nag a dan a zo azindan va fodad iod-me?

— Eo, guelet avoalac'h. Ha goude?

— Goude? ne zivinez ket-ta petra am beuz c'hoant da ober?

— Nann, ne zivinan ket. Mez ar pez a ri me a raio, hag e ve mont d'ar maro e ve.

— Marteze, evit guir, ez aimp d'ar maro : n'euz fors, ober a ri ar pez a rign?

— Ia, hen ober a rign, her lavaret a ran did.

— Mad, kemeromp peb a gef-tan euz a zindan ar pod, an daou vrasa a zo en oaled, ha d-eomp d'ar c'hao da rosta ho baro d'ar zoudarded, pe d'ho c'has er meaz.

— D-eomp, Jannet.

Ha Jannet ar Go, ha Manuel Conseil, skelf ho

fenn, entanet ho daoulagad, peb a gef-tan enn ho dourn, ho diou d'ar c'hao.... Ar zoudarded a jommaz mantred.... Ne gouient ket petra glaske ar merc'hed-se. Ne ouent ket pell evit her gouzout, rak Jannet ha Manuel a lamme, eb aoun, varn-ezho, a roste he varo da-unan, a zeve he vleo da eun-all hag a lakea an oll da giza ha da dec'het.... Enn eun taol e oue goulounderet ar c'hao, ha Jannet ar Go a brennaz an or var he lerc'h.

Pe gounezet oa bet ar zoudarded o velet diou vaouez ker kalounek, pe leun oa ho c'hof, ne oufen ket her lavaret; da viana, hini anezho ne c'hoanteaz distrei ken d'ar c'hao.

Meuli a reer e Paris, am euz klevet, ar pez e deuz great Prinsez Lambal, ha ne ket Ian Pennors a lavaro ne reer ket mad. Hounnez, ar Brinsez-se, a ioa enn he falez gand ar Rouanez Mari-Antoinett. Ar roue Louis XVI, ar Rouanez hag ho bugale, o doa en em glevet gand tud a fizianz hag a galoun evit kemeret an teac'h euz a Franz, rag var var da goll ho buez edont e Paris. Salo o diviche gellet dont a-benn euz ho zaol, rak neuze Franz ne diviche ket bet da ruzia da veza lakeat d'ar maro eur Roue hag eur Rouanez ker mad ha ker karantezuz e kenver

5

an oll! Hogen, Mari-Antoinett ha Louis XVI a
icaz dre eun tu, hag a oue diarbennet; Prinsez
Lambal a icaz dre eun tu-all hag a c'hellaz mont
da Vro-Zaoz, el leac'h ma ne c'hellet ket kregi
enn-hi ken, rak edo er meaz euz he bro. Mad,
pa glevaz ne doa ket gellet ar Rouanez dont
a-benn euz he zaol, e tistroaz e Franz, dre ga-
rantez oc'h he mestrez, er riskl da goll he buez.
Ouc'hpenn riskla he buez, siouaz! e doa great,
rak paket e oue. Muntret eo bet; ha goude he
maro e oue distaget he fenn diouc'h he c'horf,
lakeat e bek eur berchenn hir, ha gant-han ez
ejot dre gear Baris betek prizoun ar Roue hag
hini ar Rouanez evit hen diskouez d'ezho.

Meuli a reer ive-ta, ha mad a reer, kaloun ha
karantez ar Brinsez-se; ha kaout a ra d'eoc'h
eo kals biannoc'h kaloun ha karantez Jannet ar
Go ha Manuel Conseil? Evit guir, n'oant ket
Prinsezed ha ne risklent ket ho buez evit eur
Roue hag eur Rouanez; mez ker c'huek eo ho
buez da ziou blac'h paour a Vreiz-Izel evel ma'z
eo da eur Brinsez euz a Baris, ha ken talvouduz
e tle ar galoun hag ar garantez a zizkouezer e
kenver eul labourer divar ar meaz, evel e kenver
eur Roue braz var he dron. Talvoudusoc'h eo
marteze, rak eur Roue braz ha pinvidik a c'hell

paea ar vad a reer evithan, el leac'h eul labourer paour ne ket evit hen ober. Ar c'hemm a zo etrezho, marteze, eo m'en deuz Doue digaset ar maro d'ar Brinsez ha lezet an diou blac'h e buez.

Doue, me gred, en doa c'hoant da baea dioc'h- tu Prinsez Lambal evit ar garantez e doa dis- kouezet, ha d'ho c'has gant-han var eeun d'ar Baradoz, e leac'h eo plijet gant-han lezer e buez Jannet ar Go ha Manuel Conseil, evit rei ar bae euz ho c'harantez hag euz ho c'haloun kren ha nerzuz d'ho zud var ho lerc'h. Da viana, merc'h Jannet ar Go, Anna Gueguen, dimezet da Ian Kerbrat euz a Lannener, e deuz breman daou vap belek : unan anezho a zo persoun, hag eun- all a zo tost da veza. Manuel Conseil a zimezaz da Baol ar Moan euz a Leskoat. He bugale a zo- oll herrio er vad ; pinvidik int zoken, hag unan euz he bugale vian, map da Ber ar Moan, a zo ive belek. Ha ne gaf ket d'eoc'h e ve an Aoutrou Doue, abalamour d'ho mammou koz, o skuilla ho vennoz hag he drugarez var an dud-se? Kement-man ne vir ket ouc'h an Aoutrou Doue de veza digoret gant laouenedigez dor he vara- doz da Jannet ha da Vanuel, hen hag a lavar ar pez a zo great d'an dud izommek a zo evel great d'ezhan he-unan.

Goude beza furchet Lanzeon hep kaout den-all nemed Paol Inisan, goude beza debret hag efet leun ho c'hof, lod euz ar zoudarded a icaz da Gervern-Vraz, rak eno ive e veze kuzet beleien.

Ar re a ioa chomet enn ti a zavaz d'ar zolier da lavaret da Baol oa mall mont enn hent. Paol a ziskennaz, Anna Rouc var he lerc'h, en eur voucla dourek. Poa deuet d'an traon e tistroaz ouc'h he bried evit kimmiada diout-hi, evit rei d'ezhi ar pok diveza.... Anna a zemplaz, re a veac'h a ioa var he c'haloun. Jannet ar Go ha Manuel a grogaz enn-hi hag ho lakeaz da azeza var eur skaon : teuler a reant dour d'ezhi ouc'h he fenn, mez kaer o doa ober, Anna ne deue ket enn-hi he-unan. Paol a ranke ive-ta mont kuit eb gellout lavaret kenavezo er bed-all d'he bried, rak gouzout a rea ez ea evit ar veach diveza er meaz euz a Lanzeon, er meaz euz an ti m'oa bet ganet enn-han, er meaz euz an ti m'oa bet ken euruz enn-han... — Er mareou-ze, mont d'ar prizoun a ioa mont d'ar maro. — Abalamour da-ze, en em gavet e kichenn an treujou, o tistroaz truezuz varzu ar penn huela da zellet eur veach c'hoaz da viana ouc'h Anna Roue, astennet var barlenn Jannet ar Go, hag e chomaz

ur pennad mantret ha dilavar : Guiska a reaz
ou ar maro; kredi a reat edo, hen ive, o vont
a gaout eur fallaenn. Mez eur zoudard, kaloun
er kriz hag an dir, a roaz d'ezhan eur bun-
ad ker kren, m'hen taolaz, dreist ann treu-
ou, var he benn er porz, e touez an teil. Evel
n'oa stag he zaouarn adren he gein, n'oa ket
vit sevel anezhan he-unan, hag ar zoudarded,
anter-vezo, her goapae hag her ruille a daoliou
reid etouez an teil.

Ar mevellien, o tont euz ar park d'ho mern,
jomaz mantred o velet ho mestr var an teil
hag an ti leun a zoudarded. — Ne gouient ket
petra a ioa c'hoarvezet. — Olier ar Stum, unan
anezho, o velet he vestr astennet var an teil,
kaillaret he zillad, ho benn er c'houer hanvoez,
a zavaz ar goad d'he benn, hag a lammaz, gand
he fals, etre Paol hag az zoudarded. Kregi a reaz
dourn he vestr, her sevel a reaz enn he za,
hag, en eur zistrei ouc'h ar zoudarded, e sellaz
out-ho gand eun car ker rok, ma lavare d'ezho
dre ho daol lagad : Deuit-ta breman adarre da
ober poan d'am mestr-me.

Ar c'habiten, me gred, a velaz oa mall d'ezhan
mont kuit, rak paneved-se mevellien Lanzeon
a viche lammet varnez-han ha var he zoudarded,

hag, eb gounit varnez-ho, marteze, o diviche great eun distro-fall da baotred ar Republik. Hogen ar zoudarded ne garient ket chom el leac'h ma viche stourmet outho : guelloc'h e kavent debri, efa ha laerez didrouz hag eb beac'h ebed, — easoc'h oa ive, evit guir.

Pedo Ian ar Mest o vont enn ti e Lanzeon dre eun tu, daou vevel a ioa o tont ebarz dre eun tu-all, ha, gant-ho, Christ ar Groaz-Ruz, torret he zivesker, he zivreac'h, ha diskolpet he benn. Soudarded ar Republik o doa droug ouc'h kement tra a ziskoueze d'ezho ez euz eun Doue ha ne ankounac'haio nag al laeronsiou nag ar goall-oberou. — Daoust ha n'euz ket enn deiz a herrio var an douar tud henvel ouc'h soudarded ar Republik koz? — Marteze ive ar c'habiten en doa c'hoant da zizec'ha, ar muia ar guella, ka-loun Paol Inisan, rag hounnez ar groaz-se a ioa savet eno gand he dud koz, e penn ho douar, a du Lochrist, hag ioa ive hanvet kroaz Inisan.

Epad m'edont, evel paotred ar zabat, o tansal, o iouc'hal hag o pec'hi, evel pa viche kollet ho fenn gant-ho, enn dro da dammou ar groaz bruzunet, ec'h en em gavaz a du Bretouarne ar re a ioa eat da Gervern, ha gant-ho, en ho zouez, *seur* Kervern, Mari Kemener, staget gand eur

gordenn ho daouarn adren ho c'hein. — Sou-
darded kalounek! Liamma ho daouarn da cur
vaouez! Aoun hoc'h euz? Rak petra? Rak cur
vaouez? Alo-ta, mezuz e ve evit soudarded!...

Evel ma komzent e gallek, mevellien Lanzeon,
a ioa eat var ho lerc'h, n'o doa ket gellet gou-
zout petra a lavarent. Laouen oant, da viana,
ha, dioc'h an neuz anezho, oa fouge ennho
o veza deuet, ken eaz ha ker brao, a-benn euz
ho zaol. Hag e guirionez, ne ket eun dra vrao
guelet tregont soudard o tont a-benn euz a cur
goaz hag euz a cur vaouez! ha c'hoaz ar re-man
n'edont ket var evez!

Ne zalejont ket da vont enn ho hent ha da
stampa kaer varzu Lochrist; mall o doa da vont
da Lesneven da lavaret peger brao taol o doa
great. — Mevellien Paol Inisan a hastaz a-fo
dastumm an tammou euz ar groaz bruzunet
evit ho digas gant-ho da Lanzeon, hag eno
emaint c'hoaz enn deiz a herrio.

Ian ar Mest a gavaz Anna Roue deuet enn-hi
he-unan, mez drouk-lived meurbed. Daoulinet
oa, hi, Jannet ha Manuel, ho zeir o lavaret ho
japeled evit Paol Inisan. Kregi a reaz e dourn
Ian, hag, en eur voucla, e lavaraz d'ezhan :

— Bennoz Doue d'eoc'h, Ian ar Mest, da veza

deuet da velet eun intanvez rannet he c'haloun ;
ho mignoun Paol a zo eat d'ar maro.

— N'en em jalit ket re, Anna Roue : an traou
ne droint ket marteze ker fall ha ma sonj d'eoc'h.
N'euz forz penaoz ez ai an traou, gouzout a rit
hoc'h euz eur mignoun kalounek e Leskoat. Na
ankounac'het ket d'am gervel, an disterra
izom o peze.

— Bennoz Doue d'eoc'h, Ian ar Mest.

Ian ne zaleaz ket pell : n'oa evit ober vad ebed,
hag eur rann-galoun oa beza enn dervez-se e
Lanzeon. N'oa nemed vouel ha kaon. Hini euz
ar mitizien ne rea netra : mantret oant oll ha
ne reant nemet sellet an eil ouc'h egile eb gou-
zout na petra da lavaret na petra da ober. Araok
mont kuit e lavaraz c'hoaz da Anna Roue en
doa gellet an Aoutrou Cren en em gaout dizrouk
e Lescoat, mez ne gouie ket petra oa deuet da
veza an Aoutrou Goachet ; kredi a rea e tlie
beza kuzet e menez ar Bod-Onn e mesk al lann.

Ian ar Mest a deuaz d'ar gear euz a Lanzeon
dre vourk Lochrist-ann-Izelvet, da c'houzout
hag eur c'helou bennag a glefche dre eno. Klevet
a reaz, guelet a reaz zoken ar pez o doa great,
en eur vont abiou, paotred ar Republik, rak n'o
doa ket daleet. Diskaret o doa an Aoutrou Christ

binniget hag ar zent, diframmet o doa an aoter.
Ar c'habiten a ioa eat zoken gand he varc'h er
chapel hag en doa her lakeat da efa an dour
binniget a ioa er pinsin koz. Ar guel a gement-
se a lakeaz kement a zrouk e Lochristiz, ma
kemerchont bep a bennad baz da skei var ar
zoudarded en eur grial :

— Soudarded dizakret, hon tud koz-ni a zoube
ho biziad er pinsin-ze evit kemeret dour bin-
niget, ha c'houi a laka ho kezek da efa enn-
han? Gortozit, bremaik ni hen talvezo d'coc'h.

Ar zoudarded, evel emaoun o paouez lavaret
d'coc'h, ne garient ket enebi ouc'h ar re en em
zave out-ho. Abalamour da-ze ec'h en em zas-
tummchont buan, hag ec'h en em lakechont
enn hent da vont varzu Lesneven. Evelato,
araok mont kuit, evit heskina Lochristiz hag
ober aoun d'ezho, e leverchont e viche great
eur marchosi euz ho japel, ha savet speurinier
enn-hi evit lakaat ho c'hezek pa deuchent enn
dro, rak dont a dlient var ho c'hiz, emezho.
Kelcier glac'haruz oa an traou-ze da glevet.
Kouezet etre daouarn tud ker kriz, oa anat
d'comp ne zalechont ket da gas Paol Inisan
d'ar maro. — Aoutrou Doue, digorit ho Paradoz
d'ar re vad ha digorit ho daoulagad d'ar re fall!

5*

Dioc'h an abardavez, e teuaz an Aoutrou Cren euz a Leskoat da Vaner-al-Liorzou dre Gastel-Fur, Traonjulien ha Landigiac'h. Eat avoalac'h e viche da Lesvaeok, da di Renan Eukat, rag eno ive e veze roet digemmer mad ha golo d'ar veleien, mez izomm dont varzu Maillo en doa. Mari Mark, grek Kervinot, a ioa klan, toc'hor zoken oa, hag e ranke mont d'ho c'hofez. Eur vadiziant en doa ive da ober da Herve Goaok, a Boull-ar-Foennok, hag ouc'hpenn, an ofern a dlie da lavaret enn nosvez-se en eun toull men-gleuz, e kreiz koad Maillo.

Digemeret mad e oue gand Herve Soutre, a gredo, ha mad a rea, tenna bennoz Doue var ho di en eur zigori he zor d'ar veleien.

Deuet oa an noz, debret oa koan, edot e kreiz ar pedennou diouc'h an noz pa zirollaz e Maner-al-Liorzou eur strollad soudarded dispac'herien. Kenta rejont oue cren stard ha staga ouc'h treid ar guelcou hag an armeliou kement hini a ioa enn ti. Goude-ze e tigaschont var an daol ke-ment tra a gafchont da zibri ha da efa. Bep eil ez cant da zibri. Epad ma lounke lod, lod-all a zigore, a zivarc'he, pe a dorre, a daoliou bouc'hal, an armeliou evit klask enn-ho arc'hant pe draou-all talvouduz. Dre oll o doa klasket, ha

kement tamm arc'hant o doa kavet a ioa cat
gant-ho, betek Aoutrou Doue Katel Eukat,
me lavar ho *c'hrucifi*, evel em euz her lavaret
d'eoc'h.

Pa oue leun ho c'hof hag ho godellou, o tivis-
chont da c'houzout petra da ober euz a dud an
ti. Pemp vraz ha daou vian a' ioa : Herve,
Katel, Ion an Deniel, Goule'hen Abolier, an
daou elig bian hag an Aoutrou Cren, ar pez
a rea seiz den krouet gand Doue. Me gred ne
gouient ket anaout an Aoutrou Cren, rag anez
o diviche her c'haset gant-ho. Ne espernent
belek ebed, ha fouge a veze enn-ho pa c'hellent
kaout eur belek bennag da verzerria. Lavaret a
reant oa evit rei skouer vad ha kentel d'ar bobl
eo e reant an dra-ze. Na pebez skouer, o va
Doue!... Me gred e rea vad d'ho c'haloun, griz
guelet ar goad o ruilla dre-oll.

Edont ive-ta o tiviz, ha ne gouient ket petra
da ober pa deuaz unan anezho euz ar meaz enn
ti en eur lavaret oa eur puns doun er penn-all
d'al leur, hag oa brao teuler an oll charz, bugale
hag all.

— Ia, ia, eme ar re-all, ar berra eo : hag eno
e vezint didrouz diouc'h tud ar bed evit lavaret
ho fedennou.

'— Mad a leverez, eme ar re-all; araok ma'z eor d'ho c'hlask di o devezo bet amzer da uza ho zeod en eur bedi ho Doue.

Kor buan e oue kroget enn Herve Soutre, e Katel Eukat, enn ho daou bugel, enn daou vevel hag enn Aoutrou Cren da ziveza, hag e ouent taolet var ho fenn e goueled ar puns. Katel Eukat a ioa beo c'hoaz pa deuaz an Aoutrou Cren euz he fallaen, rak en eur goueza er puns oa semplet, ha na ket souez : eur goall-lamm oa ivo hennez, koueza var ar penn en eur puns doun; meur a hini a viche semplet evit nebeutoc'h. An tri-all hag ar vugale a ioa maro.

Pegeit oa padet fallaen an Aoutrou Cren? Ne ouzoun ket. Komz a reaz ouc'h Katel, mez siouaz n'oa evit lavaret ger, ne rea nemed ficha he dourn. — Epad m'edomt an eil e kichen egile enn ti, stag ouc'h treid ar gueleou, an Aoutrou Cren en doa kofeseat an oll, ha roet d'ezho, en hano Doue, ar pardoun euz ho fec'hejou. Rei a reaz c'hoaz breman da Gatel *induljansou* ar maro mad.

C'houeac'h den muntret, merzeriet er memez nosvez! C'houeac'h sant e Baradoz an Aoutrou Doue!!

Setu a-zo ar pez a ioa c'hoarvezet gand an

Aoutrou Cren hag e Lanzeon abaoue emgann Kergidu. Setu a-ze penaoz oa kouezet er puns hag e viche marvet enn-han, ma n'en diviche ket va cal mad-me va digaset enn nos-se da Vaner-al-Liorzou, el leac'h va c'has da Lanzeon evel am boa c'hoant.

PEMPET PENNAD

—

Trefalegen e Lanhoüarne

Va goad a verve dre ma kounte an Aoutrou Cren fallagriez ha krizder soudarded ar Republik; va izili a grene, va spered a iea tano; ar goad a zavaz d'am penn, eat oan er meaz ac'hanoun va-unan; ankounac'haat a riz enn eun taol an trouc'h a ioa em morzed, sevel a riz em za :

— It atao, dispac'herien fallakr ha digaloun, eme-ve dign va-unan, m'hen talvezo d'eoc'h!

Hag evit guir, ne c'houlennen ket guell eged ober d'ezho ar muia drouk a c'helehen. Mareze ne rean ket mad, rag ar venjanz a zo da

Zouo epken, mez n'oan ket evit miret; hag ouc'hpenn, o brezel edomp, hag, er brezel, pep hini a ra d'he enebour muia ma c'hell a zrouk. Red oa, mont a ranken da venji va c'houmper Herve Soutre, Katel Eukat hag ho bugale; ia, red oa.

Kounta a riz ar bouledou en doa roet d'ign an Aoutrou de Kerbalanek : teir ha tregont a ioa anozho, cun-all a ioa em fuzil; mad oa.

— Kenavezo, Aoutrou Cren, eme-ve en eur gregi em fuzil.

— Mont a rez kuit, Ian Pennors?

— Ia, Aoutrou Cren.

— Ha da beleac'h ez?

— An dra-ze ne zell nemed ouzign. Ne lavarign ket d'eoc'houi zoken ar pez am beuz c'hoant da ober. Ar pez ec'h ouz da ober c'houi, goude beza bet o velet Mari Kervinot, gant aoun da veza paket eur vech-all c'hoaz, eo mont da goajou Kermenguy da gaout an Aoutrou de Kerbalanek. Eno eman hor mignoned. N'o pezo da ober nemed houpal teir gueach, evel ar gaouenn, hag e klefot o peleac'h o vezint. Grit d'ezho va gourc'hemennou. Araok ma vezo tremenet an deiz a zo erru, o devezo klevet

hano euz a Ian Pennors, pe Doue en devezo
lammet he vuez digant-han.

— Kenavezo, Ian Pennors, pa fell did mont
kuit. Ra deuio Doue da baea ac'hanot d'am boza
tennet euz ar puns a zo du-hont.

— Bennoz Doue, Autrou Crenn, ha kenavezo.

Trei a riz kein kenta ma e'helehen, rak
guelet a rean an daelou o tivera euz a zaoula-
gad an Aoutrou Cren. An dra-zo a rea poan
dign, ha n'em boa ket a c'hoant da zigalounc-
kaat. Ne ouen ket poll evit lammet euz al leur
el liorz, hag ac'hano er park braz. Mont a riz
var eeun adreuz ar parkeier betek an hent braz
a ia euz a Gastel, dre Verven, da Lesneven, rag,
dioc'h ar gount a rea Brutus an Normand, epad
m'edon er puns, e tlie ar zoudarded mont varzu
eno.

Ne ouzoun ket pe ar banneou o doa pounner-
reat ho zreid, pe bet oant bet enn eul leac'h-all
bennag oc'h ober ar pez o doa great e Maner-al-
Liorzou, da viana eat oant, e fesoun, goustadik,
rak enn ho raok edon enn hent a dou euz a
Ger-Ian-Vian d'an hent braz. Trouz ha chaok
a ioa gant-ho kement, ma vezent klevet, e kreiz
siouldor an noz, eun hanter-heur vale dioc'h an
hent braz. Me gred edont oc'h en em fougeal da

c'houzout pini anezho en doa great ar muia drouk.

Enn tu-all d'an hent braz oa eur parkad balan da Ian Berthou, euz a Trefalegenn. Er park-so em boa c'hoant da vont. Chom a riz da c'hedal. Ar zoudarded a icaz abiou, ha, kerkent ha m'oa tro ho c'hein, me a dreuzaz an hent braz hag a lammaz er park balan. Eur c'harz lann daou vloaz a ioa var ar c'hleuz hag a guzo ac'hanoun pa vezen o sellet var an hent braz. Sklear oa an noz, mez n'em boa nemed soubla etouez ar balan, ha den ne c'helle va guelet.

Dre ma'z ea ar zoudarded, me ica d'ho heul, a-hed ar c'hleuz, evel pa vichen bet unan anezho. Ne ouzoc'h ket petra am boa c'hoant da ober en eur vont ken tost-ze d'ar sitoyaned? Ho c'hounta em boa c'hoant da ober evit gouzout ped oant. Beza oa anezho c'houeac'h-varnugent, hag ouc'hpenn eun tammik ofiser bian, divarf, displed, an ear a driouac'h pe naontek vloaz, hag a ioa e kreiz ar re-all.

Gouzout a rean breman ar pez em boa c'hoant da c'houzout; edon e touez ar balan; sevel a riz va fuzil dreist ar blenchou, biza a riz epad m'edo Brutus an Normand o komz en eur zakreal hag en eur bec'hi ouc'h unan euz ho

gamaraded; an tenn a strakaz, ha pec'hed
Brutus a ouo trouc'het dre an hanter. An Nor-
mand a gouezaz, torret he benn etre treid he
gamaraded.... — Hennez ne deuio ken da lakat
an tan e ti va c'houmper Herve Soutre.

Pebez dispac'h ha pebez freuz a reaz va zenn
etouez ar zoudarded! Lod anezho a jomaz
souezet ha mantret; lod-all a bec'he hag a
gomze a-dreuz hag a-hed; oll oant distreet
varzu al leac'h m'edon-me enn-han o klask
guelet an hini en doa tennet. Re zivezad edont;
me a ioa en em daolet a-c'hourvez etouez ar
balan hag a garge adarre va fuzil.

— Peoc'h-ta, eme an tammik *ofiser.*

Chom a rejont sioul enn ho za da zelaou; mez
ne glefchont netra, rag dija em boa karget
adarre.

— Diouc'h peleac'h an diaoul, eme eur zou-
dard, eo deuet an tenn ifern-ze? Koz bro fall!

Biza a riz evit an eil gueach, hag, e feiz, hen
eo an hini a ioa eat da fall. Koueza a reaz
maro-mik.... — Hennez ne deuio ken da lavaret
eo eur c'hoz bro fall hor bro-ni a Vreiz, bro an
dud kalounek a gar ho Doue hag ho roue.

— *Letanant,* eme ar zoudarded-all, evit hennez,

an tenn-zo, a zo deuet ac'halenn, euz a-dren ar vojenn lann-man.

— A gaf did?

— Ia, rag guelet em beuz ar moged.

— Guir eo an dra-zo, eme ar re-all.

— Mad, it-ta neuze er park dreist ar c'hleuz ha dineizit alese al laeroun.

Ar c'henta a zavaz var ar c'hleuz a reaz lamm-chouk-he-benn; an eil hag an trede a reaz er memez tra; a veac'h ma veze ho zroad var ar c'hleuz, ma kouezent var ho fenn enn hent.... Ne skoen tenn e bed ebiou.

Setu dija pemp d'an traon! Mez n'edo ket c'hoaz va c'hount eno.... Kaer am boa beza lazet lod anezho, ne ouen ket evit miret ouc'h ar re-all da zont er goaremm; eiz pe nao a lammaz enn eun taol var ar c'hleuz, ha me n'em boa nemed eun tenn em fuzil. Neuze e soubliz hag ee'h en em ruziz kant paz larkoc'h etouez ar balan, hag e leziz anezho da furcha ar c'harz kement ha ma karent, a daoliou fuzil hag a daoliou klezo. — Kounnaret oant, rag ne gavent netra. — A-benn eur pennad e tiskenchont adarre enn hent braz en eur zakreal kement, m'am boa aoun na viche kouezet an env var hor penn. — Var ar pec'hi oant tud dibab, an dispac'herien.

O c'hedal ma'z achont kuit edon. Tostaat a riz diochtu ouc'h ar c'hleuz; biza ha tenna a riz adarre.... Pevar a ziskariz ne ouen ket pell, hag an dra-ze a rea nao; mez euz a naodac'houcac'h-varnugent, euz meur a hini da gounta.

— Tonerr-de-tonerr, eme eun-all, eun tamm *kaporal* oa hennez, a gaf dign, an diaoul he-unan a rank beza var hor lerc'h!

Hennez eue an dekved da vont d'an traon, hag hennez na deuio ken da gemeret Ian Pen-nors evit an diaoul.

Tenna a riz eun tenn-all c'hoaz goude hennez, hag adarre em boa diskaret va den. Ne rean tenn guenn ebed. Ar zoudarded ne gouient e pelec'h trei, diboellet oant. Euz ar park balan e teue an tennou, her guelet a reant, mez ne velent den ebed... Ouc'hpenn, nec'het oant. — Me a ioa atao va lagad o para varnez-ho epad m'edo va daouarn o karga va fuzil.

Enn eun taol, e veliz seiz pe eiz o lammet er park o tont varzu enn-oun eb m'am boa gellet, enn dro-man, rei va zenn da hini anezho. Me, d'am zro, a zoublaz va fenn a-zindan ar balan hag a bellcaz dioc'h ar c'hleuz. Gourvez a riz ha chom a riz evelse da c'hortoz ma vichent oat kuit evel enn dro-all. Mez enn dro-man avad, oa bet darbet dign beza tizet va-unan. Daou zoudard, ar gounnar gant-ho, n'oant ket eat enn hent gand ar re-all. Skei ha bazata a reant ar balan gand *baionettez* ho fuzil : ha me n'em boa ket ho c'hlevet o tont varn-oun; me a ioa o sellet ouc'h ar re-all o vont kuit. Edont varn-oun, ha me, buanna ma c'hellen, plega va fenn. Mont a reant a-hed ar valanek en eur furcha a daoliou *baionettez* a gleiz hag a zeou. Ken tost edont dign ma kouezaz taol unan anezho var beg va skoaz. Eur boan griz a reaz an taol-ze dign, mez ne finviz ket muioc'h eget pa vichenn bet maro. Mez pemp minuten goude-ze, p'oa eun tamm pelleat, me em boa her c'haset d'ar bed-all da gaout ho gamarad Brutus an Normand. Egile a gemeraz aoun hag a lammaz dreist ar c'hleuz enn hent, evel pa viche kroget an tan enn ho lost; ha mad a reaz.

Va c'hredi a c'hellit, me n'edon ket em eaz. Va goad a rede a-hed va c'horf, adalek va skoaz beteg va zreid, ha kouskoude n'em boa ket re a c'hoad da goll : goadet oan bet dija e Ker-gidu. Harpa a riz mad evelato, rag eun dra am boa lakeat em penn : red oa dign venji va c'houmper Hervé Soutre, he c'hrek, he vugale, Paol Inisan, seur Korvern, Mari Kemener, hor c'hamaraded hag hor c'herent maro e Kergidu; c'hoant em boa da laza kement soudard o doa digaset ar Republik e Breiz. Ne oan ket evit ober kement-all; mez da viana ar re-man, ar re a zo aman etre va daouarn, o bek va fuzil, a baee ker evit ar re-all.

Int-hi ne gouient ket petra da ober. Me ho c'hleve o pec'hi hag o kounnari var an hent braz evel eur vandenn zialou.

— Eur *rejimant* laeroun a-bez a zo ive-ta er goaremm-ze, eme unan.

— Ia, d'an nebeuta eur *rejimant*, eme eun all.

Ha me va-unan em biche c'hoarzet kalounek o klevet kement-se, ma n'em biche ket bet kement a boan. Daoust ha red eo kaout eur *rejimant* Bretouned evit kas d'ar bed-all diou zousen dispac'herien? Nann, Ian Pennors he-unan a zo avoalac'h evit ober kement-se.

Ia, ker guir oa an dra-ze, ma ne jome, da c'houlou deiz, nemed an tamm *ofiser* bian am boa espernet ha dalc'het da ziveza. Iaouank ha ruz he benn oa, p'oan-me lammet e park balan Ian Berthou; breman eo distrounk evel eur c'hi

klan, guenn evel eul lienenn, diskabell, fuillet
ho vleo, skorj ho zaoulagad ha divoutoun ho
zillad. Ho glezo a ioa gant-han enn ho zourn;
kas ha digas a rea anezhan, a gleiz hag a zeou,
a geun hag a viziez, dirag ho zaoulagad, evel
p'en diviche c'hoant da viret ouc'h an avel zoken
da vont da gaout ho benn. — Aoun en doa,
me gred, rak bouledou Ian Pennors a dorre ar
penn.

Goude beza sellet piz out-han, e lammiz,
dreist ar c'hleuz enn hent, pemp paz varnugent
enn ho raok; ha me d'her biza d'he dro. Hen a
jomaz krenn a-za, droug-livetoc'h c'hoaz eged
aziagent; eun tamm skrijadenn a reaz. Evelato
e klaskaz en em zere'hel coun ha soun var ho
dreid, evel eur zoudard kalounek a ia da vervel
hag en deuz c'hoant da ober fae var ar maro,
evel ma tere ouc'h eur guir soudard.

Goulaouet oa an deiz; tosteat oan out-han,
hag en eur zellet piz, e veliz eur zeizenn enn
dro d'he c'houzouk, ha var he galoun eur ve-
dalenn. Edo va biz var bluen va fuzil, eur za-
chadenn hag oa great gant-han.... Chom a riz
a-za. Ar guel euz ar vedalenn a dorraz va drouk.

Eur vedalenn a ro atao eur vad d'an nep he
dougen.

— Ma karfenn, eme-ve, me a c'helfe ho laza evel m'am beuz lazet ar re-all.

— Lazit ac'hanoun, emez-han; hag e c'hoantea krenvaat he vouez; lazit ac'hanoun, n'em beuz ket a aoun.

— Komz mad a rit a-ze, va c'hamarad iaouank; ia, ia, komz mad evit guir. C'houi a viche mad da veza a enn tu gancomp-ni.

— Me a zo e tu ar Franz.

— Franz a zo el icac'h m'eman Doue hag ar roue, va faotr; ha c'houi, kerkouls hag ar re a zo a du gancoc'h, ne rit nemed laza merc'hed ha bugale, tud ha ne reont drouk da zen; ne rit nemed laerez ilizou ha devi tiez dre ma'z it. C'houi etrezoc'h, divroidi ha dispac'herien, a lavar ne deuz e Breiz nemed laeroun ha tud fallakr, abalamour ma tifennont ho Doue, ho roue, ho bro hag ho zud; mad, me a lez gancoc'h ho puez; it da gaout ho kamaraded, ha lavarit kement-se d'ezho; lavarit d'ezho ive eur Breizad, he-unan, enn eun nosvez epken, en deuz lazet d'ezho c'houeac'h soudard varnugent a dennou fuzil, hag en doa ho lazet abalamour m'o doa merzeriet, gand ar grizder ar grisa, eun tiad tud n'o doa great drouk da hini anezho. Kenavezo, den iaouank.

Lezer a riz ive-ta, abalamour d'he vedalenn, he vuez gand ad tammik *ofiser*, ha dont a riz dre an hent berra da goajou Kermenguy da renta kount euz va beach d'an Aoutrou de Kerbalanek. — Eno o tlien kaout ive an Aoutrou Cren ha va oll gamaraded.

— Diouc'h ar pez am boa klevet, ne dalie ket ar boan d'ign mont da glask tud da harpa ouc'h soudarded Canclaux o kostez Lanzeon nag o kostez an Arvor, pa'z oa guir oa eat Paol Inisan d'ar prizoun.

— Allaz! paour keaz Ian Pennors, eme Mauriz Mageroz, pa velaz ac'hanoun o tont leun-c'hoad, n'ema ket doare ar friko varnoc'h! Eur goall dro a zo en em gavet gancoc'h enn noz-man, diouc'h ma velan?

— A gaf d'eoc'h, Mauriz?

— Ia, pe ne velan ket sklear; kouskoude eo savet an heol.

— Mad, it var hent Lesneven, dirak park balan Ian Berthou, o chom e Trefalegenn, hag e velfot tro piou a zo bet enn noz-man.

Neuze e kountiz ar pez am boa great. An Aoutrou Cren a reaz eun tamm sermoun dign, hag evelato va c'haloun n'oa ket glac'haret

ouc'h her c'hlevet; mez an Aoutrou de Kerba-
lanek a grogaz em dourn hag her stardaz ka-
lounek, en eur rei dign eun taol-lagad hag a
lavaro : Mad c'heuz great, Ian Pennors, eur
goaz oud.

Hag, evit guir, n'em biche ket roet va nosvez
evit arc'hant.

An Aoutrou Cren a lavaraz c'hoaz :

— Soudarded ar Republik int, evit guir, Ian
Pennors, ar re hoc'h euz lazet enn noz tremenet;
goall draou o deuz great, hen anzao a ranker,
ha ma viche eat an traou hervez ho ioul, me
n'edon ket aman breman. Evelato int tud, ha ne
c'heller ket ho lezer, evel chatal ha gagnou, da
vreina var gorre an douar. Ar bleizi hag ar
brini a deufe da grignat ho eskern, ar pez a ve
evit hor bro Breiz eun dra zivalo dirag an
dud, hag a ve tamallet d'eomp gant Doue.
D'eomp daouzek ac'hanomp d'ho lakaat enn
douar. Ne c'hellimp ket ho c'has d'an douar
binniget, rak e riskl e vefemp da veza paket
gand soudarded-all. El leac'h ma c'hellimp ni
ho lakaio enn douar.

Ha ker buan ar belek dizrouk a gemeraz penn
an hent da vont varzu Lanhouarne, Louis Guil-
lou, Cien an Han, Glaoda ar Map, Job ar Boulc'h,

6

Tangi Legadek, Herve Magerez, Denez Rosek, ha kals a re-all c'hoaz a ieaz var ho lerc'h. Me va-unan ne ouen ket evit miret da vont d'ho heul; red oa d'ign mont da ziskouez d'ezho e peleac'h em boa douaret soudarded ar Republik.

Ne c'hejomp ket e Maner-al-Liorzou en eur vont. P'edomp var an hent braz, dirag an ti, an Aoutrou Cren, he-unan, ne reaz nemed sin ar groaz; di e tliomp dont en eur zistrei.

Kenta a gafchomp var an hent, e oue Brutus an Normand; var hennez, a c'houzoc'h, em boa tennet da genta. Ar re-all a ioa, hini aman, hini a-hount, dem-dost evelato an eil d'egile. N'oa den var an hent. Ne ouzoun ket e pe du oa troet va zammik *ofiser* n'em boa ket tennet var-nez-han.

E park balan Ian Berthou Trefalegenn, etal ar c'hleuz, adren eur vojenn drez ha spern, e rejomp eun toull doun hag hir, rak benviachou evit-se a ioa eat gancomp, hag enn-han e taolchomp soudarded ar Republik, ho c'houeac'h-var-nugent, er memez toull.

Pa ouent taolet-oll enn toull, an Aoutrou Cren, var bennou he zaoulin, a lavaraz pedennou an anaoun :

— *De profundis clamavi ad te, Domine; Domine exaudi vocem meam.*

Ni a ioa dizolo hor penn.

Pa gleviz ar pedennou-ze, o riz our skrijadenn, ne ouen ket evit miret, rak dioc'htu o teuaz em spered ar spountadenn em boa bet enn nosvez araok o Maner-al-Liorzou. Va spered a icaz da glask Hervo Soutre, Katel Eukat hag ho bugale. Allaz! n'ho guelign birviken er bed-man!

Goude ma ouent taolet enn toull, e lakechomp douar varnez-ho; ha goude?.... Setu achu evit-ho er bed-man. Ra blijo gand Doue ankounac'haat ho goall-oberou, kaout truez out-ho er bed-all ha rei d'ezho lod enn ho varadoz!!!

Goude-ze o teuchomp da Vaner-al-Liorzou da denna euz ar puns Hervo, Katel, ho bugale hag an daou vevel. N'em beuz ket a galoun da gounta d'coc'h pegen truezuz oa bet d'comp tenna an dud paour-ze er meaz euz ar puns. Ho liana a rechomp; bep a arched a oue great d'ezho oll. Hini Katel a oue great kals brasoc'h, rak lakaat a rechomp gant-hi, er memez arched, ho daou grouadur, unan a bep tu, etre ho divreac'h, evel ma edo pa varvaz e fons ar puns, epad m'edo an Aoutrou Cren o rei d'ezhi *induljansou* ar maro mad.

Pa deuaz an noz, ec'h ejomp d'ho c'has d'an douar binniget, e bered Guinevez-Lochrist, ho farrez.

C'HUEC'HVET PENNAD

Tour Berven

Eun dervez hag eun nozvez a ioa edomp e koat Kermenguy eb ober netra nemed diskuiza ha pura hon armou. An Aoutrou de Kerbalanek a iea hag a deue enn hon touez, tenval he benn. Ne lavare ger ha ne gouiemp ket petra a ioa o tieza he spered, mez anat oa d'eomp ne d-ea ket an traou hervez he c'hiz. Nec'het oamp honunan o velet hor mestr glac'haret hag ankeniet. Etrezomp e kaozeemp, ha c'hoant hor boa da c'houlen petra a rea kement a nec'hamant d'ezhan; mez hini ne grede goulen. Oll e kave d'eomp e sonje enn dud a ioa marvet e Kergidu, ha, mar doa guir an dra-zo, komz d'ezhan a gement-se, oa nevezi he boan hag he c'hlac'har.

Avechou, pa veze o vont pe o tont abiou d'eomp, unan-bennag a lavare :

— Aoutrou de Kerbalanck, peur o skoimp adarre var soudarded Canclaux? Diskuiz omp breman, ha ne c'houlennomp ket guell eged mont adarre enn hent.

— Gortozit, goazed, a lavare. Divezatoc'h, me a roio krok d'eoc'h; breman omp re nebeut a dud.

— Re nebeut? Daoust ha Ian Pennors aman n'en deuz-hen ket he-unan diskaret, enn eun nozvez, c'houeac'h soudard varnugent var hent braz Lanhouarne?

— Ia, Ian Pennors a zo eun den, her gouzout a ran.

— Ha paotred Landeboc'her, daoust ha n'ho deuz-hi ket ive skubet eur guchenn-all divar douar Breiz-Izel?

— Ia, guir eo an dra-ze, eme an Aoutrou de Kerbalanck, en eur huanada.

Hag e tec'he dioc'h ouzomp.

Daou zervez goude taol Trefalegenn, epad m'edomp o tomma enn dro d'eun tamm tann hor boa alumet, var dro peder heur dioc'h an abardavez, e teuaz en hon touez an Aoutrou de Kerbalanck, atao eun car'nec'het d'ezhan. Eve-lato, enn dro-man oa anat d'eomp ez ea da zis-

6*

karga he galon. Azeza a reaz enn hor c'hichen :
pep hini ac'hanomp a droaz out-han, digor hon
diouskouarn.

— Goazed, emez-han, gouzout a rit omp bet
tizet e Kergidu hag hor beuz ranket kemeret
an teac'h ha dont aman da guzet e mesk al
lann, pell dioc'h hon tud. N'edomp ket var
c'hed a gement-se, mez, her gouzout a rit, mar
d-omp bet trec'het, ne ket e vankche kaloun
d'eomp; nann, a drugare Doue. M'hor beuz
ranket tec'het, eo abalamour ma n'oa ket a
armou etre hon daouarn, evel a zo etre daouarn
soudarded Canclaux; anez, hag e vichent bet
pevar ouc'h unan, e vichemp deuet a-benn
anezho.

— Ia, guir kement-se, eme-ni a-unan, rak ni
en em gann evit hor relijion, hor roue, hor bro
hag hon tud, e leac'h soudarded Canclaux n'int
deuet e Breiz-Izel nemed evit lac'ha, laerez hag
ober udurerez.

— Guir a livirit. Me a gave d'ign, gand tud
eveldoc'houi, em biche douaret Canclaux hag
he zoudarded etre Kastel ha Kergidu; hag her
great em biche ive, ma ne viche ket digouezet
varnomp ar Prat gand he ganoliou.

Goude beza trec'het Canclaux, va mennoz oa

mont varzu Brest evit kas euz ar gear vraz-se
en divroidi deuet di, hag a laka kement a
spount da reded dre ar vro gand ho lezennou
fizouc hag ho c'hrizder. Mez, evit ober kement-
se, evit beza treac'h da gear Vrest, evidomp da
gaout enn-hi meur a hini a du gançomp, e ran-
kemp beza kals tud, rak anat eo d'eoc'h ne ket
eaz mont enn eur gear var soudarded hag a zo
mogeriou huel a dro-var-dro d'ezho. Abala-
mour da-ze em boa lakeat kemenn d'an oll dud
a galoun a vro Leon, hag euz a Gerne zoken,
dont d'hor c'haout da vourk Berven. Varc'hoaz
hag antronoz, e tleont en em gaout. Dont a dle
tud a Blouneour-Menez, a Gommana, a Blou-
ziri, euz an Dre-Nevez, euz ar Merzer, a Vimil-
liau, a Lambaol, a Viniventer, a Vodiliz, hag
euz a veur a leac'h-all. Dont a dle zoken euz ar
Fouillez, euz a Vrasparts hag euz ar parresiou-
all euz ar vro-ze. Evel a velit, kals tud e tliemp
beza evit bale varzu Brest, hep kounta ar re hor
biche kavet enn hent en eur vont.

Siouaz, ne ket deuet an taol da vad gancomp.

Er brezel, e ranker sonjal e pep tra, er c'holl
kerkouls hag er gounid, ha beza e tu da harpa
ouc'h ar c'holl kerkouls ha da lakaat ar gounid
da veza talvouduz. Mar kollit, klaskit ho tro da

dec'het heb beza re dizet; mar gounezit, it araok ha flastrit muia ma c'helfot hoc'h enebour.

An dra-ze am beuz great, hag, evidoun da veza glac'haret braz da veza kollet e Kergidu, e c'hellan lavaret em beuz tennet va zud a-zindan ar beac'h, guella ma c'hellet hen ober.

— Oh! Aoutrou de Kerbalanek, piou a glemm ac'hanoc'h? Poan a rit d'comp o komz er c'hizse.

— Ne ket abalamour d'eoc'houi eo e komzan evel-hen, rak me hoc'h anavez mad.

— Ma ne ket abalamour d'comp-ni eo, eo da viana abalamour d'hor mignouned a zo maro enn emgann.

— Ne ket ken nebeut. Selaouit.

— Eo, eo. Breman e c'houzomp perak oc'h ker glac'haret, ha ne gredac'h ket her lavaret d'comp.

— Selaouit ac'hanoun, a lavaran d'eoc'h, ha bremaik e velfot ne ket guir ar pez a zonjit.

— Lavarit d'comp-ta neuze ma klevimp.

— Mad, selaouit. Lavaret em beuz d'eoc'h e tle dont d'hor c'haout da Verven, tud euz a gostez Menez-Are evit mont var gear Vrest.

— Ia, an dra-ze oc'h euz lavaret; ha goude?

— Ma teu an dud keiz-se var eeun betek

Berven, hep kaout kelou ebed, o kouezint etre daouarn ar republikaned, rak n'emaint ket var c'hed da gaout, e Berven, soudarded Canclaux.

— D'comp d'ho diambrouk, ha, mar d-emaint avoualac'h hag armet mad, e tistroimp gant-ho enn dro da lakaat Canclaux da baca ker an drouk en deuz great d'comp e Kergidu.

— C'houi a zo eaz d'eoc'h lavaret, va zud paour; c'houi ne c'houlennit nemed emgann. Mez me, ho mestr, a rank sellet a-bell ha diouall a bep tu; me a rank beza atao var evez, rak, dirag Doue, me a zo karget ac'hanoc'h, hag e vezo red dign renta kount d'ezhan euz ho puez, mar ho lakaan, dre va fazi, var var d'ho c'holl.

— Bezet dinec'h var gement-se. Ni hoc'h anavez mad, hag hor fizianz a zo ennoc'h.

— Mad, neuze, selaouit ac'hanoun, ha sentit ouzign. Enn derc'hent deac'h n'oa soudarded nemed e Berven, e Guitevede hag e Sant-Nouga; mez abaoue, ha n'int-hi ket eat doun-noc'h er vro? Ha n'euz ket breman anezho e Plouvorn, e Guikourvest, e Guikar, e Bodiliz, ha zoken marteze e Landivicho? Hini ac'ha-nomp n'her goar, hag ar re a zigas bevanz d'eomp, ne c'houzont ket ken nebeut, her gou-lenn em beuz great digant-ho. Penaoz ive-ta o c'helfemp-ni mont da ziambrouk paotred Menez-Are, a zo erru d'hor c'haout? Bep kammed a raimp emaomp e riskl da goueza e mesk eur strollad republikaned.

— Koulskoude n'omp ket evit lezer hor breudeur da goueza etre paoiou bleizi ker kriz ha soudarded Canclaux.

— Ne ket hennez eo ive va mennoz, hag an dra-ze eo a lakea tenval va fenn.

— Red eo, kousto pe gousto, da unan-bennag ac'hanomp, daou pe dri ma ranker, mont a-dreuz ar vro, dre an hentchou distro, da lavaret d'an dud kalounek-se, e pe zoare stad eman an traou gancomp.

O klevet ac'hanomp o komz er c'hiz-se, an Aoutrou de Kerbalanck a reaz eur mousc'hoarz, hag a lavaraz :

— Fouge a zo enn-oun o klevet ac'hanoc'h hag o velet ac'hanoc'h ker kalounek. Bennoz Douc d'eoc'h ! — Bremaik e lavaren d'eoc'h e tlie an hini a ra brezel beza var evez a bep tra, var ar c'holl kerkouls ha var ar gounid : setu ive ar pez am beuz great. En eur gas tud da gostez Menez-Are, em beuz lavaret d'ezho evelhen ; araok ma viot distro euz ar Menez d'an Arvor, ni hon devezo bet eur stokad ouc'h

Canclaux hag ho zoudarded ; me gred e teuimp a-benn anezhan. Mad, neuze, ma vezomp ar mistri, e vezo var bek tour Berven, a zo var an huel, a veler a bell hag a bep tu, eur banniel pe eun drapo guenn-kann o nijal laouen gand an avel ; ha mar kollomp, el leac'h eur banniel guenn, eur riblennad lian du ne vezo ken, evit dougen kaon d'ar re a vezo maro. Evel a velit, e sonjen er c'holl kerkouls hag er gounid.

— Ia, guelet a reomp hon deuz eur mestr hag a zo he lagad e pep leac'h, a c'hoar diouall ouc'h an drouk hag a gemer poan gand he dud.

— Mad, ha ne ket guelloc'h d'eomp lakaat eur banniel du var bek tour Berven eged ne d'eo mont betek enn-ho da lavaret da baotred ar Menez mont d'ar gear, rak tizet omp bet o Kergidu.

— Koulskoude, Aoutrou de Kerbalanck, ma viche eat unan-bennag ac'hanomp betek enn-ho, enn diviche gellet komz out-ho ha lavaret d'ezho n'omp ket digalounekeat ha ne c'houlennomp ket guell eged en em ganna adarre ouc'h Canclaux.

— Guir eo an dra-ze ; mez nebeut a dud omp, ha dre aman e c'heller kaout izoum ac'hanompoll. Hag ouc'hpenn-ze, ha n'oc'h euz-hu ket sonjet enn dra-man : Euz a bep tu e tle dont tud d'hor c'haout : red e ve ive-ta kas d'an ne-beuta dek den e kevridi evit lakaat unan epken var bep hent, ha c'hoaz marteze n'en em gavo ket var an hent mad.

— Ar virionez a livirit adarre, Aoutrou. Paotred ar Menez, e leac'h dont dre an hent braz, a c'hell kemeret an hentchou a-dreuz, ha ped hent-treuz n'euz ket ac'halenn da Landivicho?

— E leac'h ma lakeomp hor riblennad lian-du var bek tour Berven, hervez m'omp en em glevet, e c'hello beza guelet a bell hag a bep tu, hag er c'hiz-se e lakaio an oll da veza var evez.

— Mad ar pez a livirit, Aoutrou. Ni a ia da staga ar riblennad lian-du var bek tour Berven ; guelloc'h e viche bet gancomp, e guirionez, staga banniel guenn hor roue.

— Komz a rit evel tud a galoun, mez ne gomzit ket avad evel tud a benn. Kaout a ra d'eoc'h e c'helfot sevel e tour Berven ken eaz ha m'her lavarit? Daoust ha ne c'houzoc'h ket eo bourk Berven leun a zoudarded?

— Sell, ia, Aoutrou, guir a livirit adarre.

— Lezit ac'hanoun da gomz d'eoc'h ha sentit ouzign.

— Lavarit, Aoutrou; ni a vezo sentuz.

— Mad, ar riblennad lian-du am beuz da staga; mar d'eo hirr, ne ket pounner. Ne ket red dek den evit he dougen : unan epken a zo avoualac'h.

— Nann, nann; ne ket avoualac'h unan epken; ha mar kouez beac'h var-n-ezhan ?

— Selaouit-ta ac'hanoun; c'houi ne zelaouit nemed mouez ho kaloun. Me a c'hoar ervad n'em beuz nemed lavaret d'eoc'h : Paotred, comp araok, balcomp var soudarded Canclaux, ha pep hini ac'hanoc'h, sounn he benn, tan enn he lagad, a grogo enn he fuzil hag a valeo ganen. Mez ne ket an dra-ze am beuz c'hoant da ober, rak ne c'hellan ket hen ober, siouaz ! Ar pez am beuz c'hoant da ober, ar pez a rankan zoken da ober, eo kas unan ac'hanoc'h da ober ar grevidi. Souezet oc'h, a velan, rak trei ha distrei a rit en eur zellet an eil ouc'h egile.

— Souezet omp eun tamm, evit guir, rak eun den epken a c'hell beza lazet buan avoualac'h. Kasit daou da viana.

— Kas daou ! Petra eo daou zen a enep ar vandenn soudarded a zo e Berven ?

N'int ket kals a dra; mez evelato, ma vez

7

lazet an hini a zougo an tamm lian-du, petra refot?

— Ma vez lazet hennez, ne vezo staget netra ouc'h bek tour Berven, anat eo, rak ar republikaned a zalc'ho gant-ho va banniel du; mez ma vez lazet hennez, egile a viche lazet ivo ker buan, sklear eo, rak beza e vezint an eil gand egile, hag, e leac'h unan, daou zen paour eo a vezo maro. Ha mad eo kas daou zen d'ar maro pa'z eo avoualac'h unan, re zoken?

— Nann, guir a livirit.

— Mad, setu aman petra ez an da ober. Da unan ac'hanoc'h ez an da rei ar riblennad lian-du; evel eur gouriz hel lakaio enn dro d'he groaz-lez. Pa vezo savet e bek tour Berven, hel lammo kuit hag e stago anez-hi eno, guella ma c'hello, evit beza guelet a bell hag a bep tu.

— Mad avoualac'h eo ar pez a livirit, Aoutrou. Me eo a ielo da Verven, eme an oll a-unan.

— Mar d-a kement hini a c'houlen mont, ez efot-oll, eme an Aoutrou de Kerbalanek enn eur vousc'hoarzin, rak vad a rea d'he galoun guelet n'o doa ket he dud kollet fizianz enn-han, evit-han da veza kollet e Kergidu.

An oll a dosteaz ouc'h an Aoutrou de Kerbalanek oc'h en em horta an eil egile; oll o doa c'hoant da vont da riskla ho buez var bek tour Berven.

O klevet kement-se, unan-bennag a lavaraz :

— Pa'z eo guir o deuz c'hoant an oll da vont, tennomp plouz-berr, hag an hini en devezo ar blouzenn verra pe hirra, hervez ma vezimp en em glevet araok, hennez a ielo enn hent.

— Nann, eme an Aoutrou de Kerbalanek, ne fell ket d'ign ez afe an traou er c'hiz-se. Ar plouz-berr a zo evel an tenna da zort, dall put, a c'hell lakaat eun den kamm el leac'h ma tlefe beza eun den lijer, hag unan bian el leac'h ma viche red kaout unan braz. Diskouez oc'h euz great d'ign beto vreman hoc'h euz fizianz ennoun.

— Ia, ia, hag hor bezo atao.

— Neuze, lezit ac'hanoun da ober va bolontez, kredit mad e rign guella ma c'hellign, ep lavaret e tal muioc'h an eil ac'hanoc'h evit egile, rak oll oc'h tud a galoun.

— Alo! grit ar pez a gerfot; ar pez a reot a vezo great mad. Hini ac'hanomp ne gavo abek er pez ho pezo great. Hanvit ho ten.

— Mad, Ian Pennors eo am beuz c'hoant a

iafe da staga va riblennad lian-du var bek tour Berven.

O klevet va hano, red eo d'ign hen anzao ouzoc'h, ez eaz fouge enn-oun. D'ar marcou-ze me a ioa iaouank, hag e koat Kermenguy, gand an Aoutrou de Kerbalanck, oa tud kosoc'h eged oun-me ha startoc'h an tamm anezho ivo; ha koulskoude, enn ho zouez-oll, me eo a ioa dibabet evit sevel var bek tour Berven.

N'em boue ket kals a amzer da chom d'en em fougeal; an Aoutrou de Kerbalanck a zistroaz ouzign hag a lavaraz d'ign :

— Ian, ha mont a ri a galoun vad da staga ar riblennad lian-du-man ouc'h bek tour Berven ?

— Ha var var a ze e c'hellit beza, Aoutrou de Kerbalanck ?

—Gouzout a ran, Ian, emez-han d'ign adarre, ec'h euz great traou burzuduz enn derveziou tremenet; mez goasoc'h, a gaf d'ign, eo ar pez ec'h euz da ober enn noz da zont eget kement tra ec'h euz great betek hen.

— Doue hag ar Verc'hez o deuz va diouallet; va diouall a raint adarre, fizianz am beuz enn-ho. Roit d'ign ho kourc'hemennou, ar pez a leverfot a vezo great araok varc'hoaz vintin, pe

Ian Pennors a vezo eat da varadoz an Aoutrou Doue.

— Doue hag ar Vere'hez a zioualle ac'hanot, Ian, her c'hredi a ran ; mez red e vezo d'id ive lakaat da oll-skiant da c'hoari.

— Bezit dinee'h, mestr ; Ian Pennors n'en devezo ket a c'hoant kousket fenoz.

— Arabad en defe ken nebeut. Setu aman petra e pezo da ober. E-berr, pa vezo erru an abardavez-noz, e vezo lakeat d'id, egiz eur gouriz, ar riblennad lian-du enn dro da kroaz-lez, evit miret na vezo guelet gand den. Er c'hiz-se, hag o vez guelet var an hent, ne vezo ket taolet evez ebet ouzid, ha ne vezi ket anavezet.

— Petra, eme-ve, ne d-aio ket va fuzil ganon ?

— Da ober petra, da fuzil ?

— Da ober petra e vez roet he fuzil da eun den a vrezel ?

— Neuze evelse, ma vezez guelet var an hent gand soudarded Canclaux, eman great ganez.

— Marteze.... Var hent Lanhouarne euz chomet meur a hini, ha me a zo aman.

— C'hoant ee'h euz·ta da gas da fuzil ganez ?

— Ia, ha c'hoant braz. Ma n'am beuz ket anezhi zoken, e vezo du va fenn en eur vont varzu Berven.

— Mad, lezet e vezo da vont ganez.

— Bennoz Doue d'eoc'h, Aoutrou de Kerbalanck. Lavarit d'ign breman, pa gerfot, ar pez am bezo da ober. Ian Pennors, gand he fuzil, a ielo varzu Berven kel laouen evel ma'z ea varlene da bardoun Lochrist.

— Pa vezi kemponnet gancomp-ni er c'hiz-se, ar riblennad lian-du oc'h ober gouriz d'id, ez i varzu Berven dre ar c'hoajou, dre al lanneier hag ar parkeier, a-hed ar c'hleuziou, eur park pe zaou dioc'h an hent braz. Dre ma'z i e selaoui, ha, keit ha ma ne glevi netra dre an hentchou nag adreuz an douarou, e c'helli bale dinec'h. Ne ket red lavaret d'id, mar klevez trouz a gleiz, e ranki trei a zeou, ha ma rankez chom a-za tammou, e chomi. An traou-man a ri dioc'h ar pez a c'hoarvezo ganez.

— Ar pez a livirit a vezo great, Aoutrou de Kerbalanck, ha skouarn ar c'had ne d'eo bet jamez tanoec'h eget na vezo va skouarn-me fenoz.

— Goasa ma vezo, eo p'en em gavi e bourk Berven. Penaoz treuzi an hent braz evit mont da gaout an iliz? Penaoz mont enn iliz? Penaoz sevel enn tour? Setu a-ze, Ian Pennors, kudennou diez da zibuna, ha ne c'helli ho dibuna

nemed pa vezi var al leac'h. Araok treuzi an
hent braz, kea var bennou da zaoulin, sao da
galoun varzu Doue, en em erbed ouc'h an Itroun-
Varia, ha, ma kavez brao da dro, bale araok.

Deuet eo an abardavez ; red eo mont enn hent.
Ar re-all o doa an car glac'haret ; evidoun-me,
me lavar d'eoc'h ar virionez, a ioa ken dinec'h
va c'haloun o vont kuit, ha m'oa skanv va gar
o lammet dreist ar c'hleuz kenta a gafchon
diraz-oun. Ar pez en doa lavaret d'ign an
Aoutrou de Kerbalanek, a riz penn-da-benn.
Mont a riz a-dreuz an douarou, selaou a rean
eur veach an amzer ; mez ne gleviz netra, ne
veliz den, hag en em gaout a riz treuz eur park
epken dioc'h tiez bourk Berven.

Araok mont larkoc'h ec'h en em daoliz var
bennou va daoulin hag e pediz Doue hag ar
Vere'hez c'houeka ma c'helljon. Goude-ze e saviz
em za, hag en em lakiz da velet ha karget
mad oa va fuzil, ha chomet oa stard avoualac'h,
evit ober eur c'haloupadenn, va gouriz lian-du.

Ia, pep tra e ioa mad ; neuze e riz sin ar groaz,
hag e teuiz betek ar c'hleuz a sko var an hent
braz, d'ar c'huz-heol, varzu Lanhouarne, el
leac'h m'eman breman ar *Post*.

Sevel a riz ouc'h ar c'hleuz, gourvez a riz

var ho c'horre, astenn a riz va gouzouk evit
taoler eun taol-lagad a bep tu var an hent braz.

Ne velen den nag o tont nag o vont : klevet
kaozeal a rean a-vad er penn-all euz ar bourk ;
o ti Bielon e kave d'ign e oa.

Chom a riz eur pennad er c'hiz-se da c'hou-
zout penaoz tenna ar brava va fleg evit mont
betek an iliz.

Meur a veach oan bet mennet da vont betek
enn-hi en eur redadenn, mez trouz am biche
great, ha klevet o viche bet.

Sevel a riz goustadik var ar c'hleuz, diskenn
a riz goustadikoc'h c'hoaz, ha setu me var an
hent braz. Tenval oa an noz, ha n'oa ket eaz
guelet a-bell. Evelato e kaviz guelloc'h treuzi
dioc'h-tu, var eeun, an hent braz, ha mont a-hed
an tiez penn-da-benn, e tu ar c'hresteiz, betek
ar vered.

Mont a rean er c'hiz-se varzu an iliz, ha,
pa gleven an avel o sourral krenvoc'h, pe eur
griadenn skiltrusoc'h o tont euz a di Bielon, e
chomen a za, ee'h en em eeunen sounn ouc'h
an ti evel pa viche bet eur mean benerez
lakeat er voger gand ar mansouner.

An avel a zourre dreist kein an tiez, ar repu-
blikaned a iouc'he er penn-all d'ar bourk, ha me

a ica atao. En em gavet oan o penn an ti diveza; n'oa, etre ar vered ha me, nemed hent braz Landivicho; mez penaoz treuzi an hent-se hep beza guelet? n'edon ket daou-ugent paz dioc'h an tiez m'oa kement a drouz enn-ho!....

Ne ouzoun ket kals penaoz a riz; ar pez a zo guir, eo enn eun taol edon enn tu-all. Va c'haloun a zizammaz eun tamm, rak edon harp ouc'h ar vered, sellet a c'hellen enn-hi ha ne velen ha ne gleven den enn dro d'an iliz.

— Itron-Varia Berven, eme-vo, me ho trugareka a greiz va c'haloun.

Kaout a rea d'ign oan deuet a-benn euz va c'hrovidi. Me gredo n'em boa ken da ober nemed sevel var bek an tour, staga va riblennad lian-du, dont d'an traon ha mont da lavaret d'an Aoutrou de Kerbalanek oa great, ha great mad, ar pez en doa gourc'hemennet. Abalamour da ze e lammiz skanv er vered, hag ez iz var eeun da gaout an or a zo e tu ar c'hresteiz d'an iliz. Serret oa.... E peleac'h edo an alc'houez? N'oan ket evit mont d'her c'hlask dre an tiez, anat oa, rak an tiez a ioa leun a zoudarded. Koulskoude oa red d'ign mont enn iliz evit gellout pignat enn tour. Petra da ober-ta? Trei a riz va c'hein ouc'h an or, harpa a riz va daou zourn var ben-

7*

nou va glin, hag, er c'hiz-se, daoubleget, ec'h en em lakiz da horta ken na oan skuiz. Mez kaer em boa horta an or, ne zigore ket.

Red oa d'ign klask eun digor-all. Trei a riz da zellet oue'h an iliz, hag e veliz, torret ar guer varnez-han, ar prenestr a zo d'ar zao-heol d'an or. Kavet oa va c'hrog ganen, a gave d'ign. Mez siouaz! n'oan ket evit tizout betek enn-han! Enn dro-man avad ne jomiz ket d'en em skuiza; guelet a riz oa red d'ign eur skeulik vian pe eur c'hravaz da nebeuta evit gellout mont enn iliz dre ar prenestr.

O velet ne deue den var va zro, ec'h hardisean, hag, ec'h en em hardisaat, e teue va skiant da sklerraat. Dre-ze, ne ket enn tiez tosta ez iz da glask va skeul, rak enn tiez-se e c'helle beza soudarded; mont a riz er meaz euz ar bourk, var hent Guitevede da Gervinojenn, el leac'h ma kaviz eun tammik skeul, dalc'het a-ispill, azin-dan toen zoul kraou ar zaout, gand daou beul koat sanket er voger. He distaga a riz buan, ha dont a riz gant-hi d'ar red da gaout an iliz.

Ne ouen ket pell evit he lakaat dirak ar pre-nestr torret ar guer varnez-han, ha sevel enn-hi evit mont enn iliz. Edon a c'haoliad var ar voger o vont da ober eul lamm enn diabarz, pa

zonjiz oan ginaouek o lezer va skeul er meaz,
rak, oue'hpenn ma rankchen ho c'haout evit
dont adarre kuit, e tiskoueeche c'hoaz d'an nep
a deuche da zellet, oa eat unan-bennag dre eno.
Sacha a riz anez-hi ganen, ha me enn iliz Itron-
Varia Berven.

Saotret oa bet an iliz gand ar republikaned,
me gred; n'euz forz, mont a riz evelato var
bennou va daoulin, hag eur beden galounek
a gasiz d'ar Vere'hez evit he zrugarekaat ha
goulen digant-hi an nerz hag ar skiant am boa
izoum evit dont a-benn euz va zaol.

Anaout mad a rean iliz Berven, meur a veach
oan bet enn-hi; n'oa ket ive-ta diez d'ign kaout
dor an tour. Mont a riz var eeun varzu enn-hi.
Siouaz! serret oa.... Ale'houezet oa zoken. Hag
e peleac'h e kavign-me an ale'houez? E neb
leac'h, hep mar ebed, rak beza o tle beza etro
daouarn ar zoudarded, ha me ne gaven ket
iac'huz evidoun, enn noz-man da viana, mont
d'her goulen pe d'hen tenna digant-ho. Kouls-
koude e ranken pignat enn tour, n'euz ket da
lavaret eno. Terri pe divarc'ha an or a rankan
da ober-ta neuze. N'em boa ket gellet terri dor
an iliz, kaer am boa bet en em dorta out-hi;
diesoc'h oa d'ign c'hoaz terri dor an tour, rak

hou-man a zo eun or vian, dere teo oc'h ober anezhi, ha ne blego ket ar plench enn-hi. Esa a riz he divarc'ha en eur lakaat va dourn deou a-zindan-hi ha va dourn kleiz d'an neac'h. Enn aner ec'h en em skuizen, rak an or a ioa kloz ha ne finve tam ganen.

Neuze ez eaz diez va fenn; sevel a ranken da vek an tour, an Aoutrou de Kerbalanek en doa her gourc'hemennet d'ign, ha n'oan ket evit mont ebarz! Guelloc'h izign eged nerz, hoc'h euz klevet meur a veach. Dont a reaz em penn e c'helchen kaout dre an iliz eur varrenn houarn pe eun dra-all bennag hag a zikourche ac'hanoun da zivarc'ha an or. Perak, penaoz hag e peleac'h e kafchen an dra-ze, ne gouien ket. Evelato, ar republikaned a ioa bet enn iliz meur a veach, hag a c'helle beza ankounac'heat enn-hi meur a venvek. En em lakaat a riz da glask.

Diou veach em boa great tro an iliz, furchet em boa pep kougn ha ne gaven netra. Edon nec'het, nec'het meurbed, hag ar c'houezen a ioa pizennet var va zal.... Soudarded Canclaux a c'helle koueza varn-oun enn iliz; ha penaoz stourm out-ho va-unan, ha penaoz tec'het enn ho raok?

An dud a ra avechou traou ha ne c'houzont ket perak o reont anez-ho. Me a deuaz, evel en eur huvreal, adarre da gaout dor an tour. Eun drabennag a lavare d'ign o kafchen an' or digor. Doue hag ar Verc'hez, anat eo, a sklerijenne va skiant hag a roe nerz d'am c'haloun. En eur vont a-biou, n'oun dare perak, o tigoriz eur *gofesion* goz a ioa etre an or-dal ha dor an tour. Digeri a riz anezhi, atao eb gouzout kals perak; en em lakaat a riz da furcha anezhi, ha da baoata gand va daou zourn koment kougn a ioa enn-hi. Enn eun taol, o burzud! o kouezaz va dourn var eur bern alc'houeziou a ioa kuzet a-zindan ar skaoun ma vez ar belek azezet var-nezhi.

—Sell-ta, eme-ve, setu aman e tal an or, an alc'houez ez ean da glask dre bevar c'hórn an iliz.

Ar sakrist, me gred, en doa gollet kuzet eno an alc'houeziou evit miret ouc'h soudarded Canclaux da zevel enn tour. — Ne ket eun alc'houez epken em boa kavet, pevar a ioa. Pehini oa an hini mad.

Ne vezign ket pell, eme-ve ouzign va-unan. N'em beuz nemed ho esa, an eil varlerc'h egile, hag o velign pehini anezho a zibrenno an or.

An alc'houez kenta a reaz kazek, ne d'ea na ne deue; a-veac'h zoken ma'z ea er potaill. An eil a reaz ive tro venn, ha setu va enkrez o tont enn dro.

C'hoarzin a rit martezo ouc'h va c'hlevet, iaouankiz an amzer-man; mez me garfe ho kuelet enn eun iliz, e kreiz an noz, eb gellout tec'het, enn dro d'eoc'h a bep tu soudarded n'o deuz ken c'hoant nemed d'ho laza. Brao eo kaozeal pa vezer pell, mez ne ket brao beza er stad m'edon-me enn nozvez nec'huz-so.

Doue en deuz krouet peb den hervez m'en deuz bet c'hoant, me gred. Roet en deuz da bep hini ho skiant hag ho benn; mad, da Ian Pennors en deuz roet eur penn kalet, ne zigalouneka jamez. Enn he greiz euz lakeat eur galoun atao leun a fizianz enn he Grouer hag enn he vadelez.

P'edon krog enn tredo alc'houez, e liviriz adarre ouzign va-unan :

Ian Pennors, aman ez ez da c'hoari da vuez. Mar gellez mont enn tour, e teui a-benn euz da daol, hag e c'helli distrei da goajou Kermenguy; mez ma ne c'hellez ket, eman great ganez, rak ne d-i ket kuit ac'halenn kerkouls marc'had ha ma'z out deuet. Hag evelse dalc'h mad.

Me a zo pell o kounta an traou-man d'eoc'h. P'edon, etre unnek heur hag hanter-noz, va-unan, e tal tour Berven, pevar alc'houez, daou fall anezho, etre va daouarn, ez ea buannoc'h ar sonjou dre va fenn, hag e teue tammou enkrez d'ign, hag e kreno va izili, red eo hen anzao. Kaout a reot glabouserien ha n'o deuz bet jamez aoun, var ho meno; ar re-zo a zo gaouiaded. Me am beuz klevet tennou fuzil, tennou kanol; me am beuz klevet ar boulejou o sutal dreist va fenn hag abiou d'ign, ha n'em beuz ket tec'het. M'am beuz great eur skrijadenn bennag, n'em beuz ket krenet. Mad, koulskoude enn iliz Berven, me am beuz bet eun tamm enkrez, eun tamm aoun pa ne gaven ket an alc'houez a zigore an tour.

Pevar alc'houez-ta a ioa stag ouc'h ar memez korden; daou anezho a ioa fall...

— Alo, Ian, eme-vo, daoust ha te jomfe ne-c'het? Daoust ha koll a ri fizianz e Doue hag er Verc'hez? Aman e ranker neun pe veuzi; esa eun alc'houez-all c'hoaz da velet, ha goude-ze e ri ar pez a c'helli.

Kemeret a riz va zrede alc'houez, hel lakaat a riz enn or..., mont a reaz er potaill evel pa yiche teuzet diout-han. Va c'haloun a laouen-

naaz, hag, a gaf dign, a ledannaaz em c'hreiz.
Deuet oa an taol ganen da vad... Trei a riz va
alc'houez; ar gleizenn a deuaz ganen, evel eun
dudi, var he c'hiz en eur vigourrat evelato ke-
ment, ma krozaz an iliz evel pa viche laosket
enn-hi eun tenn fuzil. Ne daoliz ket a evez ouc'h
kement-se, re a fouge a ioa enn-oun. Digori a
riz; an or, en eur drei var he muduren, a
c'hrigonsaz kement, ma rea muioc'h a drouz
c'hoaz eged guigour an alc'houez. Ne daoliz
ket muioc'h a evez ouc'h grigonz ar vudurenn
eged n'am boa great ouc'h guigour ar gleizenn.
Mont a riz var goun enn tour.

Savet oan daouzek pe drizek delezenn pa li-
viriz ouzign va-unan :

— Ian Pennors, eun dra zot ec'h euz great :
lezet ec'h euz an alc'houesiou o dor an tour, ha,
ma teu unan-bennag enn iliz, n'en devezo ne-
med rei eun taol alc'houez hag emaoud paket er
zac'h. Dre be hent ez i kuit?

Diskenn a riz d'an traon, tenna a riz an
alc'houez euz an or; potaill an tour ne d'ea ket
dioc'h an daou du, hag evelse n'oan ket evit
prenna an tour varn-oun. Kas a riz an alc'houe-
siou ganen.

Edon o kuzet anezho e kampr an holorach,

pa gleviz tud o krial hag o reded dro an iliz
evel tud kounnaret.

— Daoust ha klevet o ven bet, eme-vo?

Hag o teuaz da zonj d'ign e guigour ar gleizenn
hag e grigonz ar vudurenn.

Anat oa d'ign oan dizoloet hag edo ar c'hlask
var va lerc'h; n'oa ket brao an traou ganen.

Hag e guirionez, beza enn eun tour, n'euz
nemed eur skalier enn-han, hag eur vandenn
soudarded var ho lerc'h, ha n'euz ket eno peadra
da lakaat meur a hini da goll ho fenn?

Lavaret em beuz d'eoc'h ne ouzoun ket penaoz
oun great gand Doue, biskoaz n'em beuz kollet
fizianz penn-da-benn. Sevel a riz buanna ma
c'helliz d'ar garidou gand ar zonj da zevel var
eoun var bek an tour, m'am biche amzer, evit
staga va riblennad lian du, ha da vervel goude,
ma viche red.

Edon er garidou, hag o kleven, dre c'hinou
ar skalier, ar zoudarded o tont d'an neac'h. Ne
deuent ket re vuan, a gave d'ign; n'o doa ket-ta
neuze kavet an tres ac'hanoun. Guell a ze!

E Berven, a c'hoar an oll, e saver euz ar ga-
ridou da vek an tour dre an diabarz. Va mennoz
kenta oa pignat d'an neac'h, ha chom eno neuze
speg ouc'h ar mein benerez, ken na viche eat

ar zoudarded kuit, evel ma speg an askoll-
groc'henn ouc'h eur voger pa deu enn eun ti-
bonnag. Araok skrimpa evelato, e teuiz c'hoaz
da zelaou e ginou ar skalier ha dont a reat var va
lerc'h. Siouaz! trouz a gleven atao, hag ouc'h-
penn, guelet a riz eul luc'hedenn hag a deue euz
an traon.

—Goulou a zo-ta, eme-ve, gand ar zoudarded?
Neuze ne vezo ket diez d'ezho guelet ac'hanoun
e neac'h an tour : ha mar guelont ac'hanoun,
ne vezo ket diez d'ezho va diskar d'an traon
gand eun tenn fuzil. Hogen Ian Pennors n'en
deuz ket a c'hoant da veza diskaret euz a vek
tour Berven evel ma tiskar ar chaseer ar vran-
louet euz a vek ar vezen fao.

Petra da ober? N'em boa ket amzer da zonjal
kals. Sellet a riz enn dro d'ign, hag e veliz, ber-
niet ouc'h eur voger a ra diou lodenn euz an
tour, er garidou, eur bern kerdign koz. Ar
c'hleier a ioa eat gand ar republikaned da ober
kanoliou, hag ar c'herdign bet stag out-ho evit
ho zeni, a ioa lezet er garidou. En em zila a riz
a-zindan-ho da guzet.

A veac'h oan eat a-zindan ar c'herdign, p'en
em gavaz er garidou daou zoudard. Komz a
reant an eil ouc'h egile.

— Ha ne ket beza sot ha diskiant hon digas aman d'an neac'h da glask tud?

— Te lavar; piou a ve sot avoualac'h evit dont da guzet e bek eun tour?

— Den ebed. Deomp-ni, enn hor bro, oa lavaret n'oa tud ar vro-man nemed bugale; n'oa nemed mont enn ho zioz, komz rok out-ho, ha ker buan e viche digaset d'eoc'h da zibri ha da efa leiz kof. N'oa neuze nemed beza rustoc'h, ha mestr an ti en divicho digaset d'eoc'h he arc'hant var an daol ha n'o piche da ober nemet ho c'harga enn ho sac'h.

— Ia, guir a leverez; mez tud ar vro-man n'int ket bet diotoc'h eget ar re-all. Evidom-me, a gaf d'ign o deuz zoken betek re a skiant.

— Ouc'hpenn skiant o deuz. En em ganna a reont ive evel bleizi, ha d'comp-ni oa lavaret oant ken aounik hag ar merc'hed bian a zuman.

— Aounik, paotred Breiz-Izel? Ken aounik ma n'o deuz aoun rak netra, ha ma'z eont d'an emgann ha d'ar maro kel laouen ha ma'z campni da efa eur picherad chistr p'edomp er gear.

— Guir eo an dra-ze. Setu-ta, pe guir o komzez euz a emgann, n'em beuz ket da velet

abaoue Kergidu, petra oa deuet da veza da ga-
maraded, ar re a zo cuz da barrez?

— Petra int deuet da veza? Pemp oamp araok
Kergidu, ha breman n'omp mui nemed daou.

— Mad, ni a ioa deuet pevar, ha n'euz lazet
nemed unan ac'hanomp. Mez cuz ar barrez a
gichenn avad oant deuet nao; eiz a zo bet lazet;
an naved a ioa eat deac'h enn eun ti a-ze e ki-
chen, da esa digeri eun armel, hag en douz
bet eun taol pal divar he benn ken doun, ma
velor he empenn dre ar faout; me gred eo great
gant-han ive.

— Ia, ia, gevier a ioa lavaret d'eomp divar
benn tud ar vro-man.　　　　　　　　　　　　.

— Mad, kaer zo, me n'oun ket evit ho c'hlemm.
Ma vichent-hi deuet enn hor bro-ni da ober ar
pez a reomp-ni dre aman, petra e piche great?

— Guir a leverez : me am biche great d'ezho
ar pez a reont d'eomp-ni, goasoc'h zoken, me
gred.

— Kredi a ran ac'hanod, rak tud ar vro-man,
kaer zo, n'int ket goall dud.

— Nann, e guirionez; hag avechou me am
beuz truez out-ho o velet petra a reor d'ezho.

— Evidom-me a gaf d'ign n'eman ket ar guir
gancomp.

— Me da gred. Selaou, pa'z eo guir n'euz aman nemedomp hon daou, ha ne c'hellomp beza klevet gand den, lez ac'hanoun da lavaret daou c'herik d'id.

— Lavar hep aoun : gouzout a rez en hor bro oamp amezeien, hag aman omp kamaraded.

— Mad, me am beuz c'hoant da dec'het, pa gavign va zro, ha da vont d'ar gear. Skuiz oun o velet ober kement-all a fallagriez. Dont a rafez ganen.

— Ia, a galoun vad.

— Mad, neuze klaskomp hon tro pep hini euz he du : an hini a gavo eun dro vad da genta a gemenno d'egile, ha bezomp sioul var gement-man.

— Evidom-me em beuz mall da vont kuit. Guel, digas ac'hanomp da glask tud e bek eun tour, ha ne ket diskiant an dra-ze?

— Hor c'habiten a gred eo tud ar vro-man ken dibenn hag ar piked a ia da guzet ho neiz e bek ar guez.

— Hor c'habiten, kleo, a zo e ti Bielon oc'h efa guin tomm, hanter anezhan guin-ardant, ha ne oar ket peger ien eo an avel.

— Ho ! hag her gouesfe, daoust ha tenerraat a rafe he galoun? Selaou, diskennomp ac'ha-

lenn, d-comp d'an traon d'ar goudor ; an avel a
zo put e bek tour Berven.

— Mont d'an traon? Te a lavar avoualac'h.
Gouzout a rez euz lavaret d'comp furcha mad
an tour, ha, mar d-comp d'an traon dioc'htu, e
vezo lavaret n'hor beuz ket great mad hor
labour. Sell, aman euz eur bern kerdign, aze-
zomp varnez-ho eur pennad, er goudor, ha
goude-ze e tiskennimp.

Hag an daou zoudard da azeza var ar c'her-
dign m'edon-me kuzet a-zindan-ho.

Meur a veac'h lann hag a veac'h ieot a zo bet
var va c'hein, mez n'euz bet biskoaz ker pounner
beac'h. Daou republikan azezet var Ian Pennors!
Evelato n'em boa ket re a zrouk ouc'h an daou
zen-man, rak komz mad o doa great etrez-ho euz
a Vreiz-Izel. Kaer a ioa, ne greden ket tenna va
alan, rak, ouc'hpenn m'oa daou zoudard azezet
varn-oun, e kleven c'hoaz re-all o krial er ska-
lier, ha n'oan ket evit harpa ouc'h out-ho oll,
hag an Aoutrou de Kerbalanek en doa c'hoant
e viche staget ouc'h bek an tour ar riblennad
lian-du. Oh! ma c'houfac'h pegement a gounnar
a ioa enn-oun-me! Ha koulskoude e ranken
moustra va c'haloun ha rei peoc'h gand aoun
da veza klevet.

Edon o vont da bifiga, n'oan ket evit harpa ken, rak n'oan ket evit kaout va alan pa gleviz, eur serjant a gredan oa, o krial e genou ar skalier :

— Ac'hanta, hag unan-bennag oc'h euz kavet dre a-ze?

Ker buan va daou zoudard a zavaz enn ho za; unan a ieaz a gleiz hag eun all a zeou, prez varnez-ho, evel pa vichent bet o c'haloupat abaoue m'oant savet d'ar garidou.

— Nann, dre aman n'euz den ebed. Deuit da velet hag e velfot.

— Ne d'an ket da, re but eo an avel a-zo; ho kredi a ran.

— Ia, c'houi lavar, put eo an avel. Skournet omp, ha koulskoude n'hor beuz great nemed reded, klask ha furcha dre oll abaoue m'omp savet aman.

— Deuit d'an traon. Enn iliz e rankimp loja fenoz, a lavar hor c'habiten. Eur guele kalet hor bezo eno var an douar, da viana goudoroc'h e vezo eno eged aman.

An daou zoudard a ziskennaz gand ho zerjant, ha me a zavaz a-zindan ar bern kerdign.

Itron-Varia Berven, eme-ve o vont var bennou va daoulin, me ho trugareka. Roit nerz d'ign c'hoaz da ober va c'hevridi, ha me a breno d'eoc'h eur piled koar a bevar droatad, kenta ma vezo gellet, e Breiz-Izel, devi eur c'houlaouen dirazoc'h.

Eat oa ar zoudarded kuit, diskennet oant enn iliz. Ho c'hlevet a rean c'hoaz evit guir, mez n'em boa ket a aoun e safchent ken d'ar garidou; ridet avoualac'h oant bet enn dro genta gand ar riou. Pignat a c'hellen ive-ta dinec'h breman da vek an tour.

Ne ouen ket pell evit hen ober, rak ne ket diez. Staga a riz va riblennad lian du ouc'h bek ar groaz, ha nijal a reaz dioc'h-tu gand an avel. Vad a rea d'am c'haloun sonjal e viche guelet a-bell antronoz hag e virche ouc'h hon tud a gostez Menez-Are da goueza etre daouarn soudarded Canclaux.

Diskenn a riz d'ar garidou hep sonjal larkoc'h, mez en em gavet eno, ec'h en em lakiz adarre da skrabat va fenn. Savet oan enn tour, edon charz; mez penaoz mont kuit? An iliz a ioa leun a zoudarded... Ha koulskoude n'oan ket ken nebeut evit chom enn tour... Petra da ober?

Edon o klask an tu da dec'het pa gouezaz

va daoulagad var ar bern kerdign oan bet kuzet
a-zindan-ho.

— Kavet an dro, eme-ve gand laouenedigez.
Tec'het a rign c'hoaz, ha mont a rign da lavaret
d'an Aoutrou de Kerbalanek en deuz great mad
digas Ian Pennors da Verven da ober goap euz
ar republikaned.

Ne ouzoc'h ket petra am boa sonjet? Setu hen
aman : Ar c'herdign-man, eme-ve, a zo bet evit
seni ar c'hleier araok m'oant laeret gant ar Re-
publik. N'em beuz nemed staga ouc'h ar gari-
dou an hini a ioa stag ouc'h bazoulenn ar
c'hloc'h da ober kloc'h-galf, hag ez ai betek an
traon. N'em bezo nemed kregi enn-hi, mont
a-ruz gant-hi, ha goustadik e tiskennign er
vered. Goude-ze me a dec'ho evel ma'z oun
deuet, dre guz, a-rez an tiez hag ar c'hleuziou.

Ne ouen ket pell evit diroufenna va c'hordenn
hag he starda stard ouc'h unan euz guerzidi
mean ar garidou. P'am boue koulmet mad va
c'hordenn ha great enn-hi eur c'houlm-par, e
lakiz va fuzil enn dro d'am diouskoaz, adren
va c'hein. Araok mont er meaz euz an tour, e
riz sin ar groaz oc'h en em erbedi adarre ouc'h
an Itron-Varia hag ouc'h sant Ian, va faeroun.
Goude-ze, leun a fizianz, e krogiz em c'hor-

8

denn, ha setu me o tiskenn d'an traon... Dont a rean goustadik, krog mad gand va daou zourn hag ar gordenn etre va divesker. An avel a c'houeze a dreuz-vor hag am c'hase hag am digase euz an hanter-noz d'ar c'hresteiz, hag euz ar c'hresteiz d'an hanter-noz, en eur steki ac'hanoun en eur vont hag en eur zont ouc'h moger an tour. An dra-ze ne rea netra, tostaat a rean ouc'h an douar.

Enn eun taol-kount e santiz lost ar gordenn, a ioa eur c'houlm teo enn-han, o rikla a-biou va boutou hag o tont betek pennou va glin. Eat oa ar gordenn enn he hed, ha me sellet d'an douar. Siouaz! edon c'hoaz da nebeuta pemzek pe ugent troatad! Chom a riz eur pennad da sonjal; eur goall lamm am boa da ober... Hag an avel a c'houeze atao, am c'hase hag am digase muioc'h breman eged araok, abalamour m'edon e lost ar gordenn. Taolet ha distaolet e vezen ouc'h an tour; blounset ha bronduet e veze va c'horf; ne rean ket a van. Ar zoudarded a ioa skournet bremaik er garidou, ha me, an dour a zirede dioc'h va zal evel pa vichen bet o varrat. Nec'het braz oan.

N'oan ket evit chom pell er stad-se, rak guelet e c'hellen beza gand an hini a viche eat abiou, hag ouc'hpenn, skuiza a rean ; maro oa dija va daouarn.

— Alo ! eme-ve, neun pe veuzi, unan a zaou ! Guerc'hez Vari, bezit truez ouzign !

Ha me leuskel ar gordenn ha koueza er vered, dirak an or-dal....

Marteze oan kouezet d'an douar var va chein, marteze ive ar strons a ioa bet kaoz, evidom-me ne ouzoun ket ; ar pez a zo guir da viana eo ez eaz an tenn er meaz euz va fuzil, a c'houzoc'h er-vad a ioa stag ouc'h va c'hein, enn dro d'am diouskoaz. An tenn a grozaz dre bevar c'horn bourk Berven hag a lakeaz enn eun taol var zao oll soudarded Canclaux. Kaout a rea d'ezho, me gred, edo erru varnez-ho kement goaz a ioa e bro Leon. Ha n'oa nemed Ian Pennors epken o lakaat kement-all a gemmesk.

Abafet e ouen eur pennadik gand va lamm, mez ne zaleiz ket da zont enn-oun va-unan. Ar Verc'hez Vari, a gaf d'ign, a sklerijennaz ac'hanoun. Araok m'oa diguezet soudard ebed, edon o vont dreist ar skalier er meaz euz ar vered, varzu Guitevede. Kerkent ha m'ouen deuet er meaz, e leac'h kenderc'hel da vont var eeun varzu ar c'hresteiz, e troiz, dioc'htu m'oan eat er meaz, a-hed moger ar vered, en

cur zoucha va fenn, varzu ar zao-heol. Lammet
a riz er park tosta ha chom a riz eno da guzet
e-mesk eur vojenn drez. Ar zoudarded a gleven
o vont d'ar red dre an hent braz varzu Guite-
vede, en eur grial, oc'h en em c'hervel an eil
egile hag en eur leusker tennou fuzil.

Ha me em c'huz a lavare :

— Glabousit atao, paotred ar Republik, ma
ra vad d'ho kaloun ; devit poultr ar Republik
muia ma c'helfot ; Ian Pennors n'eman ket enn
tu-ze.

Evelato, evel a dleit da zonjal, n'edon ket re
em eaz. Pa gavaz d'ign oa eat ar zoudarded eur
pennad var hent Guitevede, e saviz euz va c'huz
hag e lamchon enn hent braz, hag hen treuziz
d'ar red evit mont, abiou penn ti Bielon, adreuz
an douarou, varzu koajou Kermenguy, el leac'h
m'edo an Aoutrou de Kerbalanek ha va c'ha-
maraded.

Treuzet em boa an hent braz, great em boa
kant paz enn hent kar a zo e penn ti Bielon,
dizammet oa dija va c'haloun, p'en em gaviz
penn-ouc'h-penn gand eur vandenn soudarded
a deue euz n'oun doare peleac'h. Me gred e teuent
da c'houzout petra a ioa a-nevez e Berven gand
kement-all a dennou fuzil.

Enn dro-man n'oan ket evit tec'het. Mont
araok pe chom a za, oan paket; dont var va
chiz, tec'het a zeou dre ar park e viche tennet
varn-oun, hag a gleiz oa eur voger. E penn ar
voger-ze e veliz eun draf hag a ioa digor. An
draf-se a skoe var leur Bielon; euz al leur ez
ear er porz, n'oa ken digor; mont a riz dre eno.
Mez ar porz a zo eur porz k!oz, ha n'oan evit
mont er meaz anez-han nemed dre zor an ti a
velen digor. Aman n'oa ket da varc'hata, klevet
a rean o tiridignat armou ar zoudarded a rede
var va lerc'h; mont a riz a benn-herr enn ti.

Evit kaout kement-all a brez, ne gollen ket va
fenn. Gouzout a rean e tlie beza kals soudarded
e ti Bielon, rak n'oant ket eat-oll d'am c'hlask-
me var hent Guitevede; kredi a rean ive, evel
m'oa ien an amzer, e tlient beza o tomma ouc'h
an tan, er penn huela. Abalamour da-ze e troiz
krenn varzu ar penn-all, da lost an ti. Mez eno
ne velen kuz ebed, ha koulskoude ar zoudarded
a ioa var dreuzou an ti. Eun taol lagad a oue
avoualac'h d'ign. Ha c'houi a zivino e peleac'h
ez iz da guzet? Er siminal, ia er siminal. Eur
pod houarn braz, bet o tomma lichou da ober
ar c'houez, marteze ive ar zoudarded o doa great
ho zoubenn enn-han, a ioa var an aoled; lammet

8*

a riz var he c'horre ha divar-n-han e c'helliz, en
eur groazia va divreac'h, tizout daou gostez ar
siminal. En em zibrada a riz a nerz va divreac'h,
hag, en eur astenn va divesker a bep tu, e c'helliz
sevel huel avoualac'h evit beza e kuz araok m'oa
deuet ar zoudarded d'am c'hlask, rak bet oant
da genta er penn huella, abalamour ma kave
d'ezho e vichenn eat er penn-ze da c'houlen golo
digant Bielon.

Setu me evel eun anduillenn e siminal Bielon.
Mez an anduill a vez stag, ha me ne rean nemed
rikla a damm-a-damm, rak ginou ar siminal
a zo ledannoc'h eged he vek. Epad ma kleven
trouz ha krosmol dre an ti, ha ma kave d'ign
n'oa den tost d'ar siminal, e lakiz va fuzil, a ioa
atao ganen, evel a c'houzoc'h, eeun a-dren a-hed
livenn va c'hein. Er c'hiz-se oan deuet evel da
veza teoc'h hag e c'hellen en em harpa dioc'h
an daou du hep skuiza re na va divreac'h na va
divesker. Chom a riz evelse sioul ha didrouz.

Ar zoudarded a iea hag a deue dre an ti; pec'hi
ha sakreal a reant; kas ha digas a reant ar paour
keaz Bielon, ne gouie ket edon enn he di, rak
evel eur skeud oan pignet er siminal. Ne ket
d'an traon, e lost an ti, el leac'h m'edon kouls-
koude, oa ar muia klask d'ign, er c'hamprou

d'an neac'h, er zolieriou oa. E fesoun, oan savet e
huelded ar zolier, rak klevet a rean anezho ker
splamm evel pa vichen o kaozeal gant-ho; hag
evit guir, eun hanter-droatad moger epken, me
er siminal hag int-hi er zolier, a ioa etrezomp.
N'edo ket brao an traou ganen, ha koulskoude
oa fouge enn-oun o lakaat kement a gounnar
er republikaned.

Epad m'edont o tournial hag o krial divar
benn Bielon, me a zave atao goustadik hag a
damm-a-damm er siminal; dre ar bek e ranken
mont er meaz pe oa great ganen. Da genta va
fuzil e doa great vad d'ign, abalamour m'oa re
frank ar siminal; breman e ra drouk abalamour
m'eo re striz; ne c'hellomp ket mont hon daou
a du ha tu, va fuzil ha me. Petra da ober? He
distaga a riz dioc'h va diouskoaz evit he staga
ouc'h va gouriz hag he lezer a-ispill. Er chiz-se,
en eur zacha anezhi d'am heul, e c'helliz sevel
betek an neac'h.

E c'helle beza var dro div heur-hanter, pe
deir heur, pa c'helliz sevel va fenn er meaz euz
ar siminal; ien oa atao, evelato me a gave graz
kaout eun tamm ear; leun oa va froellou a
huzuill, hag an avel, evit-han da veza fresk, a
rea vad d'ign.

P'am boa gellet sevel va diouskoaz er meaz, e
chomchon eur pennad, brankodet enn daou du,
evit enem ziskuiza. Selaou a rean ha me a glefche
c'hoaz eun trouz-bennag; sellet a rean a bep
tu da velet hag eur zoudard-bennag a viche
chomet da rodal enn dro d'an ti. Ne velen den,
ne gleven netra. Neuze, goustadik, sioul ha
didrouz, e saviz er meaz var bek ar siminal ;
sacha a riz va fuzil ganen, diskenn a riz var
livenn gein an ti. Eno e c'hourveziz eur penna-
dik-all evit selaou adarre ha sellet enn dro d'ign.
Evel m'oa mud ar vro, e kargiz va fuzil, a ioa
diskarg abaoue al lamm em boa great euz a
vek va c'hordenn, ha goude-ze, a-hed an dal-
benn, e tiskenniz betek penn ar c'hraou zaout a
zo harp ouc'h an ti. Eul lamm a riz var ar c'hraou
a zo e soul, ha d'ar red ez iz a-hed an doen hag
e lammiz er park enn tu dianveaz d'ar porz
kloz. Edon breman var ar meaz, hent em boa
da reded ma vichet deuet var va lerc'h; eun
tenn a ioa ive em fuzil evit diarbenn an nep en
diviche bet re a c'hoant da dostaat ouzign. N'oa
risk ebed ken evid-oun....

Edo an deiz o vont da c'houlaoui ; araok m'oa
re sklear, edon e koat Kermenguy o kounta d'an

Aoutrou de Kerbalanck penaoz em boa great va zro.

Hag antronoz vintin pa safchont, soudarded Canclaux a velaz ar riblennad lian du o nijal gand an avel var bek tour Berven.

Ne gountan ket d'eoc'h ar meuleudiou a roaz d'ign an Aoutrou de Kerbalanck ; ne dal ket ar boan. Ar pez am boa great a ioa, er guel a Zoue, evit paotred Breiz, va c'henvroidi, hag evit Breiz-Izel, va bro.

SEIZVET PENNAD

—

Taole. — Paolik ar Sant

Lavaret em beuz d'eoc'h, pa rankchomp tec'het e Kergidu, tud ar memez bro hag ar memez parrez en em vode, guella ma c'hellent, evit mont a-unan d'ar gear. Mad, euz a gostez Treger oa diou vandenn ha ne reant nemed evel unan. E penn ar genta edo an Aoutrou de Kerian, euz a vaner ar Mesgouez, ha gant-han paotred Plougasnou, he barrez ; re Sant-Ian-ar-Biz ha

re Guimaec. E penn eben edo an Aoutrou de
Kersauson, euz a vaner Trodibond, pemp troa-
tad ha seiz meutad, bleo brun var he benn, hag,
enn he dal, daoulagad c'hlaz hag a verve dirag
soudarded Canclaux. Gant-han edo paotred
Plouezoc'h, Lanmeur, Garlan ha Plouian. Mad,
ar re-man a deuaz d'ar gear dre Vespaol, Pen-
zez ha Taole. Mez guelet e ouent o vont kuit,
ha Canclaux, breman dibrez, a gasaz eur gu-
chenn soudarded var ho lerc'h. Mez pe re zive-
zad oant eat enn hent pe gollet o doa an trez, da
viana ne ouent ket paket.

An dra-ze ne rea ket kals a jal d'ar zoudarded,
rak, ma o divicho ho fakot, o divicho ranket en
em emganna adarre, hag ar zoudarded ne vezent
ket o klask an tennou fuzil. Krenvoc'h oant
var an dibri hag an efa, eget n'oant var an em-
gann. Abalamour da-ze, p'en em gafchont, etre
c'houeac'h ha seiz heur, e bourk Taole, e chom-
chont a-za. — Taole a zo eur bourk braz; eno
ive-ta e kafchont peadra da gorfata. Mont a re-
chont enn tiez guella, digas a rechont gant-ho
ar pez a blije ar muia d'ezho, ha lakaat a
rechont aoza d'ezho, e ti Laou ar Floc'h, a zal-
c'ho an hostaleuri vraz, eur goan euz ar re
vella gand banneou a forz.

Tommet oa d'ezho; evelkent o doue skiant avoalac'h evit lakaat pevar zoudard enn dro d'an ti m'edont enn-han, evit evesaat hag ho diouall, rag aoun o doa na viche en em zavet ar bourkiz enn ho enep. Mez den na finvaz, an oll a ioa mantret; brud emgann Kergidu en doa sebezet ar vro. Ober a rejont ive-ta peb a gofad mad. Pa veze re dommet d'ezho, ez eant da ober eur c'housk da uza ho banne, ha gou-de-zo e teuent adarre da efa. Er c'hiz-se e veze atao, tomm ar fourn gant-ho hag o choment hanter-vezo.

P'edont dioc'h ar mintin oc'h en em lakaat e doare da vont kuit, e oue klevet enn eun taol eur iouc'hadenn skiltruz e lost an ti. Kerkent pep hini a grogaz enn ho fuzil hag a icaz da c'houzout petra ioa a nevez. Ha petra velchont? Eur zoudard torret he fri, leun a c'hoad he benn.

— Aman ez euz trubarderez, eme ar c'habi-ten; aman em eur oc'h esa laza, o kuz, soudar-ded ar Republik. Deuz aman, Laou ar Floc'h, te a zo penn kaoz a gement-man; da groc'henn a baeo.

— Penaoz e vefen-me kaoz, eme Laou? Me a ioa er penn-all o tiskarga d'eoc'h da efa!

— Ma ne ket te eo, ec'h euz da viana kuzet tud a-ze da ober an taol.

— Emaoc'h o tu da velet. Klaskit hag e kafot, me gred, an hini en deuz skoet gand ho soudard.

— Guir a leverez. Soudarded, furchit an ti, ha furchit-hen mad.

Ker buan ar zoudarded en em lakeaz da glask.

Ne oue ket pell an abadenn. Unan anez-ho a griaz :

— Ema-hen aman ! ema-hen aman !

Hag an oll, ho bayounettez o bek ho fuzil, araok varzu al leac'h ma krie ar zoudard. He-man a ioa krog e breac'h eur baotrezik a zek vloaz hanter, Glaodina ar Faou, a ioa plac'h-saout gand Laou ar Floc'h.

Pa oue tennet ar baotrezik euz a-zindan ar guele, el leac'h m'oa kuzet, e chomaz ar zoudarded souezet da zellet an eil ouc'h egile.

— Daoust, emezho, hag eur plac'hik ker iaouank a c'helfe beza roet eun taol ker stard ?

— Ma ne deuz ket skoet he-unan, e lavaro d'comp da viana, eme ar c'habiten, piou en deuz skoet.

Hag o oue Klaodina sachet d'ar penn huela
euz an ti ha lakeat e kreiz ar zoudarded.

— Lavar d'eomp, plac'h bian, eme ar c'habi-
ten, piou en deuz skoet gand va zoudard hag
her lakeet leun-c'hoad?

Klaðdina ne lavare ger; ne rea nemed krena.

— Klevet a rez ac'hanoun, eme ar c'habiten
en eur zevel ho vouez hag en eur heja Klaodina?

— Ia, eme houman, m'her lavaro d'eoc'h.

— Lavar-ta, dioc'h-tu.

— Ho soudard a ioa azezet var ar skaon. Mezo
oa, a gaf dign; c'hoant kousket en doa da
viana, ha, dre he gousk, o plege hag o save ho
benn; ec'h horjelle a gleiz hag a zeou, evel ma
ra an dud a gousk var eur skaon dizharp a bep
tu. Mad, epad m'edo er c'hiz-se oc'h horjellat
ho benn, ar maout koz, deuet euz he graou, o
poa lezet digor, en em gavaz enn ti. Dont a reaz
betek ar zoudard, hag, oc'h her guelet er c'hiz-
se o sevel hag o plega ho benn, e kavaz d'ezhan
edo oc'h ober penn d'ezhan. Ar maout a reaz
daou pe dri baz adren hag a deuaz a benn-herr
var ar zoudard p'edo o plega ho benn, hag a
roaz d'ezhan eun taol tourt ken krenn, ma torraz
he fri d'ezhan ha m'hen diskaraz d'an douar.
Pa vezen-me o tioual va zaout, me, evit tremen

9

an amzer hag evit c'hoari, a lakea va dourn er
c'hiz-se d'ar maout hag em boa her boazet da
dourtal evelse. Ar maout a gavo d'ezhan, me
gred, edo ive ar zoudard o c'hoari gant-han,
hag abalamour da-ze en deuz roet d'ezhan eun
taol tourt hag her lakeat leun e'hoad.

O klevet-se, o savaz c'hoarz e touez ar zou-
darded-all; ar c'habiten he-unan a rankaz trei
ho gein da c'hoarzin. Ne c'helle, e guirionez,
tamall fri torret ar zoudard nemed d'ezhan he-
unan ha d'ar maout, ha n'oa ket evit barn ar
maout d'ar maro dindan boan da veza goapeat
gand an oll, rak re zot e viche bet. Abalamour
da-ze, gand aoun na viche savet ar c'hoarz d'an
oll e bourk Taole, e roaz urz d'an oll d'en em
lakaat enn hent evit distrei da Gastel.

Etre Taole ha Penzez, n'euz ket ouc'hpenn
eun hanter-heur vale; evelato an tamm hent-se
en doa adarre roet sec'hed d'ar zoudarded. Mont
a rechont da di Vari Pichon, an hostaleuri vraz
a zo e kichen ar pount, hag e leverchont digas
d'ezho da efa. Sentet e oue out-ho, rak aoun a
ioa n'en em gafche goaz. Eno ne rechont droug
ebed; goude beza efet hervez ho faltazi, ec'h
en em lakechont adarre enn ho hent en eur
gana, en eur iouc'hal hag en eur zakreal evel

p'o divicho c'hoant da ober goap euz an Aoutrou
Doue, evel ma reant euz an dud paour divar ar
meaz, a grene diraz-ho. Breman int rok, n'o
deuz ket a aoun, guelet a reont peger soubl ha
pegen aounik eo an dud.

Var dro dek heur hanter edont o tiskenn da
Bount-Eoun; choum a rejont eur pennad a-za
araok diskenn, evit kana ha iouc'hal-oll a-bez;
rag banneou a ioa bet, an tan a ioa er c'houzouk,
ar goad a ioa savet d'ar penn, izom a ioa da
vragal. Eno e oue eur jabadao ker goaz ma n'o
deuz biskoaz paotred ar zabat great kement-all.
Traonien Pont-Eoun a groze hag a dregerne
gant-ho betek an aod.

Aman e rankan anzao ouzoc'h eun dra hag
en deuz great kals a boan d'an oll dud a galoun
e Breiz; n'her lavaran nemed en eur ruzia gand
ar vez.

En em gavet euz bet var douar Breiz, bro an
dud leal koulskoude, eun den hag en deuz
guerzet he genvroidi. Judaz, an trubard braz,
enn amzer goz, a verzaz he Zoue; heman n'oa
ket evit hen ober, rak pell a ioa oa marvet Jesus-
Christ evidomp var ar groaz, mez guerzet en
deuz goad tud vad, tud hag a heulie lezen Doue.
N'em beuz bet biskoaz c'hoant da c'houzout he

hano; eman breman dirag Doue ho varner;
pouezet eo bet d'ezhan ho oberou... Ra vezo bet
Doue madelezuz enn ho genver, evit-han da veza
great droug, ha droug braz, var an douar. Chanz
d'ezhan da gaout ho lod o Baradoz an Aoutrou
Doue.

Kercour-ler oa dre vicher, pa laboure; mez
ne laboure ket aliez; al labour hag hen n'oant
ket hostizien gaer. Va c'here a gavo guelloc'h
choum didalvez eged labourat; guelloc'h e kave
darempredi an tavarniou eged Iliz an Aoutrou
Doue; muioc'h a blijadur a gave o lavaret hag
o kana traou udur gand koz-kanfarted, eged o
klevet meuleudiou an Aoutrou Doue ha preze-
gennou ho bersoun.

Meur a veach, an Aoutrou Gall, persoun
Plouenan, ho barrez, en doa her gourdrouzet.
Meur a veach oa bet enn ho di oc'h her c'hlask
da vont, evel pep kristen mad, da gofez ha da
ober ho bask; mez enn aner o komze; ar c'here
ne rea van, kenderc'hel a rea ho vuez fall ha
direiz. Aliez, pa viche eat an Aoutrou persoun
er meaz euz ho di, e veze klevet o lavaret, en
eur zellet a gorn var ho lerc'h, hag en eur ober
dourn d'ezhan :

— Kea atao, persoun Gall, m'hen talvezo

d'id… Paoa a ri di-mo, mar gellan, da zore'hen-
nou…. Hag o vousc'hoarze evel ma tle mous-
c'hoarzin an diaoul pa vez oc'h huala unan-
bennag er pec'hed, hag ouc'h hen horta var hent
an ifern.

Pa glevaz ar c'hercour traonien Pont-Eoun o
tregerni gand iouc'hadennou ar zoudarded, o
touaz enn eul lamm er meaz euz he di. Klevet
en doa abred oamp-ni bet flemmet e Kergidu,
hag her boa ranket kemeret an teac'h. Dre-ze o
gouie edo ar zoudarded-se o redet bro hag oc'h
ober klask var an dud vad. Eul luc'heden a
fallagriez euzuz a icaz dre he benn, he zaoula-
gad a lugernaz :

— D'am zro, emez-han ! Hag he galoun a
dride enn he greiz. — D'am zro, Aoutrou per-
soun Gall ! Abarz ma vezo noz eberr, me gred
o pezo paet di-me ho tle. Enn dro-man o vezo
di-me da brezek !…

P'edo ar zoudarded oc'h erruout e kichen
he di, ar c'here a icaz o kroiz an hent; hag hen
komz ouc'h ar c'habiten a ioa e penn ar van-
denn :

— Ac'hanta, paotred ar Republik, goall gem-
pennet o poa, enn dervez-all, koueriaded Breiz-
Izel, diouc'h am beuz klevet?

— Daoust hag an dra-ze a zell ouz-it-te?

— Ia, rak evidoun da veza o choum aman, va c'haloun a ia d'hoc'h heul. Va brasa levenez eo klevet oc'h euz kaset d'ar bed-all unan-bennag euz ar pilpouzed panen-ze ne reont nemed tregasi hag inoui, pa ne reont goaz, ar re n'int ket sot avoualac'h evit kredi ho oll zotoniou, ha ne fell ket d'ezho mont da gounta, er gofesion, ho oll doareou.

— Ha perak e teuez da gomz di-me er c'hiz-so?

— Abalamour m'emaoun a-du ganeoc'h; abalamour ne garan nag ar veleien, nag ho Doue; hag herrio e c'hellan heñ diskouez d'eoc'h, da viana ma klaskit beleien.

— Ha piou a c'hell toui di-me n'emaout ket o lavaret gevier, oc'h esa ober goap ac'hanomp? Ni a zo bet tizet c'hoaz gand gaouiaded eveldoud, mez ne vizimp ken.

— Sellit eeun ha piz ouzign, ha guelit ha c'houez ar gevier a zo ganen?

An arvestt ne oue ket hirr; eun taol lagad a zizoloaz d'ar c'habiten goeled kaloun ar c'here. Anaout a reaz ea diraz-han eun den, hag, evit arc'hant pe eur banne, en diviche krouget ho Zoue, guerzet he dad hag he vamm. Eun den

er c'hiz-se a ioa eur benvek ha n'oa ket evit
paea re ger. Evelato mar gelleho her c'haout evit
netra, e viche guelloc'h marc'had d'ezhan. Aba-
lamour da-ze e lavaraz d'ezhan, evel dre fae :

— Mad, petra ec'h euz da lavaret d'eomp?

— Kals traou, e berr gomzou, kabiten.

— Na petra? Hast a-fo, rak ni n'hor beuz ket
a amzer.

— Eur vandenn vad a dud oc'h a-ze ; armet
kloz oc'h ive, mez oc'h ober petra euz bet ke-
ment-all a dud? Ne velan den gancoc'h.

Hag ar c'here a c'hoarze iud en eur zellet
ouc'h ar c'habiten. Me gaf d'ign en doa divinet
finesa ar c'habiten. Ar re fall ne sonjont nemed
fall; n'int ket evit kaout fizianz an eil enn
egile.

— Bete vreman n'euz ket, evit guir; mez
araok en em gaout e Kastel e kavimp.

— E kavoc'h? Ia m'ar d-int sot avoualac'h evit
dont, evel eur penn-goazi mezo, d'en em deuler
enn ho touez. Na d-it ket da gredi e ve tud ar
vro-man ken diskiant-se. Me a c'hell ober vad
d'eoc'h, me a c'hell lavaret d'eoc'h e peleac'h ez
euz tri belek penn fall ha dizent ouc'h al lezen.

— Ne c'houlennomp ket guell, eme ar c'ha-
biten, fougé enn-han o klevet kement-all. Rak,

evit-han da veza great mad he zever o veva hag
oc'h efa divar goust he nesa, ep paea guennek,
e kave d'ezhan e viche deuet guelloc'h d'he
jeneral Canclaux, hag e safche buannoc'h e
karg, mar gellche kas d'ezhan eur belek-bennag
hag a viche tamallet, e guir pe e gaou, an dra-
ze ne rea netra, da lakaat ar goueriaded d'en
em zevel a enep ar Republik.

— Mad, pegement a rofot d'ign? Red eo da
bep den beva diouc'h he vicher, hen hag he
vugale.

— Ha pegement a c'houlennez, kere, evit
lavaret d'comp o peleac'h eman ar veleien-ze,
hag evit hor c'has betek an ti m'emaint enn-han?
Rak dalc'h sonj mad e ranki dont da-unan ga-
neomp; ha ma leverez gevier, heman, ar c'hleze-
man, da zivouzello, rak, kleo mad, ne reer ket
enn aner goap a dud eveldomp-ni.

— N'am beuz ket a aoun rak ho klezo, ka-
biten, rak ne lavaran ket a c'hevier.

— Mad, lavar d'ign neuze pegement a c'hou-
lennez.

— Deuit aman enn ti, hon daou ni en em
glevo.

Ar marc'had ne oue ket pell evit beza great;
eno oa paotred dijipot. Unan en doa c'hoant da

verza dro zroug ouc'h ar veleien, egilo en doa
c'hoant da brena dro zroug ouc'h Doue ive, me
gred, da viana evit huellaat e karg; unan en doa
c'hoant da gaout arc'hant, egile ne rea ket a forz
pegement paea, rak ar Republik eo a bae.

— Great ar stal, eme ar c'habiten en eur zont
da gaout he zoudarded. D'comp da efa bep a
vanne c'hoaz enn hostaleuri a zo a-hount, ha
deuz ive gancomp, kere, rak red eo kaout nerz
ha kaloun araok ober eun taol evel he-man.

Goude eur banne e oue eur banne-all c'hoaz,
ha, goude-zo, meur a hini-all. Pa deuchont er
meaz oa anat avoualac'h ho banneou varnez-ho.
Lagad ar c'here a steredenne enn he benn, evel
eur c'hef-tan enn aoled e kreiz an noz.

— Breman, kere, eme ar c'habiten, e pe du e
tleomp trei, ha bale enn hor raok.

— N'euz ket a-bell da vont, eme ar c'here.
Guelet a rit a-zo, azioc'h ho penn, eun ti toenn-
sklent, eur prenestr braz enn he bignoun?

— Ia. Petra! ken tost-se?

— Ia, ken tost-se. Enn ti-ze, hanvet Penn-an-
Neac'h, ez euz tri belek, pe, pa lavaring mad,
daou velek hag eul lastez-belek, rak unan anez-
ho ne ket belek c'hoaz, ne d'eo nemed ar pez a
leveront, avieler anez-han. Bemdez e vezont dre
9*

a-zo, hag, er mintin-man, me va-unan am beuz
ho guelet.

— Hag euz a be vro eo ar veleien-zo?

— Unan anez-ho a zo hanvet an Aoutrou Gall,
persoun ar barrez-man, persoun Plouenan.
Egile eo an Aoutrou Coarigou, persoun kouent
an *Ursulinezed*, e Kastel, persoun ar feneantezed-
se hoc'h euz kaset kuit evit kemeret ho zi evi-
doc'h, ha mad hoc'h euz great. Egile-all, an
hini-all, an hini iaouank, al lastez belek, eo an
Aoutrou Go, ginidik ive euz ar vro-man.

— Ah! guell a-ze! Ar jeneral Canclaux a vezo
fouge enn-han, rak da veleien ar vro-man e
tamall stourmadek an dud iaouank a dlie tenna
d'ar zort, penn-kaoz euz a emgann Kergidu hag
euz a varo kals achanomp-ni. D-eomp enn hent,
hag a-fo!

— Ker buan ha ma kerfot, eme ar c'here.

Hag ar c'here trubard a valee, skanv he droad
ha sounn he benn, araok ar zoudarded, evel ma'z
ea gueach-all Judas araok ar juzevien p'edont o
vont da gregi e Jesus, hor Zalver.

— D'eomp dre aman, dre an tu deou, eme
ar c'here, a-dreuz dre ar c'hoat, evit miret na
vezimp guelet, rak an disterra diskred a lakaio
ar veleien daonet-se da dec'het kuit. Kredit

ac'hanoun, ar re-zo a zo tano ho skouarn, ha c'houi hoc'h euz great kement a drouz en eur ziskenn da Bount-Eoun.

Oant en em gavet dem-dost da Benn-an-Neac'h, pa glefeheur eur zoudard o krial, a-bouez ho benn, var ar c'hleuz :

— Holla ! holla ! kabiten, me am beuz guelet unan-bennag o vont d'ar red ha dre guz a-hount, er c'horn-all, er meaz euz ar goarem-man. Hennez a dle beza unan euz ar veleien a glas-komp.

— Kea ive-ta buan var ho lerc'h, kas gan-ez pemp pe c'houeac'h-all.

Evel chas chase pa zantont tres ar c'had, ar zoudarded a redaz buan er goarem, a c'haloupaz d'ar red d'ar penn-all, a lammaz a lamm-ploum var ar c'hleuz... Sellet a rejont a gleiz hag a zeou, a bell hag a dost ; furcha a rejont ar girzier lann a dro-var-dro, mez ne gafehont netra.

Dont a rejont var ho c'hiz da gaout ho c'habiten a ioa ouc'h ho gortoz.

— N'hoc'h euz kavet eta netra?

— Nann, kabiten. Kouskoude hor beuz klasket mad.

— Marteze ive n'euz eat den dre a-zo.

— Eo, beza zur euz eat unan-bennag, dre ar c'horn-z-hont, er meaz euz al lannek-man.

— Mar d'eo guir, eo eaz avoualac'h d'eomp her gouzout, rak aman euz eur paotrik bian o tiouall he zaout hag her lavaro d'eomp. — Kere, deuz aman d'am c'haout. Goulen digant hennez, ar c'hrouadur-ze, piou eo an hini a zo eat bre-maik, d'ar red, dre al lannek-man.

— Allaz! kabiten, aoun am beuz n'her c'hle-fomp ket gant-han.

— Na perak? Eur c'hraouadur ker iaouank ne c'hell ket diskredi var-n-omp, ha ne lavaro ket a c'hevier.

— Ma ne lavar ket a c'hevier, ne lavaro ket kennebeut ar virionez; me hen anavez, hen hag he dud. Hennez a zo map da Lauranz ar Sann, euz a Lopreden; hag an tiad tud-se a zo stak kenan ouc'h fals-kredennou ar veleien. Ken-toc'h e lezint ac'hanoc'h da lakaat an tan-goall varn-ho, enn ho zi, eget diskleria eur belek epken.

— Ia, ar re goz, marteze; mez he-man n'en deuz ket a skiant avoualac'h evit anaout ar pez hor beuz c'hoant da c'houzout.

— A gaf d'eoc'h, kabiten? Bremaik e velfot. Me a ia da c'houlen digant-han.

Ar c'here a dosteaz ouc'h ar c'hrouadur, a ioa dinec'h o vranskellat var an draf, eur fouet blansounet-kroaz gant-han enn dro d'he c'houzouk, hag hen touchennet-hir, evel ma tere ouc'h pep paotr saout a ra mad he vicher.

— Paolik, lavar di-me piou a zo eat bremaik, d'ar red, aman dre al lannek, hag a zo lammet er meaz dreist ar c'hleuz er penn-all a-hount.

— Ne oufen ket her lavaret d'eoc'h. N'am beuz ket a amzer da zellet enn dro d'ign. Poan avoualac'h am beuz gand va zaout, rak a-ze, sellit, eman ar vioc'h vriz hag a zo laer evel an dour. Ouc'hpenn-ze, kas a ra d'he heul va ounner Min-du, hag o tesk anezhi da veza ker goaz hag hi. Sellit, ha n'he guelit ket, dioc'htu ma vez tro va fenn, o sevel var gleuz koat tud an ti-all?... Dont a ri enn dro du-man, Mindu!

Ha Paolik a sklake he fouet da ober aoun d'he ounner.

— Ac'hanta, kabiten, n'am boa ket lavaret d'eoc'h? Me gouie ervad n'ho piche klevet netra gand he-man. Ar re-ze, tud ar San, a veze atao gueach-all er memez tu gand ar veleien, ne heulient, e pep tra, nemed aviz hag ali ar veleien; touellet oant gant-ho. Hag he-man, ar mec'hiok bian-man, en deuz great he bask

kenta, dre guz, breman euz eun teir zizun ben-
nag, hag a zo fourret eb arvar, forz diotachou
d'ezhan enn he benn.

— Koulskoude n'en deuz ket an ear da gaout
ouc'hpenn unnek vloaz.

— A veac'h m'en deuz an oad-se.

— Ha ne fell ket d'ezhan lavaret netra ?

— Nann, her guelet a rit.

— Gortoz, kere ; bremaik e veli, rak n'em
beuz ket amzer da goll.

Hag ar c'habiten da gaout Paolik.

— Penaoz, marmouz, emez-han, en eur daoler
he graban var he benn hag en eur gregi enn he
vleo, ne lavari ket di-me piou a zo eat dre aman,
p'edomp-ni o tont dreist ar c'hleuz ?

— Lavaret em beuz da gere Pount-Eoun em
boa avoualac'h da ober oc'h evesaat va zaout.

— C'hoant ec'h euz, tamm kos-tra, da ober
goap ac'hanomp-ni, a velan ; mez an dra-man
ne bado ket pell. Lavaret a ri, ia pe nann, piou
a zo eat dre aman ?

— Va zad en deuz digaset ac'hanoun aman
da ziouall va zaout, ha ne ket da zellet ouc'h
an dud eo.

— Eur veach c'hoaz, lavaret a ri, tamm-ar-
foultr, eme ar c'habiten, en eur zacha var bleo

ar c'hraouadur ken na vezent guelet o nijal gand an avel, lavaret a ri?

— Ne lavarign ket, gronz.

— Ha ne lavari ket?

— Nann, nann! biken.

— Mad, did ar goasa. — Soudarded, buan var evez. Kargit ho fuziliou; daou ac'hanoc'h, staga homan a-ze ouc'h an draf, ha, daou-all, daou denn fuzil d'ezhan enn he benn, evit diskouez ne rear ket a c'hoab er c'hiz-se euz a zoudarded ar Republik.

Ker buan lavaret, ker buan great. Krapet o oue er paour keaz Paol; staget e oue ouc'h an draf; daou zoudard a deuaz dek paz var ho c'hiz, edont o viza ar biz var bluen ar fuzil....

Paolik a gollaz eun tamm he liou; dont a reaz da veza drouk-livet... Evelato, den ne lavarche enn diviche aoun... Ober a ra sin ar groaz en eur zevel he zaoulagad varzu an env, hag e chom sounn enn he za, sounn evel eur peul, dince'h evel eur zant : Doue, me gred, a roe nerz d'ezhan... Eur vinutenn c'hoaz hag oa great gant-han, pa lavaraz ar c'habiten :

— Choumit a-za, soudarded. Me gaf d'ign e reomp fall o tenna var ar marmouz-man, rak an

tennou a vezo klevet, hag ar veleien a gemero
an teac'h. Ne ket guir, kere?

— Guir eo, eme ar c'here. Kouskoude he-
man, an tamm mec'hiok-fall-man, a ra goap
ac'hanomp.

Daoust hag ioul an diaoul a ioa e kaloun ar
c'here.

— Kemer da amzer, ne gollo netra. Ouc'h-
penn an dra-ze c'hoaz, ne dal ket ar boan
d'comp devi poultr ar Republik var gos-tam-
mou traou evel heman. Distagit-hen, soudarded,
ha digasit anez-han aman. Me a ia da ober
berroc'h tro, ha kalz didrousoc'h; me a ia d'her
c'hrouga, hag, epad ma vezo a ispill, en devezo
amzer da c'houzout ne rear ket enn aner goap
euz a eur c'habiten republikan.

Ker buan e oue distaget ar paour keaz Paolik
ha stlejet da gichen eur vezen fao goz a ioa var
an hent, er meaz euz al lannek. Ne ouet ket
pell oc'h ober eur c'houlm lagaden er gordenn,
hag ouc'h he lakaat enn dro da c'houzouk ar
c'hraouadur.

— Eur veach c'hoaz, laouen-dar, eme ar c'ha-
biten, lavaret a ri d'comp-ni piou ac'h euz gue-
let bremaik o kemeret an teac'h?

— Nann, nann, eme Baol.

— Buan, buan, cur zoudard er vezen da staga ar gordenn ma vezo krouget an houc'h bianman. Alese e c'hello branskellat guelloc'h eget na rea bremaik var he zraf.

Ar vezen ne d-oa ket a skourrou izel. Kaer o d-oa ar zoudarded en em skoazia, en em lakaat daou, tri, bern-var-vern, n'oant ket c'hoaz huel avoualac'h evit tizout ar skour izella da staga ar gordenn da grouga Paolik ar Sann. Ar c'habiten a skoe, dre gounnar, gand seul he votez var an douar, a en em jale hag a bec'he... Paol avad, ar gordenn enn dro d'he c'houzouk, a ioa didrouz ha sioul evel cun oan o vont gant ar c'higer. Enn he galoun e pede Doue.

— Hastit a-fo, eme ar c'here, koll a reomp hon amzer; trouz a reomp ive ha n'emaomp ket ouc'hpenn tri c'hant paz ken dioc'h Penn-an-Neac'h. Mar bezomp klevet, e kavimp ti goullo.

Ar c'here en d-oa mall da velet krouga Paolik ar Sann.

— Guir a lavar ar c'here, eme ar c'habiten, en eur bec'hi goasoc'h-goaz hag en eur skei muioc'h-mui taoliou boutou var an douar.

N'en d-oa ket a c'hoant da denna, ar c'habiten digaloun, gant aoun rak an trouz; n'oa ket evit krouga, rak ne gave ket a spek d'he gordenn, hag, evelato, n'oa ket evit choum hep lakaat d'ar maro eur c'hrouadur unnek vloaz, rak he zoudarded o diviche great goab anezhan. Petra eta da ober?... Sellet a ra enn dro d'ezhan evit klask eur vezen-all easoc'h sevel out-hi... Ne vel hini... Enn eun taol e kouez he zaoulagad var eur poull-dour great, gand tud ar Venek, a Lopreden, evit destum an dour glao a zired euz an neac'h, hag a lakeont da zoura ar foenneier ho deuz great ouc'h an dorgenn. Gouzout a rit edot, er maro-ze, e kreiz miz meurz; ar goan a ioa rust, ien oa an amzer, ar poull a ioa skournet.

— Kavet eo ganen ar pez a glasken, emo adarre ar c'habiten; deuit aman, soudarded, ha lezit aze ar vezen.

Hag en eur astenn he gleze a ioa enn he zourn varzu ar poull-dour :

— Buan, unan ac'hanoc'h da derri ar skourn a-hount, e kreiz ar poull, ma taolimp an houc'h bian-man ebarz. Eno e kavo, kement ha ma karo, guelien ien da efa evit distana he benn.

Ar zoudard ne oue ket pell evit ober he gevridi.

Great an toull....

Daou zoudard a grogaz er paour keaz Paolik.
Enebi a reaz out-ho, fringal a rea... Ar vuez a
zo c'houck d'an oll!... Mez petra eo eur bugel
etre daouarn daou zoudard, daou zen enn oad?
Douget e oue...

Eat oant, ho zri, Paolik hag an daou zoudard,
tri pe bevar baz var ar skournenn; edont e
kichen an toull... Mez ar skournenn, kalet
avoualac'h evit dougenn eur zoudard epken, ne
c'hellaz ket dougenn tri. Sklakal, faouti, terri a
reaz... Hag enn eun taol, tri ene a ieaz dirak
Doue, daou vuntrer hag eur merzer... Eun cal...
Doue ra gresko he levenez er Baradoz!

Ar c'habiten hag he zoudarded a joumaz se-
bezet da zellet, hep lavaret ger, an eil ouc'h egi-
le. Daoust hag en em lakaat a rechont da denna
ho daou genvreur er meaz euz ar poull-dour?
Nann. En em lakeat o diviche e tal da goll ive
ho buez, rak ar skournenn a c'helle terri gant-
ho kerkoulz ha m'oa torret gand an daou-all,
ha tud difeiz, er c'hiz-se, n'en em lakeont ket
var var da goll ho buez evit savetei ho nesa.
Choum a rejont eur pennad da zellet ouc'h an
toull m'oa kouezet enn-han Paolik hag an daou
zoudard, da c'houzout ha dont a rache unan-
bennag anezho var gorre an dour. Mez eat

oant a-zindan ar skournenn, e fesoun, rak hini anezho ne deuaz er meaz.

C'houi a gaf d'eoc'h oa bet nec'het ar c'habiten o velet maro an daou zoudard-ze? Tamm ebed. Trei a reaz ouc'h he zoudarded-all, en eur lavaret d'ezho :

— Daou zen muioc'h da lakaat var gount tud ar vro-man, rak ma karche hennez, an houc'h bian penn-kalet-se, beza lavaret d'eomp ar pez a c'houlennemp digant-han, ne viche ket c'hoarvezet kement-man. — Breman, d-eomp d'hor labour, ar Republik hor galv; buan enn hent. Aman, enn ti-man, ez euz tri belek hag a c'helfe kemeret an teac'h ma taleomp ken. Ar re-ze a baeo evit hor breudeur a lezomp er poull dourman. — Hag hi enn ho hent.

EIZVET PENNAD

—

Penn-an-Neac'h, e Plouenan. — An Aoutrou Gall. — An Aoutrou Coarigou.

Ar c'habiten hag he zoudarded ne zalejont ket d'en em gaout dirak dor borz Penn-an-Neac'h, rak, evel m'am beuz her lavaret d'eoc'h, n'edont ket ouc'hpenn tri c'hant paz dioc'h an ti.

Ar c'habiten a c'hourc'hemennaz d'he zoudarded en em ranna a vandennou a c'houeac'h, evit kelc'ha an ti tro-var-dro. Hen a zalc'he ugent gant-han evit mont ebarz.

Digeri a reaz an or, treuzi a reaz ar porz, mont a reaz betek dor an ti; serret oa. Trouz ha kabal a gleve enn diabarz; e fesoun oat bet guelet o tont.

— Digeri, emez-han a vouez huel ha rok, ha digeri buan, pe ni a zivarc'ho, pe ni a dorro an or var-n-oc'h.

An or a oue digoret, ha kenta velaz ar zou-
darded, oue an Aoutrou Gall, persoun Plouenan,
enn he za sounn diraz-ho, an ear dinee'h ha
dispount d'ezhan.

— Deuit ebarz enn ti, emez-han; n'ho pezet
ket aoun. Me a oar petra glaskit; beleien ha
ne fell ket d'ezho senti ouc'h ho lezennou diroll
ha difeiz. Mad, aman e kafot daou velek ha ne
blegint biken. Me, an Aoutrou Gall, guir ber-
soun Plouenan, hag an Aoutrou Coarigou,
belek koz leanezed kouent Santez-Ursula, e
Kastel. A galoun vad, evit difenn hor feiz koz,
hor beuz kinniget hor buez da Zoue abaoue
m'eo deuet an dispac'h vraz-man. Setu ni aman,
dare da vont d'hoc'h heul. Deuit heb aoun enn
ti, ne harzimp ket, ne dec'himp ket kennebeut.
Mez, mar d'eo ni a glaskit, na rit drouk ebed
da hini euz a dud an ti-man.

Belek Doue, ha ne gomze ket evel he vestr
Jesus pa oue gueachall guerzed gand Judaz?

Eb lavaret ger, ar zoudarded hag ho c'ha-
biten a lammaz enn ti a-daol, a grogaz enn
'daou velek hag a stagaz ho daouarn d'ezho
adren ho c'hein.

Hag int-hi a ioa aounik, paotred ar Republik!
— Ne ket avoualec'h kement-man, eme ar

'habiten, pa vele n'oa ket an daou velek evit
ober drouk ebed d'ezhan, c'hoaz a vank d'eomp.

— Pa'z eo guir eo ni a glaskit, eme an Aoutrou
Gall, lezit e peoc'h tud an ti-man. Ni hon daou,
an Aoutrou Coarigou ha me, a zo kaoz m'e-
maomp aman. Deuet omp enn ti-man da c'houlen
eun tamm bara da derri hor naoun, hag an
tud-man a zo bet madelezuz avoualac'h evit rei
d'eomp. E pelac'h eman an drouk e kement-se?
D'ar brasa torfetourien e vez roet ho boued, ha
difennet e ve rei d'eomp-ni?

— Ne ket ouc'h tud an ti-man e sellan breman,
eme ar c'habiten. Eun all henvel ouz-hoc'houi eo
a glaskan. Ha n'oac'h ket tri aman, er mintin-
man?

— Klaskit, eme an Aoutrou Coarigou, d'he
dro. Aman n'euz breman nemed omp-ni hon
daou, diou vaouez, pemp kraouadur hag eur
mevel koz. Ar mevelien-all a zo eat da gerc'hat
lann da bilat d'ar chatal.

— Me a ia da c'houzout. — Kere, deuz aman,
er penn d'an neac'h euz an ti, ha lavar hag ar
re-man eo ar re a gomzez anezho d'eomp.

Ar c'here a ioa choumet e kichen an or; n'en
d-oa ket kredet sevel d'ar penn huella. Daoust

hag eun tamm kaloun a zo c'hoaz enn he greiz?
Daoust ha c'hoant en deuz da zont var he giz
d'ar gear araok peur-achui he drubarderez?
Nann, rak dioc'h-tu ma oue galvet, e teuaz araok,
hag en eur zellet iud ouc'h an Aoutrou Gall :

— Me am boa lavaret, emez-han, hen talves-
chenn d'eoc'h d'am zro. Abarz ma teufot da
glask ac'hanoun-me da ober va fask, e devezo,
me gred, kanet ar goukouk.

— Lez da jaok, eme ar c'habiten, ha lavar
d'eomp hag ar re-man eo ar re ac'h euz disku-
liet d'eomp.

— Ia, ar re-man int, el leal.

— Tri a ioa, a lavarez?

— Ia, an Aoutrou Go n'eman ket aman.

— Lavar d'eomp, *sitoian* belek, eme ar c'ha-
biten d'an Aoutrou Gall, lavar d'eomp e peleac'h
eman egile, pe, bremaik, me a lakaio an tan
enn ti-man, ha, mar d-eman kuzet aman, e vezo
rostet mesk-e-mesk gand al logod hag ar razed.

Guelit penaoz e komze ar seurt tud-se ouc'h
eur belek !

An Aoutrou Gall en doue aoun, rak, her gou-
zout a rea, ar zitoianed ne varc'hateant ket
kement-se evit lakaat an tan e tiez ar goue-
riaded. Abalamour da-ze e respountaz raktal :

— Me her lavaro d'eoc'h : Eun heur zo eo eat
c'halen da ober eur gevridi.

— Ah! tonner! eme ar c'habiten; hennez a
ank beza an hini hon deuz guelet du-hont er
ĵoaremm. M'am biche gouezet!... Mez lezit-hen,
ie gollo netra evit gortoz, ni her c'havo abred
ᵉe zivezad.

Nann, an Aoutrou Go ne oue ket paket; chom
ᵃ c'hellaz a-zindan guz, ha, pa deuaz ar peoc'h,
ᵉ oue beleget. Marvet eo persoun iliz kathedral
ᵏastel. Lod ac'hanoc'h o deuz hen anavezet
ᵏerkouls ha me.

— Breman, perc'henn an ti-man, digasit
l'eomp da zibri ha da efa, rak, abaoue Taole,
1'hor beuz bet tamm na banne, abaoue Pont-
ᵏoun. — C'houi, va zoudarded, kasit an daou
ᵉelek-man a-ze, er gampr adren, ha stagit
ᵃnezho mad ouc'h eur strapenn gren evit miret
ᵒut-ho da gemeret an teac'h. Daou ac'hanoc'h a
ᵒumo d'ho diouall; ni aman a ia da zibri ha da
ᵉfa; pa vezo leun hor c'hof, daou-all a ielo enn
ᵒo leac'h. Alo! traou var an daol!

Aman e rankan lavaret d'eoc'h eur gomz-
ᵖennag divar-benn tud Penn-an-Neac'h.

Savet ez-iaouank o doujanz hag o karantez
ᴰoue, Per hag Anna ar Zant a gollaz abred ho

10

zad hag ho mamm, sammet, ho daou, en eur
ober eiz dervez, gand eur barrad klenved tomm.
Per, he-unan, a joumaz klan, toc'hor zo-ken oa
bet. Eur pennad araok mervel, tersienn ho
mamm a gouezaz; gervel a reaz he merc'h d'he
c'haout : « Anna, emezhi, gouzout a ran eo ho
» prasa c'hoant mont da leanez e kouent Kastel;
» aotreet hor boa, ho tad ha me, e vichac'h eat
» goude an eost a zeu ; breman e rankan en em
» zislavaret. Anna, chomit gand ho preur,
» n'hen dilezit ket; n'en deuz tad ebed mui,
» abarz nemeur n'en devezo mamm ebed ken
» nebeut; lezet e viot evel daou vinor paour var
» an douar. C'houi eo ar gosa, evesait ho preur.
» Klevet a rear goal-vrud euz ar broiou-huel;
» tud fall a zo enn hon touez ha ne c'houlennont
» ket guell eget sacha ar iaouankiz d'ho heul.
» Evesait ive-ta ho preur, kelennit-hen e ken-
» kaz ma teufe da fazia var he hent; skiant ha
» deskadurez avoualac'h hoc'h euz evit-se. Cho-
» mit gant-han. Na it d'ar gouent nemed a-benn
» eur blavez-bennag aman, goude m'ho pezo
» her griziennet stard er mad. Ober a refot ar
» pez a c'houlennan diganeoc'h, ha neket-ta,
» Anna? » — « Ia, va mamm, eme hou-man, en
» eur vouela. » — « Deuit da rei eur pok d'ign,

» vamerc'h. Bennoz Doue ra gouezo var-n-hoc'h,
» va merc'h Anna! Poaniuz eo da eur vamm
» lezer var he lerc'h he bugale, evelato breman
» e c'hellan mervel e peoc'h... Klaskit d'ign va
» c'hroaz vinniget, evit ma vezo va zaol lagad
» kerkouls ha va huanad divéza evit Jesus va
» Zalver. »

Ar maro ne zaleaz ket da zont da ober he dro,
ha setu daou vinor e Penn-an-Neac'h. — Anna
e doa naontek vloaz, ha Per seitek-hanter. — Ne
c'houfac'h gouzout ar c'haon e oue e Penn-an-
Neac'h pa skoaz ar maro he daol? An amezeien
zoken a gave truezuz braz guelet eun tiegez
evel hini Penn-an-Neac'h o choum etre daouarn
tud ker iaouank.

An *anterramant* a oue great antronoz e bered
Plouenan. Rannet e viche bet ho kaloun m'ho
piche klevet an hirvoud hag ar c'haon a oue
eno! Ar barrez a-bez a ioa en em zestumet enn
dro d'ar vinorez keaz, evit lavaret a-unan gant-
hi eur beden var bez he mamm ha kemeret
perz enn he glac'har. Per, siouaz! skoet gand ar
c'hlenved, en doa ranket chom er gear var he
vele. Ar barrez a ioa, enn he leac'h, enn dro d'he
c'hoar.

Anna, gand he c'herent hag he amezeien, a

zistroaz da Benn-an-Neac'h. Pebez taol enn he
c'haloun kaout he zi goullo!... C'houi, hag am
zelaou, ha kollet hoc'h euz unan-bennag euz ho
tud-nez? Neuze e c'houzoc'h, guell eged na c'hou-
fen hen diskleria d'eoc'h, ar pez a zamme hag a
c'hlac'hare kaloun ar vinorez-man, pa en em
gavaz distro euz an iliz d'he zi; pa velaz goullo
ar skaon m'oa boazet he mamm da veza azezet
varn-hi, he mamm edo o paouez lakaat er bez!...

Kaloun eur Breizad a c'hell beza ankeniet,
glac'haret, brevet; mez ne vez jamez diskaret;
he feiz hen dalc'h enn he za en eur ziskouez
d'ezhan an env, el leac'h m'eman he vro. Gou-
zout a ra euz eun Doue, eun Tad, azioc'h he
benn, ha ne sko nemed evit hor brasa mad.

En eur zont enn ti, Anna a ieaz var eeun d'ar
gampr da gaout guele he breur Per, hag, en eur
gregi enn he zourn gand eun ear kalounek hag
hanter-laouen :

— Me gred, va breur Per, emez-hi, eo achu
hon dizeür. Me am beuz pedet Doue ker ka-
lounek, ma ne zaleot ket da barea. Da c'hedal
ma c'helfot sevel, me a gaso an traou enn dro,
guella ma c'hellign. Na d-it ket d'en em zoania
re, me ne d-ign ket breman d'ar gouent, me a

joumo ganeoc'h, ha me gred e roio Doue d'comp
c'hoaz eaz, hor bara er bed-man, da c'hortoz
mont d'ar Baradoz da gaout hon tad hag hor
mamm.

Per a barcaz. Kenteliet gand he c'hoar Anna,
ha, dreist-oll, gand an Aoutrou Gall, he bersoun,
e teuaz da veza skouer ar vro. Ne glevet ken
hano nemed euz he car vrao hag euz he vrud
mad. Ne vezo ket guelet, evel, siouaz ! ma veler
breman re aliez tud iaouank, o reded an hosta-
leuriou hag an tavarniou, oc'h efa banne gand
he-man, banne gand hen-hont; ne vezo ket
guelet o tistrei *kartou* nag o ruilla *dominoiou*,
pell enn noz, evel ma veler enn amzer-man,
bugale a renk huel zoken, var ho meno. Nann :
goude an ofern hag ar gousperou, goude he
foar pe he varc'had, e tistroe dioc'htu d'ar gear
da evesaat he diegez hag he labour. — Goude
gousperou, bep sul, ez ea da lavaret he *Ze pro-
fundis* var bez he dad hag he vamm, hag ac'hano
e teue var eeun da Benn-an-Neac'h. Eno e tre-
mene an abardaevez, o kaozeal gand he c'hoar
hag he amezeien.

Na d-it ket da gredi evelato e viche tiegez Penn-
an-Neac'h evel eur gouent; nann. Eno e c'hoar-
zet muioc'h ha kalounekoc'h eget e meur a
10*

leac'h. Per hag ho amezeien, kelc'het enn dro
d'an daol en hanv, a gounte pep hini he stropad,
pep hini he farz, speredeka ma c'helle ; ha meur
a gofad c'hoarzin a veze great e Penn-an-Neac'h
bep sul da bardavez. Antronoz vintin e savet
iac'h euz ar guele, ar spered skanv ha gae, ar
c'horf didorr, ha, d'al lun, ee'h en em roet
adarre d'al labour ker kalounek ha biskoaz. Ha
ne ket guelloc'h kement-se eged na d-eo sevel
d'al lun vintin, ar gouzouk dizee'h, ar penn
pounner ha divoued, ar c'horf brevet, evel ma
c'hoarvez gand ar re a dremen ho nosveziou
enn hostaleuriou, oc'h efa hag o c'hoari ?

A-benn nebeut blaveziou, Per a gavaz eur
vaouez euz he zoare, eur vaouez leal hag a zou-
janz Doue evel-d'han. He hano oa Mari Kreac'h,
merc'h da C'hlaoda ar C'hreac'h, euz a vilin
Kere'hoant, e parrez Kastel.

Anna ar Zant, ho c'hoar, a joumaz daou pe
dri miz gant-ho, evit diskoue da Vari ar
C'hreac'h doare ha giz Penn-an-Neac'h. Goude-
ze e c'houlennaz digant he breur he lezer da
vont d'ar gouent, evel m'edo he c'hoant pell a
ioa.

Per a garie he c'hoar, boazet oa diout-hi,
kalz anaoudegez vad en d-oa d'ezhi ; biannaat a

rea he galoun pa sonje e rankehe dispartia;
evelato, he feiz hag he relijion a oue krenvoc'h
eged he garantez hag he anaoudegez-vad. Res-
pount a reaz d'ezhi :

— Anna, c'houi epken a c'hoar peger braz gla-
c'har eo gan-en ho kuelet o vont kuit ; evelato,
e lavarign d'eoc'h : Ho polontez ha bolontez
Doue ra vezo great !

Eiz dervez goude-ze, Anna a ioa e kouent
an Ursulinezed e Kastel.

Per ar Zant ha Mari Kreac'h a vevaz er brasa
karantez an eil gand egile. Pemp bugel a roaz
d'ezho an Aoutrou Doue, tri map ha diou verc'h.
Bennoz an env a goueze varn-ho, var ho doua-
rou ha var ho loened. Madou ar bed-man a
greske founnuz etre ho daouarn : pinvidik oant
hervez giz ar vro. Siouaz ! eurusted ar bed-
man a zo bresk !

Eun dervez, Per a ioa eat, gand he jao, da
gerc'hat eur c'harrad bezin digaset d'ezhan da
Dreiz-ar-Gordenn gand eur vak a Garantek. Tri
loan euz ar re vella a ioa stag gant-han ouc'h
he garr ; edo erru d'ar gear gand he garrad, edo
o sevel dioc'h maner Kerlaodi, pa lammaz enn
hent, enn eun taol krenn, divar ar c'hleuz, eur
c'hi chase hag a ranke beza o reded varlerc'h

eur c'had-bennag. Al loen blenier, a ioa Roun-
dell he hano, en douc aoun hag a droaz var he
giz; al loen kleür a reaz ar memez tra. Per a
zalc'he mad d'he ziblenn hag a grie avoualac'h
ouc'h he gezek. Mez enn aner her grea; kezek
spountet n'int ket eaz da zerc'hel. Dont a rechont
ho daou var ar gazek-limoun; Per a oue stropet
e mesk ar sternach, ar c'har a droc'holiaz. Paket
etre ar rod hag ar c'hleuz, edo hanter-varo pa
deuaz tud, a gleve an trouz, d'hen tenna ac'hano.
Eun truez oa he velet! Anat oa d'an oll ne d-ache
ket a-bell. Ar goad a rechette a-leiz he c'hinou;
a veac'h ma c'hellaz lavaret : Enn hano Doue,
klaskit ar belek d'am c'haout :da zelaou va c'ho-
feṣion, da rei d'ign va Zakramanchou diveza.
Lavarit da Vari, va fried, dont var va zre-
menvan.

Great e oue he lavar. Persoun Plouenan a
deuaz var varc'h ha d'an daou-lamm. Rei a reaz
d'ezhan, en hano Jesus-Christ, ar pardoun euz
he bec'hejou... Mari Kreac'h en em gavaz ive,
he daoulagad ruz gand an daelou, hag he
skiant evel hanter-gollet. Per a ioa dilavar...
En em deuler a reaz var-n-ezhan en eur grial :
— Per, Per, va fried paour, me a zo aman
enn ho kichen :

Per, evel p'en diviche klevet he mouez, a zi-
goraz he zaoulagad; eur zell a garantez hag a
deneredigez a reaz out-hi, mez n'oa evit lavaret
ger. A-benn eur pennad, evelato, e tislounkaz
eur c'hinaouad-all a c'hoad, ha neuze e c'hellaz
lavaret :

— Mari, va fried karantezuz, kenavezo er bed-
all a rankan da lavaret d'eoc'h; kelennit mad
hor bugale; pedit Doue evidoun-me...

Hag e tennaz he huanad diveza.

Mari Kreac'h a joumaz ive-ta intanvez gand
he femp kraouadur.

Enn amzer-ze, an dispac'h a rea freuz e
Franz; ne zaleaz ket d'en em skigna e Breiz-
Izel. An ilizou a oue laeret, ar venec'h hag al
leanezed a oue lakeat er meaz euz ho c'houent-
chou; an noblanz koz a rankaz kuitaat ho bro,
pe mont d'ar prizoun, hag aliez d'ar maro.
Anna ar Zant, ken euruz kouskoude enn he
c'houent e Kastel, a rankaz, evel ar re-all, ke-
meret an teac'h. Dont a reaz da di he breur, da
Benn-an-Neac'h.

Siouaz! eur skabell c'houllo a gavaz enn ti,
skabell he breur! Anaout a rea he varo, evit
guir, rak kemennet oa bet d'ezhi penaoz oa
marvet ha pe zeiz oa bet lakeat er bez; hag hi

hag he c'hoarezed leanezed o doa pedet Doue a galoun evit peoc'h he ene. Evelato ar guel kenta euz an ti e doa tremenet enn-han he iaouankiz gand eur breur ker karet a icaz dre he c'haloun. Mez ne zaleaz ket da zont enn-hi he-unan. En em voestlet oa da Zoue, ne dlie eta ober van ebed euz a draou ar bed-man. Abalamour da-ze ee'h en em roaz d'al labour kalounekoc'h ha goasoe'h eged plac'h an ti; ar pep diesa, ar pep poaniusa a glaske atao da ober.

N'oa ket avoalac'h c'hoaz kement-se : bemdez, goude mern, e testume ar vugale a dro-var-dro enn he c'hampr, hag eno e tesko d'ezho ho fedennou, e rea d'ezho katekiz hag ee'h alie anezho da bellaat dioc'h an dud fall a rede ar vro en eur brezek a enep ar veleien hag a enep relijion Jesus-Christ. Ha den ne c'hoar pegement a vad e deuz great enn he c'harter epad m'eo bet lezet. — Paolik ar San a ioa unan euz ar re a heulie he skol, ha guelet hoe'h euz great gant pegement a nerz en deuz harpet ouc'h an dispac'herien ha peger kalounek eo eat dirak Doue.

Pa rankaz an Aoutrou Gall, persoun Plouenan, kemeret an teac'h, evit mad, hag en em zere'hel strisoc'h a-zindan guz, e kreskaz c'hoaz ho labour. He c'hoar-gaer Mari Kreac'h hag hi en em glevaz evit ober eun toull-kuz da rei lojeiz d'ar veleien harluet. En em lakaat a reant e tal da goll ho madou hag ho buez; an dra-ze ne rea man; gloar Doue, mad ar relijion, silvidigez an eneou, a glaskent araok pep tra. Ar gristenien genta, enn amzer goz, ha n'o doa-hi ket great ar memez tra evit ar verzerien?

Ar veleien a veze aliesa e Penn-an-Neac'h, oa an Aoutrou Gall, persoun ar barrez, hag an Aoutrou Coarigou, araok an dispac'h-man, belek kouent Ieanezed Santez-Ursula, e Kastel, el leac'h m'oa bet Ieanez Anna ar Zant. Eno e vezent kavet pa veze izoum anezho evit rei Sakramant ar Vadiziant d'ar vugale, pe Sakramant an Nouen d'ar re glan. Ne c'houfet biken lavaret pegement a vad o deuz great an daou velek santel-ze e Plouenan hag er parreziou-all a dro-var-dro. Da bed n'o deuz ket digoret dor ar Baradoz? Mil bennoz d'ezho!

An Aoutrou Go, nevez great avieler gand an Aoutrou Delamarche, eskop Kastel, araok m'en d-oa ranket kemeret an teac'h ha mont da Vro-Zaoz, el leac'h m'eo marvet, evel a c'houzoc'h,a ioa deuet d'ho c'haout evit en em guzet he-unan, hag ive evit ho zikour, hervez ho c'halloud, enn ho labourou hag enn ho foaniou.

Marteze e kavo d'eoc'h em beuz kountet kals
re a draou divar-benn tiegez Penn-an-Neac'h?
Pep hini a zonjo ar pez a garo. Evidoun-me,
n'oun ket inouet; va c'haloun, a gaf d'ign, a
astenn o komz a dud henvel ouc'h tud Penn-an-
Neac'h. Marteze eo abalamour n'euz ken ar
seurt tud-se breman var an douar, siouaz !

Setu a-ze petra eo tiegez Penn-an-Neac'h;
setu a-ze an diou vaouez a gase an traou enn
dro pa deuaz kere Pount-Eoun da lakaat ar
spount hag ar rann-galoun enn-han.

Pa c'houlennaz kabiten ar zoudarded da zibri
ha da efa, Anna ha Mari a hastaz a-fo digas
d'ezhan ar pez a c'houlenne, evit miret ouc'h
drouk da vont enn-han, gand aoun na viche
krisoc'h e kenver an Aoutrou Gall hag an Aou-
trou Coarigou. Goude beza debret hag efet, o
oue great eun tamm enklask dre an ti; mez an
enklask ne badaz ket pell, pe abalamour m'o
doa kredet an Aoutrou Gall, pe abalamour ma
vire ho banneou out-ho da velet sklear.

E keit-se e tostea an noz; poent oa en em
denna d'ar gear. Hag ouc'hpenn eun dro vraoik
avoualac'h o doa great. Ma n'o doa ket gellet
paka paotred Treger, o doa da viana da gas
d'ho jeneral daou velek dizent, kavet gant-ho

kuzet enn eun ti. Araok mont er meaz euz an ti,
ar c'habiten a zistroaz ouc'h Anna ha Mari, en
eur lavaret d'ezho :

— Krena a dle var he dreid an nep piou
bennag a zizent ouc'h ar Republik ; hag ar Republik a zifenn rei golo d'ar veleien pennou-fall
a ia enep-d'hi ha ne heuliont ket he lezenn.

Goude-ze, leun ho c'hof ha tomm d'ho fenn,
ar zoudarded hag ho c'habiten en em lakeaz enn
hent da vont var-zu Kastel. Dek anezho a ioa
araok, ar re-all a ioa varlerc'h. E kreiz, ho
daouarn liammet stard ha stag an eil ouc'h egile,
edo an Aoutrou Gall hag an Aoutrou Coarigou.
Kredi a c'hellit, an daou-man n'oant ket laouen ;
gouzout a reant ar pez a c'hoarvesche gant-ho ;
n'oant ket a-zindan zivin, n'o doa nemed ar
maro da c'hortoz. Ne zigalounekaont ket evelato ; mez ar maro a zo ien d'an oll, hag abala-
mour da-ze, n'oant ket evit miret ouc'h eun
tamm enkrez. Evit en em grenvaat enn hent, e
lavarent ho fedennou, mez kerkent ha ma savent
ho mouez eun tamm huelloc'h, e vezent broudet
a daoliou bek fuzil.

Lavaret e viche e rea poan-galoun d'ar zou-
darded klevet daou velek o pedi Doue.

Edont o vont dre an hent braz var ceun da

11

vaner Kerandraon, el leac'h m'oa bet o chom an
Aoutrou de Kermoysan, pa velaz eur zoudard
eun den divar ar meaz, e kreiz eur park, oc'h
esa tenna panez a daoliou tranch, rak skournet
kalet oa an douar ha n'oat evit ober seurt gand
ar bal. Ar c'houeriad a ioa gant-han eur roke-
denn lien guenn. Pleget var he labour, ne zelle
ket ouc'h an dud a iea dre an hent braz.

— Kabiten! kabiten! eme unan euz ar zou-
darded, ha ne velit-hu ket du-hount e kreiz ar
park?

— Petra?

— Eur banniel guenn o sevel hag o tiskenn,

— Eur banniel! E peleac'h?

— A-hount, er park.

— Hennez a zo eur paour keaz bennag o klask
eun tamm boued d'he loened.

— C'houi, kabiten, a zo re laosk an tamm
ac'hanoc'h. Hennez en deuz lakeat eur rokedenn
venn evit goapaat ac'hanomp-ni. Daoust hag ar
banniel guenn hag hen a dlefe para c'hoaz var
douar Franz? Ha ne c'houzoc'h ket eo barnet
d'ar malloz abaoue an deiz m'eo bet lakeat d'ar
maro ar roue Louiz XVI?

— Ha petra fell d'id a rafenn-me d'an den-ze?

— Petra? Ne ket diez her gouzout: her c'has

gand eun tenn fuzil pe zaou da gaout he Roue, pere'henn ha patrom ar banniel guenn.

— Ia, ia, eme ar zoudarded a-unan, guir a lavar hor c'hamarad; tennomp var-n-ezhan, evel d'ar guenn, ha pa ne vet ken nemed evit diskarga hor fuziliou, ha dreist-oll, evit diskouez d'hor jeneral Canclaux hor beuz renket tenna, evit en em zifenn.

— Guir a livirit, eme ar c'habiten. Red eo d'eoc'h divergla ho fuziliou en eur denna var ar c'houeriad-man. Canclaux a velo dre gement-se hon deuz bet beac'h enn tu-bennag.

Ker buan ar zoudarded a ioa a renk, a-hed ar c'hleuz, var an hent braz. Al labourer keaz, dispount, dinec'h, a skoe, guella ma c'helle, taoliou tranch enn douar evit kaout eur banezen-bennag. Ne zonje ket edo ken tost ar maro d'ezhan.

Ar zoudarded a vizaz en eur c'hoapaat, o paria piou a skoche an eeuna var ar penn; ar vro a grozaz gand trouz an tennou fuzil, ar paour keaz koueriad a gouezaz var he banez; pemzek pe ugent bouled en doa bet.... Eun tamm ruilladenn a reaz, mez goude-ze ne finvaz ken....

Draillet oa he gorf!

Hag an Aoutrou Gall, hag an Aoutrou Coa-rigou, a ranko chom var an hent braz eb gel-lout rei tamm sikour ebed d'ho c'henvroad!...

NAOVET PENNAD

—

Ar zoudard Fabian Croy.

Goall draou a gountan divar benn ar republi-kaned, ha ne ket-ta? Ne ket me a zo kaoz, int-hi ho-unan eo, rak n'o deuz ket great kals a draou vad. Koulskoude ne lavaran ket d'eoc'h kement tra fall o deuz great. Evelse n'em beuz lavaret ger ebed d'eoc'h euz an dra skrijuz a reaz e Konk-Leon an *Arme noar* am beuz kom-zet anezhi d'eoc'h el lodenn genta euz va histor.

An *Arme noar*, oc'h ober he zro var ar meaz, araok digouezout e Lochrist, en em gavaz enn eun ti, el leac'h m'oa eur c'horf maro var ar vaskaon. Ar guel euz a eur c'horf-maro, a laka pep den da ziskenn enn-han he-unan; ha, dre ar bed-oll, kerkouls er broiou païan evel er broiou kristen, e touger doujanz d'ar maro. Mad, e Konk-Leon, soudarded an *Arme noar* a

grogaz didruez er c'horf maro hag hen digasaz
divar an daol oue'h eur bank e kichen an tan.
Kinnig a eue great d'ezhan tammou bara ha
pastellou kig da zebri, ha banneou da efa... Hag
an oll a c'hoarze! Unan a roaz eun hortad d'ez-
han hag hen diskaraz var an aoled, abalamour
ne zebre tamm ha ne efe banne. Eun-all, goude
beza her savet enn he za, a roaz d'ezhan eun
taol dourn adreuz he c'hinou, abalamour ne
grie ket : Bevet ar Republik!...

Troomp hor penn, re euruz eo an traou-man
da gounta.

Ha c'houi a gaf d'eoc'h ive em beuz lavaret
kement tra kalounek ho deuz great va c'hen-
vroiz, paotred bro Leon? Nann, nann. Evelse
n'em beuz lavaret ger ebed d'eoc'h divar benn
Visant Caer, euz a Gerfiat, e Cleder. Hennez
a veze noz-deiz o reded a-hed an aot. Taoler a
rea evez ouc'h pep tra, ha lakaat a rea atao he
dro da gaout bag d'an nep a ranke tec'het araok
an dispac'h, kerkouls ha mar gouie kaout kuz
d'ar re a zistroe euz a Vro-Zaoz d'ho bro. Pa
viche red ez ea zoken da gas ar c'heleier betek
varzu ar Morbihan. Doue hen dioualle, rak ne
oue jamez tizet. — Er bloaz 1815, p'en em zavaz
adarre ar vro a enep Bonapart, distro a enezen

Elb, an Aoutrou marquis de la Boüssière, en doa hen anavezet mad epad an dispac'h braz, a lavaraz da unan euz he dud, a deue da vro Leon, mont da ober he c'houre'hemennou d'he vignoun Visant Caer, en doa ken aliez roet bag d'ezhan da dreuzi ar mor. Komzou an den-ze a skoaz eun taol a joa ker pounner var galoun Visant, ma kouezaz klan ha ma varvaz nebeut amzer goude-ze. E bered Cleder eo bet beziet, hag an traou-man a zo bet kountet di-me gand mear Cleder he-unan.

Honnez, ar Visant Caer-ze, a ioa pe dad, pe vreur da dad an Aoutrou Caer, hoc'h euz anavezet persoun e Plouvorn. Ne ouzoun ket difazi avoualac'h pehini anezho oa.

N'em beuz ket kountet d'eoc'h kennebeut an dro a reaz, d'ar republikaned, Paol ar Fourn, kloc'her Lambaol-Guitalmeze.

An Aoutrou Calvarin, ginidig a Borspoder, a ioa persoun eno, ha ne falvezaz ket d'ezhan kuitaat he barrisioniz. Chom a reaz kuzet enn tiez, herrie aman, varc'hoaz du-hont, dioc'h ar c'helou a zigase d'ezhan an Aoutrou Karo, barner a beoc'h e Guitalmeze. An Aoutrou Karo, evit-han da veza kemeret karg digant ar republikaned, n'oa ket evelato evit an dispac'h hag

an dizurz; c'hoant sevel dreist ar re-all ha des-
tum madou, marteze en doa, mez n'en doa
ket a c'hoant, avad, da goll ho ene. Abalamour
m'edo e karg oa deuet mad d'ar Republik, hag
oa fizianz enn-han, ha dre-ze e c'hello ober vad
kenan dre ar vro.

Hogen an Aoutrou Calvarin hag hen a ioa bet
er memez amzer er skolachou; en em anaout
mad a reant. An Aoutrou Karo a gouie ervad
edo an Aoutrou Calvarin e Lambaol, hag e teue
aliez zoken da Vitalmeze. Abalamour da-ze,
bep tro ma kleve hano a zoudarded da zont er
vro, e komenne d'an Aoutrou Calvarin, hag e
lavare d'ezhan e pe du ez eant.

Kemennet kerkouls-se, ne ket hep souez e
viche chomet an Aoutrou Calvarin eb beza
dizoloet.

Eun dervez, evelato, edo o tont euz an Arvor,
el leac'h m'oa bet e noui Kolas ar Born, gand
Paol ar Fourn, he gloc'her, p'en em gavaz,
dirak Kerdivoret, var hed tri-c'hant paz, tal-
oc'h-tal gand eur vandenn soudarded. — An
Aoutrou Karo ne gouie ket edont er vro, ha dre-
ze n'en doa ket gellet kas komenn.

— Lammit er park, Aoutrou persoun, eme
Baol ar Fourn; buan dreist ar c'hleuz, pe ema
great gancoc'h.

— Ha te, Paol, petra a ri ?

— Me a dec'ho, n'ho pezet aoun ebed. Lammit buan-ta er park; aman n'euz ket amzer da goll.

An Aoutrou Calvarin a lammaz er park hag a icaz goustadig a-hed ar c'hleuz oc'h ober an neuz da evesaat ha dioana brao a rea ar gouni-degez enn douar. Dillad egiz ar vro a ioa gant-han evel gand Paol ar Fourn; n'oa ket ive-ta eaz gouzout pe oa unan anez-ho belek pe n'oa ket.

Kerkent ha m'oa eat an Aoutrou Calvarin er park, Paol a lammaz ho voutou euz ho dreid hag a en em lakeaz da c'haloupat var-zu an tevenn, evel pa viche bet an tan var ho lerc'h. Ar zoudarded a gredaz oa honnez ar belek a glaskent.

— Paotred ar Republik, eme ar mestr, enn ho raok e red eur belek, enebour ar Republik : daou skoued hag eur banne sounn d'an hini a lakaio da genta ho zourn varnez-han.

Ar c'homzou-zo a roaz divesker d'ar zoudar-ded. Mont a mont a reant ken na zistagent tam-mou taouarc'h gand bek ho boutou; sur oant euz ho zaol, rak n'oa na ti, na koat, na kleuz ebed / oken e nep tu, n'oa nemed aot ha tevenn; n'oa ket ive-ta tamm kuz ebed e neb leac'h.

Eun hanter-kard heur bale a zo kren euz a Gerdivoret d'ar mor. Paol ar Fourn a c'haloupe, eur votez gant-han e peb dourn; ar zoudarded, hanter-dialanet, a c'haloupe ive var he lerc'h. Dre ma tostea ouc'h ar mor, Paol a jome goustatoc'h, ha dre ma tosteant out-han, ar zoudarded a iea goasoc'h-goaz.

En em gavet kant paz dioc'h ar mor, Paol a jomaz krenn a za da zellet; ha, goude beza sellet, e taolaz he voutou var an douar, ha goudeze, ken dinec'h ha tra, e lakeaz he dreid enn-ho.

Ar zoudarded n'edont ket pell var-lerc'h. Ar c'henta en em gavaz, a grogaz enn he gabiez.

— Ah! setu-te tizet, belek an diaoul!

— Bèlek an diaoul, eme Baol, n'oun ket zoken belek an diaoulez.

— N'out ket belek? Petra out-ta neuze?

— Me eo Paol ar Fourn, a vourk Lambaol-Guitalmeze.

— Ha perak-ta neuze e redez ker buan-ze enn hor raok-ni?

— Me reded enn ho raok?

— N'ec'h euz ket reded marteze? Ha lakeat ac'hanomp-ni da reded ive var da lerc'h zo-ken.

— Me a rede evit guir, ha c'hoaz n'em beuz ket reded buan avoualac'h.

11'

— N'ec'h euz ket reded buan avoualac'h, ha ni a zo dialanet o tont var da lerc'h ! Perak-ta n'ec'h euz ket reded buan avoualac'h ?

— Guelet a rit. Mo am boa antellet va higennou etre Kornek ha Roc'h-Ledan ; c'hoant am boa da veza araok ar mor, ha, kaer am beuz bet reded, oun en em gavet re zivezad, rak ouc'h-penn pevar droatad dour a zo var va higennou, ha kollet eo va marc.

— Hag hen-hont, an den a ioa ganez ?

— Hennez a zo a Landunvez, a gaf d'ign, pe a Borspoder, martezo.

— Ha petra a rea dro aman ?

— Ne ouzoun ket kals. Martezo oa deuet da c'houzout ha soudarded a ioa er c'hostesiou-man.

— Paotred, eme ar c'habiten, o trei kein da Baol hag o tistrei ouc'h ho zoudarded, e Porspoder pe e Landunvez e tle beza traou nevez fenoz. Hen-hont a ia d'ar gear hag a lavaro emaomp e Guitalmeze, pe dro aman, ha koueriaded Landunvez, ha martoloded Porspoder, a gavo d'ezho e c'hellint en em zestum dinec'h e-berr enn eun tu-bennag ; an dra-man a zo eun dra anat. Ni a glevo avoualac'h o pelcac'h o vezint hag ho flemmo araok ma vezo deiz varc'hoaz. D-comp da Vitalmeze da leina, ha, dioc'h an abardavez, ni a ielo enn hent hag a gouezo var dud ha ne vezint ket var c'hed ac'hanomp.

Hag en eur zistrei ouc'h Paol :

— Ha te, pesketaer louz, eur veach-all ne laka ket ac'hanomp da zialana evel-hen o c'haloupat var da lerc'h. Perak ne lavarez ket d'eomp piou oaz ?

— Ne c'houlennac'h ket digan-en, evelse.

— Bichez gortozet.

— Ha va higennou a ioa erru ar mor varnez-ho ?

— Da higennou ! da higennou ! te a zo higenn avoualac'h, eme ar c'habiten en eur vont kuit.

— Ia, eme Baol, out-han he-unan, guelloc'h higenn eged na zonj d'eoc'h.

Tro Paol ar Fourn a zigas da zonj d'ign euz a eun dra hag a reaz eun den a ioa a du gand ar Republik. Mont a ran d'her c'hounta d'eoc'h, rak ne gaver ket aliez da gounta traou brao ha mad great gand ar republikaned.

N'oc'h euz ket ankounac'heat, me gred, en doa an Aoutrou Lejeune, persoun Plougou-loum, ranket kemeret an teac'h ha mont da guzet. Mad, mont a reaz da glask golo da enezen Sieck.

Edont, Jan-Mari ar Floc'h hag hen, o klask

oul leac'h bennag goudor avoualac'h da ober ti
da rei golo ha kuz d'an Aoutrou Lejeune. Jan-
Mari a ioa gant-han eur zac'had dillad var ho
gein, gand an Aoutrou Lejeune n'oa nemed eur
vazig skanv enn ho zourn hag eul leor, ha
hanvor *brevier*, a-zindan ho gazel. Kaout a rea
d'ezh? no vichent guelet gand den, p'en em gaf-
chont tal ouc'h tal gand Biel an Doen.

Araok mont larkoc'h e rankan lavaret d'eoc'h
eur ger divar benn an den-ze.

Biel an Doen a ioa eun den hag a ioa var ho
60 vloaz : drant oa var ho dreid, sounn enn ho
za ; ho zremm a ioa duet gand ear ar mor. Ne
oufen ket lavaret a be vro oa ginidik. En eur
zigouezout e Breiz-Izel oa matoutier er Porz-
Guenn ; ac'hano oa bet hanvet da vrigadier e
Rosko. Pa deuaz var an oad e tilezaz ho gark
hag e teuaz da jomm da enezen Siek. Eno e
kavaz eur riboul etre diou roc'h vraz, hag, e
leac'h sevel ti, ne reaz nemed mont da vaner
Kerouzere da gerc'hat, eb goulen na disken,
skourrou guez da ober toen var ho riboul.
Abalamour da-ze n'her galvet dre ar vro nemed
Biel an Doen. Var ho skourrou en doa lakeat
tanoualc'h e leac'h kolo pe sklent, hag evelse
e c'helle ober goap euz a c'hlao pe avel.

Biel an Doen ne d-ea na var dro Iliz na var dro belek. Ma ne rea vad da zen ne rea drouk ebed da zen ken nebeut. Evelato oa aoun raz-han dre ar vro, rak lavaret a rea d'an oll edo a du gand an dispac'herien hag e kavo mad ke-ment tra a reant a enep ar Relijion hag a enep ar veleien. Pa glevaz oa tec'het kuit an Aoutrou Delamarche, eskop Kastel, e lavare d'an nep a garie her selaou en eur frota he zaouarn :

— Alo! abarz nemeur aman, ne deuio ken ar veleien da gounta d'eomp ho zorc'hennou dis-kiant, ha da lavaret d'eomp euz eun ifarn, tan ennhan da zevi an dud.

Bep meurs ha bep guener, ez ea da Gastel da brena ar pez a ioa red d'ezhan evit beva. E fe-soun en doa pae vad, rak ne brene nemed bara guiniz. Dre ma'z ea ha dre ma teue, ann oll a dec'he enn he raok ; ar vugale, abalamour m'o doa aoun rak he varo hir, hag ar re vraz aba-lamour d'ar pez a lavare, hag abalamour m'oa eun divroad.

N'e d-an ket da esa kounta d'eoc'h he vuez a-hed ar sizun : E vrinika pe e pesketa e vezo bemdez, ha jamez ne lavare ger ouc'h den p'en em gave unan bennag gant-han.

Mad, tal ouc'h tal gand an den-ze ec'h en em

gavaz an Aoutrou Lejeune ha Jan-Mari Floc'h.
Mar ho doa c'hoant da gaout unan-bennag var
ho hent, e guirionez, ne ket Biel an Doen oa.
Evelse e chomebont mantret. N'oant nak evit
tec'het nak evit kuzet, rak, d'ar mareou-ze,
n'oa na tamm pin, na guezen all ebed enn
enezen Sick. Biel an Doen a velaz ho nec'ha-
mant, chom a reaz krenn enn ho za, hag en
eur drei ouc'h an Aoutrou Lejeune :

— C'houi, a gaf d'ign, eo persoun Plougou-
loum.

— Ia, me eo, eme an Aoutrou Lejeune n'oa
ket evit lavaret gevier.

— Anzavit ouzign, eme Viel en eur vous-
c'hoarzin, oc'h deuet aman, enn enezen-ma, da
glask kougn da guzet, po bag da vont da
Vro-Zaoz.

— Klask bag da vont da Vro-Zaoz, ne ket
hennez eo va mennoz : ne garfen ket pellaat
dioc'h Plougouloum.

— Neuze-ta oc'h euz c'hoant da glask eur
c'hougn da guzet ?

— Ia, e guirionez, hennez eo va mennoz.
Gouzout a ran n'emaoc'h ket a du gancomp-ni,
kristenien Breiz-Izel, hag emaoc'h breman e
doare da ober poan d'ign, evelato ec'h anzavan
ar virionez ouzoc'h.

— Mad a rit, Biel an Doen, evel ma c'hanvit ac'hanoun, ne gred ket eun ho sorc'hennou diskiant, mez n'en deuz biskoaz evit-se great drouk d'an disterra bugel, na d'eoc'houi ne raio ket ken nebeut.

— Bennoz Doue d'eoc'h.

— Me ne ran forz euz ho pennoz. Abalamour m'hoc'h eun den, hag abalamour m'am beuz klevet o reac'h vad d'an oll, paour ha pinvidik, epad m'edoc'h e Plougouloum, ez an da ober eur c'hinnik d'eoc'h. Ha dont a rafac'h da guzet da riboul Biel an Doen?

An Aoutrou Lejeune a reaz eur zell oue'h Biel, hag a lavaraz d'ezhan :

— Ia, fiziout a ran va buez ennoc'h.

Mad, eno, enn enezen Sick, e chomaz e kuz an Aoutrou Lejeune, ken na deuaz ar peoc'h. Mar oue klask d'ezhan, Biel an Doen n'hen diskleriaz ket. Her beva a reaz zoken evit netra pa ne zigase ket Plougouloumiz boued d'ezhan. Pa deue tud d'her c'hlask da velet re glanv pe da ober badichantou, Biel her galve hag a leze anezhan da ober hervez he faltazi; pa garo ez ea, pa garo e teue. Atao e kave dor zigor o riboul Biel an Doen.

Ne ouzoun ket nak e peleac'h, na peur, na penaoz eo marvet Biel an Doen. Me gred en deuz great an Aoutrou Doue eur zell a druez out-han, evit beza kuzet an Aoutrou Lejeune, hag en deuz bet eur maro mad, hag eman broman enn ho Varadoz.

Ne vefen ket souezet hag e teufe pennou braz ar Republik da nac'h an traou a gountan aman, ha d'ho lakaat var gein tud-all n'emaint ket, var ho meno, a du gant-ho. Nac'h a zo eaz! Mad, me a ia da ziskouez d'ezho eo int-hi ho-unan eo a rea hag a lakea ober an traou kriz a gountan d'eoc'h. Hag evit hen diskouez sklear hag anat d'an oll, ez an da lakaat dirak ho taoulagad eun tamm skrid, skritur moull. An tamm skrid-se a zo eur varnedigez d'ar maro, douget gand ar re a rea lezennou, hag evelse gand mistri ar Republik.

Eun den iaouank, hanvet Fabian Croy, a ioa soudard e Montroulez; kavet e oue gant-han eur groaz vinniget. — Mammou kristen a Vreiz-Izel, pa rank ho map mont da zoudard, ha ne stagit-hu ket d'ezhan var he galoun, metalenn santez Anna, patrounez hor bro? Plac'hed iaouank, ha ne roit-hu ket d'ho preur, araok kuitaat ti he dad, metalenn ar Verc'hez Vari,

evit m'hon diouallo o pep leac'h, dioc'h pop
drouk, ha m'hon digaso d'ar gear, ar c'henta ar
guella, iac'h ha divac'hagn ?

Mad, ar zoudard Fabian Croy a zo bet barnet
d'ar maro, aberz lezennou ar Republik, abala-
mour ma touge, enn he gerc'henn, eur groaz
roet d'ezhan, marteze, araok kuitaat he vro,
gand he vamm pe gand he c'hoar.

Evit miret ouc'h pep-unan da nac'h ar pez a
lavaran, ez an da lakaat aman varlerc'h, ar var-
nedigez-se, ger evit ger. Troet em beuz anez-hi
e brezounek, mez diez kenan eo lakaat enn hor
iez-ni traou ker kriz. Gand aoun n'am befe ket
troet mad, rak n'em beuz ket a c'hoant da
droumpla den, o lakaan ar gallek enn eun tu,
hag ar brezounek enn eun tu-all. Evelse, ma ne
ententit ket mad ar brezounek, n'ho pezo nemed
sellet ouc'h ar gallek evit sklerijenna ho spered.

Ma vefe unan-bennag hag en defe diskred
var ar varnedigez-se, n'en deuz nemed dont
d'am c'haout, ha me ho diskouezo d'ezhan,
skrivet e skritur moull, rak etre va daouarn
eman.

BARNEDIGEZ

KADOR-VARN AN DISPAC'H

Dalc'het e Brest var skouer hini Paris, hag a zoug, var lavar jury ar varnedigez :

1° Eo anat euz bet great skridou hag a denn da ziskar ha da zispartia kuzulerien ar vro, ha da adlakat eur roue e Franz;

2° Ha Fabian Croy a zo bet kendrec'het da veza great ar skridou-ze;

3° Ha m'an deuz ho great gand he oll anaoudegez-vad, hag evit stourm ouc'h an dispac'h;

A varn d'ar maro Fabien Croy, hanvet aman diaraok, hervez an artikl kenta euz al lezenn euz an 29 a veurs 1793;

A lavar he vadou dastumet evit ar Republik.

An 13 floreal (miz ar bleun), an eilved bloaz euz ar Republik a Franz.

En hano ar bobl a Franz,

Ar gador-varn e deuz roet ar varnedigez a zo aman varlerc'h :

Kador-varn an dispac'h dalc'het e Brest, goude beza guelet ar skrid-tamall great gand

JUGEMENT
DU TRIBUNAL RÉVOLUTIONNAIRE

Établi à Brest à l'instar de celui de Paris, qui, sur la déclaration du jury du jugement, portant :

1° Qu'il est constant qu'il a été composé des écrits tendant à l'avilissement et à la dissolution de la Représentation nationale, et au rétablissement de la royauté en France ;

2° Que Fabien CROY est convaincu d'avoir composé ces écrits ;

3° Qu'il est convaincu de les avoir composés dans toute la plénitude de sa raison et avec une intention contre-révolutionnaire ;

Condamne à la peine de mort ledit Fabien Croy, conformément à l'article 1er de la loi du 29 mars 1793 ;

Déclare ses biens acquis à la République.

> Du 13 floréal, l'an second de la République française.

Au nom du peuple français,

Le tribunal a rendu le jugement suivant :

Vu par le tribunal révolutionnaire établi à Brest, l'acte d'accusation dressé par l'accusateur

an diskulier publik ar gador-varn-ze, enep
Fabian Croy, korporal enn eil rejimant soudar-
ded var droad, galvet diagent soudarded var-
droad-ar-mor, oajet a zeiz vloaz varn-ugent,
ganet e Sant-Per-Montier, departamant ar Me-
nez-Guenn, o chom e Brest.

Er skrid tamall-ze e lenner ar pez a zo aman
varlerc'h :

Joseph-Fransez-Ignaz Donze-Verteuil, ta-
maller publik e kichen kador-varn an dispac'h,
dalc'het e Brest var skouer hini Paris,

A ziskouez, an daou pluvioz (miz ar glao) di-
veza, kommandant an diou vataillon volontie-
rien an nasion, neuze o chom e Montroulez, en
deuz great kemer ha kas, da di-kuzul-kear, ar
zoudard Fabian Croy, evit beza diskouezet
kentelliou ha mennoziou a enep an dispac'h.

An den-ze, o veza bet kaset euz a Vontroulez
da gastel Brest, ha lakeat etre daouarn kador-
varn an dispac'h, ar skridou a gomz anez-han
a zo bet roet d'an tamaller publik.

Ac'hano e c'hoarvez : 1° Croy a zo bet kavet
var-n-ezhan eur groaz bastet a bep tu gand kre-
gign ha perlez, ha daou damm paper, a viche
lavaret skrivet gant-han, hag a ioa var-n-ezho

public près icelui, contre Fabien Croy, caporal au 2e régiment d'infanterie de la ci-devant marine, âgé de vingt-sept ans, natif de *Saint-Pierre-de-Montier*, département du *Mont-Blanc*, demeurant à *Brest;* duquel acte d'accusation la teneur suit :

Joseph - François - Ignace DONZÉ-VERTEUIL, accusateur public près le tribunal révolutionnaire séant à Brest, établi à l'instar de celui de Paris,

Expose que, le 22 pluviôse dernier, le commandant des deux bataillons de volontaires nationaux, alors cantonnés à Morlaix, a fait arrêter et conduire à la municipalité de la même commune, le nommé Fabien Croy, pour avoir manifesté des principes contre-révolutionnaires.

Ce particulier ayant été transféré de Morlaix au château de Brest et traduit au tribunal révolutionnaire, les pièces audit Croy ont été remises à l'accusateur public.

Il en résulte : 1° que Croy a été trouvé nanti d'un christ, garni des deux côtés en nacre de perle, et de deux pièces paraissant être de son écriture, lesquelles respirent partout le fanatisme religieux le plus absurde et renferment

an traou diskianteka divar-benn ar relijion hag an tamall ar pounnerra var le ar veleien.

2° An 21 a viz c'huevrer 1794, Croy a skrive he-unan d'he gommandant evel-hen : « Sitoian, » pevar bloaz a zo ez omp heskinet gand eun » dispac'h hon taol enn diroll hag hon doug » d'en em ganna an eil enep egile (brezel sivil). » O velet n'int ket c'hoaz kountant da veza » lakeat ar Roue d'ar maro, o deuz oue'hpenn » diskaret an Aoter ha digaset an *idolatriach* e » Franz; abalamour da-ze e tianzavan al lezenn » nevez-se, hag e c'houlennan beza diskarget » euz va bili a gorporal, ha servicha epken evel » fuzilier simpl enn armeou ar Republik. »

Ar pez a ziskouez e kaver el lavar-ze euz an 21 a viz c'houevrer, guir mennoziou Croy, eo e tale'h d'ho diskouez c'hoaz d'an 22 pluvioz (miz ar glao), dre eun anzao kaset d'ar memez kommandant, skrivet evel diaraok dre zourn Croy, hag er memez komzou.

Dioc'h an traou-ze, an tamaller publik en deuz lakeat var baper ar skrid-tamall-man a enep Fabian Croy, korporal ebars ar rejimant hanvet diagent an eil a dud a vor, dale'het breman o kastel Brest, evit beza, an 21 a viz c'houevrer, hag an 22 a viz pluvioz, dre zaou

la critique la plus forte de la constitution civile du clergé ;

2° Que, le 21 février 1794, Croy écrivait de sa main à son commandant en ces termes :

« Citoyen, depuis quatre ans, nous sommes
» travaillés par une révolution qui nous a con-
» duits à l'anarchie et à la guerre civile. Et
» considérant que, non contents d'avoir fait
» mourir le roi, ils ont encore renversé l'autel
» et introduit l'idolâtrie en France, ainsi je
» désapprouve cette nouvelle constitution ; je
» demande ma démission du grade de caporal,
» et ne servir que simple fusilier dans les
» troupes de la République. »

Ce qui annonce que cette déclaration du 21 février renfermait les véritables sentiments de Croy, c'est sa persistance à les manifester encore, le 22 pluviôse, par une déclaration adressée au même commandant, également de la main de Croy et conçue dans les mêmes termes.

D'après cet exposé, l'accusateur public a dressé la présente accusation contre ledit Fabien Croy, caporal au ci-devant 2° régiment de la marine, actuellement tenu au château de Brest, pour avoir, les 21 février et 22 pluviôse derniers, par

skrid cuz he zourn, sinet gant-han, hag en deuz anzavet er goulennou a zo bet great d'ezhan, evit beza he labour; anzavet en deuz c'hoaz ar mennoziou ar brassa a enep an dispac'h; ankennict eo ive a varo an diveza *tyrant* a Franz, dizanzavet en deuz al lezen nevez, ha tamallet ar vro da veza diskaret an Aoter ha da veza digaset an *idolatriach* e Franz. Ar peza zo, aberz Fabian Croy, mont a enep *liberte* ha galloud ar bobl, ha gervel a nevez ar roue evit goaska ha mac'ha adarre ar vro; torfet hag a dle beza *punisset* hervez al lezennou hag evit silvidigez ar Republik.

Abalamour da-ze, an tamaller publik a c'houlen ma teufe ar gador-varn unanet da rei d'ezhan diskarg euz an tamall-man a enep Fabian Croy, korporal er rejimant hanvet diagent an eil a dud a vor, dalc'het er prizoun hanvet Kastel Brest; ra vezo, abalamour da-ze, gourc'hemennet gand hucher ar gador-varn, douger ar gourc'hemenn da zont, e vezo kemeret Fabian Croy, dalc'het ha miret er prizoun-zo, evit chom eno evel enn eun ti a justiz, hag e vezo ar gourc'hemenn-se roet da anaout da guzulierien Brest ha d'an hini tamallet.

deux écrits de sa main et signés de lui, lesquels il a reconnus par son interrogatoire, pour être son ouvrage, professé les principes les plus contre-révolutionnaires, regretté la perte du dernier tyran français, désapprouvé la nouvelle constitution, accusé la nation d'avoir renversé l'autel et introduit l'idolâtrie en France. Ce qui est, de la part dudit Fabien Croy, avoir attenté à la liberté, à la souveraineté du peuple et provoqué le rétablissement de la royauté, et, par conséquent, de la tyrannie; crime dont les lois et le salut de la République sollicitent également la punition.

Pourquoi l'accusateur public requiert que, par le tribunal assemblé, il lui soit donné acte de la présente accusation qu'il porte contre Fabien Croy, caporal au ci-devant 2e régiment de la marine, détenu dans la maison d'arrêt dite le Château de Brest; qu'en conséquence, il soit ordonné que, par l'huissier du tribunal, porteur de l'ordonnance à intervenir, ledit Fabien Croy sera pris au corps, arrêté et écroué en ladite maison d'arrêt pour y rester comme en maison de justice, et que ladite ordonnance sera notifiée tant à la municipalité de Brest qu'à l'accusé.

12

Great e kampr an tamaller publik, an 10 floreal, eilved bloavez a Republik Franz, unan ha dirannek.

Sinet : DONZE-VERTEUIL.

Ar goure'hemenn da gregi e Fabien Croy a zo bet roet er memez deiz gand ar gador-varn;

Ar *prosez-verbal* — an danevel dre skrid — ez eo dalc'hed e kastel Brest, hevel ti ar justiz;

Diskleriadurez a zoug eo anat euz bet skrivet traou hag a denn da izellaat ha da zispartia kuzulierien ar vro ha da zigass adarre ar roue e Franz;

Eo bet kendrec'het Fabian Croy da veza ho skrivet gand he oll anaoudegez vad, hag evit mont a enep an dispac'h;

Ar gador varn, goude beza klevet an tamaller publik, hag evit heuil al lezenn,

A varn d'ar maro Fabian Croy, hervez an artikl kenta euz a lezenn an 29 a viz meurs euz ar bloaz 1793, a zo bet lennet hag a lavar :

« Piou bennag a vezo bet kendrec'het da veza
» great pe moullet labourou pe skridou hag a
» denn da zispartia kuzulierien ar vro, da lakaat
» adarre eur Roue, pe eur mestr-all bennag
» a enep galloud ar bobl, a vezo lakeat etre

Fait au cabinet de l'accusateur public, le 0 floréal, l'an deuxième de la République fran-aise, une et indivisible.

Signé : DONZÉ-VERTEUIL.

L'ordonnance de prise de corps rendue le nême jour par le tribunal contre ledit Fabien Croy ;

Le procès-verbal d'écrou de sa personne au hâteau de Brest comme maison de justice ;

La déclaration du jury, portant qu'il est onstant qu'il a été composé des écrits tendant à l'avilissement et à la dissolution de la Repré-sentation nationale et au rétablissement de la royauté en France ;

Que Fabien Croy est convaincu de les avoir composés dans toute la plénitude de sa raison et avec une intention contre-révolutionnaire ;

LE TRIBUNAL, après avoir entendu l'accu-sateur public sur l'application de la loi,

Condamne ledit Fabien Croy à la peine de mort, conformément à l'article 1er de la loi du 29 mars 1793, dont lecture a été faite, lequel est ainsi conçu :

« Quiconque sera convaincu d'avoir composé
» ou imprimé des ouvrages ou écrits qui pro-
» voquent la dissolution de la Représentation

» daouarn barnerien *extraordinal*, ha lakeat
» d'ar maro. »

Lavaret a ra he vadou dastumet ha kemeret
evit mad ar Republik, hervez lezenn an 10 a viz
meurs, artikl 2, bet lennet, hag a lavar evel-
hen :

« Madou ar re a vezo barnet d'ar maro a zo
» miret evit ar Republik, hag ho intanvezed
» hag ho bugale a vezo maget divar goust ar
» c'houarnamant ma n'o deuz ket a vadou euz
» a eur perz-all bennag. »

Goure'hemenn a ra ma vezo, dre aked an ta-
maller publik, heuliet ar varnedigez-man abarz
peder heur var-n-ugent, var blasenn Gounid ar
bobl ouz ar gear-man, ma vezo moullet, em-
bannet ha lakeat dirak daoulagad an oll e pevar
c'horn douar ar Republik.

Great ha diskleriet e lez publik ar gador-
varn, an 13 floreal, eilved bloaz euz a Republik
Franz, eleac'h m'oa dirag ar sitoïaned Per-Loiz
Ragmey, sturier; Moriz ar Barz, map, ha Joseph
Palis, barnerien, hag o deuz sinet da genta var
ar varnedigez-man gand ar grefier.

» nationale, le rétablissement de la royauté ou
» de tout autre pouvoir attentatoire à la souve-
» raineté du peuple, sera traduit au tribunal
» extraordinaire et puni de mort. »

Déclare ses biens acquis et confisqués au profit de la République, conformément à la loi du 10 mars, article 2, dont lecture a été faite, ainsi conçu :

« Les biens de ceux qui seront condamnés à
» la peine de mort seront acquis à la Répu-
» blique, et il sera pourvu à la subsistance des
» veuves et des enfants, s'ils n'ont pas de biens
» d'ailleurs. »

Ordonne qu'à la diligence de l'accusateur public, le présent jugement sera mis à exécution dans les vingt-quatre heures, sur la place des Triomphes-du-Peuple de cette commune, imprimé, publié et affiché dans toute l'étendue de la République.

Fait et prononcé en l'audience publique du tribunal, le 13 floréal, l'an deux de la République française, où étaient présents les citoyens Pierre-Louis RAGMEY, président; Maurice LE BARS fils et Joseph PALIS, juges, qui ont signé la minute du présent jugement avec le greffier.

12*

En hano ar bobl a Franz,

Eo goure'hemennet d'an oll hucherien ke-
mennet evit-se, lakat ober ar varnedigez-man,
da bep kommandant ha da bep ofiser ar
galloud publik kennerza, pa vezint goulennet
hervez al lezenn, d'ar gommiserien euz ar gal-
lout da genveillat. Evit testeni a gement-se eo
bet sinet ar varnedigez-man gand ar sturier hag
ar grefier :

Sinet : RAGMEY, *sturier.*

QUEMAR, *grefier.*

Au nom du peuple français,

Il est ordonné à tous huissiers, sur ce requis, de faire mettre ledit jugement à exécution; aux commandants et officiers de la force publique de prêter main-forte lorsqu'ils en seront légalement requis, et aux commissaires du pouvoir exécutif d'y tenir la main.

En foi de quoi le présent jugement a été signé par le président et le greffier.

Signé : RAGMEY, *président.*
QUEMAR, *greffier.*

A Brest, chez Audran, imprimeur de la Commission des Représentants et du Tribunal révolutionnaire.

DEKVET PENNAD

An Aoutrou Branellec. — An Itroun Le Guen.

Setu me eat, ha neket-ta, pell divar hent braz Kastel. Petra fell d'eoc'h? N'oun ket evit miret ouc'h va spered da vont da reded pa gomzan a draou ker kriz, ken digaloun ha maro ar paour keaz koueriad a ioa o tenna panez enn he bark. Deuomp enn dro da velet petra a c'hoarvezo gand an Aoutrou Coarigou hag an Aoutrou Gall.

Kerkent ha m'o doa great ho muntr, ar zoudarded a en em lakeaz adarre enn hent.

Dirak ar Vadalen, araok mont e kear, e oue great eun chan. Eno e oue lakeat ar zoudarded var diou renk, a-hed an hent braz, ar c'habiten enn tu kleiz, he gleze noaz enn he zourn; er penn araok, eur zoudard gand he drompill, hag e kreiz, an daou velek atao stak-oc'h-stak.

Kerkent ha m'oue roet an urz da vale adarre, ar zoudard, er penn araok, a en em lakeaz da drompilla ken a dregerne gant-han koajou maner ar Gernevez.

Pa glevaz keriz an drompill o soun, e oue en-krez e meur a galoun; trompill ar zitoïaned ne drompille nemed evit an drouk. An doriou hag ar prenestrou a oue serret var bep ti; ar guel epken euz a zoudarded ar Republik, a rea poan ha glac'har d'ar galoun.

Dont a rechont gand ru ar Skolach evit sevel dre ar Ru-Vraz var al leur-gear, el leac'h m'oa bet ar penn kenta euz a emgann Kergidu, deiz an tenna d'ar zort.

Pa glevaz Canclaux soun an drompill, e teuaz buan er meaz euz he di, evit gouzout penaoz e doa ar re-man tennet ho zaol; abaoue ar mintin edo var c'hed anezho. Ar c'habiten a icaz d'he gaout, seder ha laouen, evit lavaret d'ezhan ma n'o doa ket gellet paka paotred Treger, o doa da viana, gand kalz a boan evit guir, gellet lakaat ho dourn var an daou velek penn-fall a ioa gant-han.

— Ia, jeneral, emez-han, guelit pegement a boan hor beuz-ni bet; daou ac'hanomp a zo choumet maro enn hent; ha, paneved kaloun

dispar va zoudarded, e viehomp bet lazet-oll.
— Ar gaouiad divez, ni a oar penaoz oa beuzet
ho zaou zoudard! — Mez gouzout a reamp e
sellac'h a bell ouzomp; guelet hor boa penaoz
e skoac'h e Kergidu var ar goueriaded, ha
c'hoant hor boa da ober eveld'oc'h, evit kreski
hoc'h enor, hag ive da veza hon-unan douet
mad d'ar Republik.

— Mad oc'h euz great, kabiten, eme Canclaux,
hag ar Republik ne ankounac'haio ket nak
ho kaloun nak ho furnez. Meur a hini a renk
huelloc'h egedoc'h a zo choumet var dachenn
Kergidu; mad, me ho lakaio enn ho leac'h.
Kasit breman an daou benn fall-ze d'ar prizoun
da c'hedal beza barnet, ar pez ne zaleo ket, a
gaf d'ign, rak ne ket red koll bara gand koz-
traou er c'hiz-se.

Ar prizoun, d'ar mare-ze, a ioa el leac'h m'euz
savet, n'euz ket pell, eur c'hoc'hi nevez. Eno e
oue lakeat an Aoutrou Gàll hag an Aoutrou
Coarigou, da c'hedal beza kaset da Gemper,
evel m'her guelimp divezatoc'h.

Bete vreman, evel a c'houzoc'h, n'em beuz
kountet d'eoc'h nemed traou tremenet var ar
meaz, great pe en em gavet gand tud divar ar
meaz. N'eman ket em mennoz dont da gounta

l'coc'h ar pez a zo c'hoarvezet nak o Kastel nak er c'heriou-all. Kouskoude ne ket traou da gounta eo a vank d'ar c'heriou ive. Me gred o teuio unan-bennag, eun dervez, d'ho c'hounta l'coc'h guellec'h eged ne c'helfen-me hen ober. Me a zo savet var ar meaz, a blij d'ign an dud hag an traou divar ar meaz. Dudiusoc'h eo d'am skouarn klevet al labous o kana gae var bek ho skour, eged iouc'herez paotred kear, savet ar banne d'ho fenn. Muioc'h a levenez a ro d'am c'haloun trouz ar mor braz, a-hed an aot, o ruilla ar biliennou an eil var gorre e-ben, eged klevet taoliou pao marc'h an Aoutrou o krozal var bave kear. Evelato n'oun ket evit miret da gounta d'eoc'h maro an Aoutrou Branellec.

An Aoutrou Jan-Mari Branellec a ioa ginidik a barrez Guisseny. E Kastel edo kure. Pa deuaz re a veac'h var ar veleien, e rankaz, evel ar re-all, pe tec'het da Vro-Zaoz, pe mont azindanguz, e riskl da veza dizoloet ha barnet d'ar maro. Re a boan a rea d'he galoun kuitaat tud hag oa karget anezho gand he Eskop, a berz Doue. Ha mar dache an oll kuit, piou ive-ta a roche ho zakramanchou d'an dud? An Aoutrou Branellec ne falvezaz ket gant-han tec'het kuit; klask a reaz eun ti da guzet enn-han.

Neuze kerkouls ha breman ne d'eo na kaloun na feiz a vanke e Kastel. Tud ar gear-ze a zo bet, hag a zo atao stag ha stag mad oue'h ho relijion. — Ra gendalc'ho ar re a zo breman da vale var roudou ho zud koz!

Pa oue klevet e chome an Aoutrou Branellec er vro, tregont e leac'h unan a ieaz da ginnik ho zi d'ezhan. Koulskoude, evel a c'houzoc'h, n'oa ket brao rei golo d'ar veleien. Mont a-reaz da guzet da di intanvez an Aoutrou Le Guen. Hounnez, an itroun a galoun-ze, hanvet Anna Roussel, ginidik a Vrest, a ioa bet dimezet d'an Aoutrou Le Guen de Kerneizon, alvokad e Lesneven. Pa varvaz ho fried, e teuaz, gand ho femp kraouadur, da jom da Gastel. Ne ket red d'ign lavaret d'eoc'h oa eur gristenez vad pa'z eo guir e kuze beleien enn ho zi.

Kuzet tud enn tiez, e kear, a zo diez, abalamour n'euz na kreier, na granchou, na sanaillou, na berniou kolo, na grac'hellou keuneud d'ho lakaat enn-ho. Petra a reaz an Itroun Anna Roussel evit kuzet an Aoutrou Branellec? Freuza a reaz, er zolier, moger ho zi; ober a reaz eun toull doun avoualac'h da eun den da azeza, huel avoualac'h evit-han da zevel enn ho za evit diskuiza. Da stanka an toull, e oue la-

eat eur pres ledan, daou stalaf varnez-han;
uz a goin ar pres o oue lammet diou banell
vit ober eun or vraz avoualac'h da vont er c'huz
na da zont er meaz eb direnka netra er gampr.

An diou banell a oue berreat dioc'h an daou
enn evit ma viche eaz ho zenna kuit pa viche
c'hoant; d'ho harpa, enn diabarz, e veze lakeat,
ar stal ar pres, tri born linseriou harp-oc'h-
harp.

N'euz forz piou a viche eat er zolier, n'en
liviche guelet netra, n'euz fors piou en diviche
ligoret ar pres, n'en diviche jamez sonjet e
viche eun den kuzet er voger adren.

Eno oa kuzet an Aoutrou Branellec. Fouge a
ioa enn Itroun Le Guen de Kerneizon, o kaout
enn he zi eur belek hag a c'hello digeri da veur
a hini dor ar Baradoz. Fouge a ioa enn-hi,
siouaz! ne badaz ket pell.

E kerik vian Rosko oa eun den klan, ha dre
eno n'oa belek ebed, rak leun oa an tiez a zou-
darded. Aoun e doa, paotred ar Republik, na
viche kouezet dre eno ar Zaozon varnez-ho.
Kouskoude an den klan en doa c'hoant da gomz
eur ger ouc'h eur belek araok kuitaat ar bek
douar-man. Gouzout a reat dre eno oa chomet
an Aoutrou Branellec e Kastel, gouzout a reat

13

zoken edo e ti an Itroun Le Guen de Kerneizon;
mez piou da zigas da Gastel? Kerkent ha ma
vezo guelet unan-bennag o tont euz a Rosko, e
teue dek soudard var he lerc'h da c'houzout da
beleac'h ez ea. Eun den, hanvet Jerom Salaun,
a zonjaz skriva eul lizer hag her rei da eur
c'hraouadur iaouank, Lan ar Moal, ne vicho
ket diskredet var-n-ezhan. Her gervel a reaz
d'he di :

— Lan, eme-z-han, ha mont a rafez hep aoun
ebed da Gastel ?

— Ia, mont a rafen! Meur a veach dija oun
bet o verza pesked e Kastel, ha n'em beuz ket
bet a aoun.

— Breman evelse ez euz soudarded dre eno.

— Dre aman ez euz ive, bag, hep aoun ebed,
oun meur a veach tremenet a-biou d'ezho hag
hep tenna va c'halabousenn zoken.

— Eur paotr a galoun out, Lan; dont a ri, a
gredan, a-benn euz da gevridi.

— Ia, Aoutrou Salaun, pe ne deuio den.

— Mad, sell, setu aman eul lizer hag a gasi
da di an Itroun Le Guen de Kerneizon, a zo o'
chom e ru Karmez. Ne pezo nemed rei al lizer
d'an Itroun ha dont kuit dioc'h-tu.

— An dra-zo ne ket diez da ober, hag, abarz
eun anter-heur aman, eman ho lizer o Kastel.

— Guell a-ze! Araok mont enn hent, deuz da
gemeret eun tamm bara hag amann; an dra-zo
a lakaio bole enn da zivesker.

— Ne raio ket a zrouk d'ign, evit guir, Aou-
trou Salaun, rak moan co va c'hof.

— Petra? Ha n'ee'h euz ket debret da loin?

— Eo, mez ne ket bet eul loin druz evelse.

— Ha perak-ta?

— Perak? P'edo va zad, va mamm, va diou
c'hoar ha me o vont da zibri hor loin, euz
digouezet enn ti pevar zoudard. Ranket euz bet
rei d'ezho ho lod, rak naoun o doa, a lavarent,
ha ne ket al lodennou bianna a zo eat gant-ho.
Me am boa c'hoant da lavaret eun dra-bennag,
mez va zad a luche ouzign; guelloc'h e kave rei
peoc'h, rak gant tud ken divergount, n'euz
netra da c'hounit.

— Mad, trouc'h eun trouc'had mad a vara,
laka amann varnez-han, ha balo da Gastel da gas
al lizer-man d'al leac'h m'am beuz her lavaret
d'id.

Lan ar Moal a deuaz euz a Rosko hep na
daolaz den ebed evez out-han.

Ken na en em gavaz e Kastel ne oue ket

nec'het. Anaout mad a rea ru Karmez, mez er ru-zo euz tiez enn daou du, ha meur a hini a bep tu; pehini anezho eo ti an Itroun Le Guen de Kerneizon? M'en diviche c'hoaz anavezet, dre zell, an Itroun? Siouaz! ne gouie ket ho anaout.

Teir pe beder gueach oa eat ha deuet a-hed ru Karmez hep kaout ar pez a glasko; kaout a reaz avad ar pez ne glaske ket.

Lan ar Moal n'en doa ket taolet evez ouc'h eur goaz hag a iea var he lerc'h, abalamour ma vele anez-han o vont goustadik a-hed ar ru, o sellet enn dro d'ezhan, hag o chom a-za pa gleve eun or pe eur prenestr-bennag o tigeri. Hennez, ar goaz-so, en doa divinet e ranke Lan ar Moal kaout eur gevridi bennag da ober.

P'edo o vont gand ar ru evit ar bedervet gueach, o teuaz ar goaz-so d'he gaout hag e lavaraz d'ezhan:

— Me gaf d'ign, dioc'h ar guel ac'hanoc'h, va faotr iaouank, emaoc'h o klask unan-bennag hag hoc'h euz eur gevridi da ober.

— Me? N'am beuz ket da. Me a zo aman o c'hedal va zad.

— O c'hedal ho tad n'emaoc'h ket, anat eo. Ne ket d'in-me eo d'eoc'h dont da lavaret gevier.

Selaouit ac'hanoun : c'houi a zo a Rosko, dioc'h ho kuiskamant eo eaz her gouzout; me a zo euz a Castel, — n'oa ket, ar gaouiad! — hag evelse omp euz ar memez bro. Me a c'hoar ervad ne ket brao doare an dud vad dre an amzer a ra, abalamour da-ze lavarit d'ign petra a glaskit ha me a zikouro ac'hanoc'h da zont a-benn euz ho mennoz.

Hag en eur gomz er c'hiz-se en doa car eur zantik.

Lan ar Moal her c'hredaz. Tenna a reaz euz ho vruched lizer an Aoutrou Salaun, hen dis-kouez a reaz d'ezhan.

— Va bugel, eme ar goaz fallakr, he-man, al lizer-man, a zo d'an Aoutrou Branellec, belek, kuzet e ti an Itroun Anna Roussel, intanvez an Aoutrou Le Guen de Kerneizon. Ti an Itroun-ze eo an hini a zo du-hont, enn tu deou, er skalier mean evit mont ebarz. Kasit al lizer d'an ti. Arabat eo d'eoc'h lavaret ho pezo kom-zet ger ebed ouz-in-me, rak eur goall dro a c'helfac'h ober d'ign; breman ne ket brao fiziout e den.

Lan a droaz kein ker buan, hag, en eur vont varzu ti an Itroun Le Guen, e lavare out-han he-unan :

— Mad, mar deuz tud fall er vro, euz ive tud vad!

Ar paour keaz Lan ne gouie ket en doa guerzet ho genvroiz.

An Itroun Le Guen a zavaz raktal d'ar zolier, a zigoraz ar pres var an Aoutrou Branellec hag a roaz d'ezhan al lizer.

A veac'h en doa an Aoutrou Branellec digoret ho lizer, m'oue klevet dor an ti o tigeri ken na strake, ha bouteier ar zoudarded o toumpal var mein-glaz al leur zi. Kenta a rejont oue prenna an or va ho lerc'h, ha gervel mestrez an ti a gouient da anaout mad, rak pell a ioa o taolent evez out-hi abalamour m'oa bet diskulliet d'ezho evel kuzerez beleien ha noblanz dizent ouc'h lezennou ar Republik.

An Itroun Le Guen, o klevet an trouz, a ziskennaz d'an traon. O komz out-hi, ar c'habiten a lavaraz :

— Te, sitoianez, eo intanvez ar Guen, bet alvokad e Lesneven?

— Ia, me eo Anna Roussel, intanvez an Aoutrou Le Guen de Kerneizon.

— Les da noblanz a gostez, hag ive da Aoutrou, breman n'euz nemed sitoianed.

— Me a zo bet desket d'ign komz er c'hiz-se.

— Mad, me a ia da zeski d'id traou-all. Aman, enn da di, o kuzez eur bolek ?

— Me, Aoutrou, eme an intanvez, glac'haret ha nec'het enn ho c'haloun, hep hen diskouez evelato.

— Ia, te; ha zoken me a lavaro ho hano d'id, mar kerez.

— Mar gouzoc'h kemont-all a draou, perak dont d'ho goulen diganen-me ?

— Pebez maouez divergount! Lavar d'eomp raktal e peleac'h ec'h euz kuzet da volek.

— Pa ouzoc'h zoken ho hano, e tleit gouzout ive mechanz e pe gorn euz an ti eman.

— Ah! ne fell ket d'id, pez louz, hen ziguzet d'eomp! Bez dinee'h, ni her c'havo, ha d'id-to e vezo goasoc'h.

An Itroun Le Guen n'oa ket dinec'h, evit guir; evelato n'oa ket re nec'het ken nebeut; meur a veach oa bet a-ziaraok, enn ho zi, furch ha klask da veleien, ha bep tro e doa gellet tenna ho spillen euz ar c'hoari. Enn dro-man e kave d'ezhi e divicho gellet ober ar memez tra. Siouaz! ne gouie ket en doa Lan ar Moal diskouezet he lizer da unan a ioa var ar ru.

Klasket e oue er gegin, enn diou zal, er pors, etouez ar c'heuneud hag e klud ar ier. Ne oue

kavet den, rak gouzout a rit ne ket eno edo an
. Aoutrou Branellec.

— Ma n'eman ket d'an traon, eman d'an
neac'h, eme an hini en doa guelet al lizer, rak
enn ti-man eman.

— Savomp d'an neac'h, eme ar c'habiten, ha
te, sitoianez, sao araok.

An Itroun Le Guen a zavaz d'ar zolier; ar
zoudarded a zavaz var he lerc'h hag ho zabri-
nier a ziridigne, dre ma'z cant, enn eur stoki
ouc'h ho divesker.

Seiz kambr a ioa; ho zeiz e ouent furchet
kerkouls hag ar chalatrez, hag atao ne gavet
den ebed. Koulskoude oa freuzet an oll guele ou,
digoret an oll armeliou! Ar c'habiten a skrabe
he benn, nec'het oa....

— Enn ti-man eman koulskoude, eme adarre
an hini en doa guelet al lizer. Ne c'hell ket te-
c'het na dre an doen na dre ar prenestrou, rak
soudarded a zo er meaz o tiouall tro-var-dro
d'an ti. Daoust hag hen a ve kuzet adren eun
armel-bennag? Distagomp anez-ho dioc'h ar
voger ha digasomp anez-ho e kreiz ar c'ham-
prou.

— Greomp-ta, eme ar c'habiten, ne gouie ket
petra da ober ken.

Enn dro-man an Itroun Le Guen a gollaz he liou : he c'haloun a lamme a lammou pounner enn he c'hreiz ; he divesker a blege a-zindan-hi ; great oa gand an Aoutrou Branellec, ha gant-hi ivo, siouaz !

Er gampr kenta ne oue kavet netra, nag enn eil ken nebeut. Enn drede, p'edot o tiloc'h ar pres m'oa kuzet an Aoutrou Branellec adren d'ezhan, an Itroun Le Guen a rankaz azeza var eur gador ; he c'haloun a ioa o vont da vankout d'ezhi ; evel eul luc'hedenn a dremenaz dirak he daoulagad....

— Kabiten, kabiten, eme ar zoudarded en eur grial, aman ema, aman ema ar belek a glaskomp !

— Diouallit na dec'hfe.

— Ne raio ket, eme daou zoudard, en eur sacha an Aoutrou Branellec e-kreiz ar gampr.

— Ac'hanta, den fall, belek milliget, eme ar c'habiten o rei eur buntad d'an Aoutrou Branellec, setu te dizoloet ! Breman e ranki renta kount euz da c'hoall-oberou.

— Euz va goall-oberou ? Ne gredan beza great netra fall e-bed.

— Nec'h euz great netra fall ebed ? Diskouezet e vezo d'id. — Soudarded, stagit he zaouarn

13*

adren he gein d'ar belek fallakr-se ha kasit-hen var ceun d'ar prizoun.

Pevar zoudard a grogaz enn Aoutrou Branellec hag her c'hasaz gant-ho.

— Ha te, maouez penn fall, eme-z-han o trei ouc'h an Itroun Le Guen, te a deuio ive gancomp-ni dirak al les-varn, rak mar d-eo difennet d'ar veleien dizent chom er vro, eo ive difennet d'an oll rei kuz ha golo d'ezho; al lezen her lavar.

An Itroun Le Guen de Kerneizon e doa pemp kraouadur, c'hoaz iaouank-flamm, pevar map hag eur verc'h. Lammet eur vamm digant he bugale, oh! na krisa tra! Gouzout a rea e doa great eun torfet braz hervez paotred ar Republik, ha n'e doa nemed ar maro da c'hedal. Ne falgalounaz ket evit-se. Araok mont kuit euz he zi, e c'halvaz he bugale d'he c'haout evit kimiada diout-ho ha rei d'ezho he bennoz diveza; mez ar c'habiten ne lezaz ket ar vugale da dostaat ouc'h ho mamm! Eur galoun houarn ha dirr a ioa enn he greiz!

Prosez Anna Roussel, intanvez an Aoutrou Le Guen de Kerneizon, ne badaz ket pell. He madou a oue lammet digant-hi ha roet d'ar Republik; hi a oue barnet da veza kaset da cur

vro a-bell, hanvet Kaienn, d'al leac'h ma kaser
breman ar galeourien.

Edo enn Oriant o c'hedal eul lestr da vont enn
hent, pa deuaz ar maro da Robespierre, spoun-
taill an dud vad.

Robespierre a oue diskaret gand re-all
n'oant ket kals guelloc'h evit-han hag o doa
c'hoant da gaout he gark. Hounnez eo giz ar
Republik; *c'hoari kas ar falla er meaz.* — An
oll a c'hoar peger buan e redaz dre bevar gorn
Franz kelou maro an den kriz-se, en deuz lakeat
skuilla kement a c'hoad enn hor bro. Kelou ar
maro a vez atao eur c'helou a gaon; enn dro-
man oa eur c'helou a laouenedigez, dreist-oll
enn hor bro-ni, rak edot o paouez dibenna, e
Montroulez, Mari-Juliana Jigant, leanez a Lan-
dreger; an demezel Kerlean, a Daole; Perrina
ha Juliana Demaret, he c'hoar; Barba Jago ha
Modesta de Forsanz, evit beza epken kuzet
beleien.

An Itroun Le Guen a oue laosket da vont kuit
euz he frizoun. Distrei a reaz da Gastel da gaout
he bugaligou....

P'en em gavaz enn he zi, e leac'h an arrebeuri
pinvidik a ioa enn-han p'oa eat d'ar prizoun, ne
gavaz nemed tammou koz-gueleou; evel e ti ar

re baour, hag e-kreiz al leur-zi, Mari Toullek, he flac'h, o kas, buanna ha guella ma c'helle, he c'harr-neza enn dro, evit gounid boued d'he femp kraouadur.

N'e d-an ket da esa kounta d'eoc'h distro an Itroun Le Guen d'ar gear, traou a zo hag a zant ar galoun, mez ne c'heller ket ho c'hounta. Goude beza komzet en eur voucla gant joa ouc'h he bugale, stardet anezho var he c'haloun, ha roet d'ezho bep a bok karantezuz, e chomaz eur pennad, evel sebezet, da zellet out-ho. Beac'h e doa kredi he daoulagad. Distro oa adarre-ta da Gastel!!! — Goude-ze e lammaz a dro-vriad enn dro da c'houzouk Mari Toullek; hag ar plac'h hag ar vestrez a jommaz eur pennad eb gellout lavaret ger, ker gounezet oa ho c'halounou. Na pebez maouez oa ive houn-nez, ar Vari Toullek-se!

Evel emaoun o paouez lavaret d'eoc'h, hag evel m'her guelfot bremaik e barnedigez an Aoutrou Branellec, oll madou an Itroun Le Guen de Kerneizon a dlie mont gand ar Republik. Ar zoudarded ne zalejont ket da ober ti goullo. Kerkent ha m'oant eat er meaz euz an ti, Mari Toullec a gemeraz ar pemp kraouadur enn dro d'ezhi hag a lavaraz d'ezho :

— Bugale, ne vezit ket nec'het, me a c'hou-
nezo boued d'eoc'h ken na deuio ho mamm enn
dro. Ho mamm a deuio d'ar gear, kredit ac'ha-
noun, rak ni ne chanimp da bedi Doue evit-hi,
ha Doue a zelaouo ouc'h hor peden. Hen en deuz
bet eur vamm ive, ar Verc'hez Vari, hag evelse
e c'hoar pegement a garantez a zo e kaloun eur
bugel oc'h he vamm. Sec'hit ive-ta ho taelou,
hag en em daolomp dioc'h-tu d'an daoulin.

Peger kaer taolen eo taolen Mari Toullek, ha
pemp kraouadurik iaouank enn dro d'ezhi, o
pedi Doue evit ho mamm, enn eun ti ne deuz
enn-han nemed ar peder voger enn noaz!

Araok ma teuaz an noz, Mari Toullek e doa
klasket eur guchenn golo hag eur pallenn-
bennag evit ober gueleou da vugale an Itroun
Le Guen de Kerneizon.

Antronoz vintin, mintin-mad, araok m'oa
dihunet ar vugale, Mari Toullek a ieaz da di
Renea Riou, he amezegez.

— Renea, eme-z-hi, c'houi a zo eur vaouez a
relijion, rak, araok ma rankaz hon Aoutrou
'nEskop tec'het da Vro-Zaoz, c'houi a veze o
renka ar c'hadoriou er gathedral abarz an ofern,
hag ouc'h ho destum enn eur bern goude gous-

perou. Abalamour da-ze e c'hellan komz ouz-
oc'h eb aoun ebed.

— Ia, o va Doue! eme Renea; goulennit
digan-en ar pez ho pezo izoum. Kement a zo
em zi a roign d'eoc'h a galoun vad, rak gouzout
a ran ar pez a zo en em gavet gand an Itroun
Le Guen de Kerneizon, ho mestrez.

— C'hoant am beuz da c'hounid ho boued d'ar
pemp kraouadur a zo chomet gan-en. C'houi a
c'hounid ho para en eur neza gand ar c'harr;
mad, me am beuz c'hoant da ober evel-d-hoc'h.

— En eur neza gand ar c'harr n'euz ket kals
a c'hounidegez, evelato e c'heller beva.

— Ia, mez n'em beuz karr ebed, hag e teuan
da c'houlen unan digan-e-hoc'h mar hoc'h euz
daou; ar falla a vezo mad avoualac'h evidoun.

— Daou garr am beuz, a drugare Doue, ha ne
ket ar falla a roign d'eoc'h, rak muioc'h a dud
hoc'h euz da veva eged oun-me.

— Doue r'ho pinnigo, Renea Riou, c'houi hag
ho tud!

— Ouc'hpenn-ze, digouezet mad kenan oc'h.
Deac'h diveza, merour an Aoutrou de Ker-
moysan, a vaner Kerandraon, a ioa bet o tigas
d'ign samm he loan a lin da neza, ar c'henta

ar guella. Me gred eo evit ober dillad d'an Aoutrou, a zo kuzet dre eno enn tu-bennag.

— Oh ! roit peoc'h, Renea, gand aoun da veza klevet.

— N'ho pezet ket a aoun, den n'hor selaou. Mad, breman pa vezimp diou o neza, ez ai an hanter buanoc'h al labour enn dro.

— Bennoz d'eoc'h, Renea, ha meuleudi da Zoue, ne zilez ket va femp kraouadurik. Selaouet en deuz dija ouc'h va feden !

Mari Toullek a zammaz he c'harr-neza var he skoaz, a gemeraz eun ordenn lin a-zindan he c'hazel, hag a deuaz d'ar gear.

Pa zihunaz ar vugale, ez ea ar c'harr enn dro, ha dija peder verzid goloet a neud a ioa var marc'h ar c'harr...

N'e d-an ket da gounta d'eoc'h petra zonjaz ha petra lavaraz ar vugale o velet ho flac'h o neza, hag hi enn eur guele ken dister ; re iaouank oant evit gouzout mad ar pez a ioa c'hoarvezet gant-ho. Pa c'houlennent ho mamm, Mari a la-varo d'ezho lavaret ho fedennou evit he digas enn dro, hag ar vugale a bede Doue.

N'eman ket em mennoz kounta d'eoc'h ken nebeut deiz evit deiz buez Mari Toullek hag ar pemp minorik. Teir gueach bemdez, d'an nebeuta, e teue ar vugale da zaoulina enn dro d'ar c'harr; pedi a reant evit ho mamm. Mari a gase atao epad an amzer-ze ar c'harr enn dro; izoum neza e doa; ne chane ken na deue an noz. Neuze d'he zro ec'h en em strinke d'an daoulin hag e pede kalounek evit he mestrez.

Tud fall, tud digaloun, digouezet e Kastel epad an dispac'h, a vele gand poan Mari Toullek o c'hounid bara d'ar pemp kraouadur, hag a ginnigaz d'ezhi brasoc'h pae, guelloc'h bevanz, ma karche dilezer ar pemp minor ha mont d'ho c'hear da labourat. Tud kriz! N'oant evit barn da boan ebed ar pemp kraouadur, rak re iaouank oant; c'hoant o doa, a-vad, d'ho lakaat da vervel gand an naoun. Mari Toullek, kredi a c'hellit, ne zelaouaz ket anezho; kenderc'hel a reaz da neza ha da jom gand ar vugale, ken na en em gavaz ho mamm er gear.

Na vezit ket ive-ta souezet o velet karantez etre an diou vaouez-se.

Pa zistroaz d'ar gear an Itroun Le Guen de Kerneizon, ar Republik a zistaolaz d'ezhi eul lodenn vraz euz he madou, hag evelse ne oue ken, ken tenn var Mari Toullek, hag ar vugale o deoue guelloc'h bevanz ha boukoc'h guele.

Dembrest goude m'oa en em gavet e Kastel, an Itroun kalounek-man en em lâkeas adarre da guzet beleien, hag e deoue, enn dro-man, an eur-vad da jom eb beza tizet. Ar republikaned a ioa torret var-n-ezho marteze, ho c'hrizder n'oa ket ive marteze ker garo ; mez me gred ar penn-kaoz euz an eur-vad-ze, eo Doue epken he c'hase hag e digase, dioc'h m'oa red, evit he miret dioc'h ar zoudarded, hag a lakea anezhi da veza enn eul leac'h, pa vichet oc'h ober klask d'ezhi enn eul leac'h-all. Ar pez a zo guir eo e tale'haz ar vicher riskluz-se, ker riskluz ma c'helle he c'has d'ar maro, betek ar peoc'h.

An Itroun Le Guen a roaz da Vari Toullek peadra da veva enn he eaz ; evelato, hou-man ne falvezaz ket d'ezhi kuitaat ar vugale e doa bevet ; mont a reaz da Vrest gand unan anezho. Enn he c'hozni, brevet he c'horf gand ar remm, e c'hoanteaz kaout gant-hi he nizez Franceza. Ar pez a c'hoanteaz a oue great. Marvet eo dre gozni.

An Itroun Le Guen de Kerneizon e deuz bevet ive betek ar gozni an hirra.

— N'em beuz ket a aoun rak ar maro, emez-hi, rak an Aoutrou Branellec, merzeriet evit ar feiz, a deuio da zigeri d'ign dor ar Baradoz.

Nann, ne doa ket a izoum da gaout aoun rak
ar maro, rak digor, ha digor-braz, e kafche dor
ar Baradoz. — Ha n'oa ket ive hi he-unan
merzerez ?

Bugale vian an Itroun Le Guen de Kerneizon
a zo, evit an darn-vuia, o chom e Brest. Unan
anezho a zo chalouni e Kemper, he c'hoar a zo
leanez : ho daou var hent eeun ar Baradoz.

An Aoutrou Branellec ne oue ket pell he aba-
denn. Ne zaleaz ket da veza kaset da Vrest,
el leac'h m'oue barnet d'ar maro. Merzeriet eo
bet, var leur-gear Brest, d'ar Iaou-Gamblid,
17 a viz ebrel, er bloaz 1794. — Kaera deiz evit
eur belek da vont d'an env gand an Aoutrou
Doue !...

Enn derveziou araok oa bet c'hoaz lakeat d'ar
maro e Brest, an Aoutrou Coz hag an Aoutrou
Drevez, kure Recouvranz. Var leur-gear Les-
neven, er zizun var-lerc'h, e oue dibennet an
Aoutrou Habask, kure Plourin, hag an Aoutrou
Guillou Petoun, kure Kerlouan.

Ne d-an ket da gounta d'eoc'h merzerinti an
Aoutrou Branellec. Leun a nerz hag a feiz, ne
grenaz ket dirak ar maro. Ar ganaouen a zo
aman varlerc'h, savet gant-han enn he brizoun,
enn derveziou araok mervel, hen diskouezo

d'eoc'h guelloc'h eged va c'homzou, rak ka-
naouennou evelse ne c'hellont ket beza savet
gand tud hag o deuz aoun.

Mez araok kana d'eoc'h kanaouen an Aoutrou
Branellec, ez an da lakaat dirak ho taoulagad
ho varnedigez d'ar maro. A'r varnedigez-man a
zizkouezo d'eoc'h eur veach c'hoaz pegement
a garantez o deuz ar republikaned oc'h relijion
Jesus-Christ. He rei a ran d'eoc'h ger evit ger,
gant he brezounck fall, evit diskouez em beuz
c'hoant da gounta ar virionez. Ha mar deuz
unan-bennag ha ne gredfe ket va lavar, n'en
deuz nemet dont d'am c'haout, ha me he dis-
kouezo d'ezhan, ger evit ger, evel m'eo skrifet
aman.

BARNEDIGUEZ

RENTET DRE AN TRIBUNAL REVOLUTIONNER

Etablisset e Brest hevel ouc'h hini Paris, dre
pehini a disclœryet *Yan-Mary Branellec*, bœlecq
rebell, beza bet sujed d'an deportacion (casset
ha dalc'het en ul leac'h merquet); dre gonse-
quanç a ordren e vezo livryet diouc'h-tu d'an
executer euz ar barnidiguezou criminal evit
beza laqueat d'ar maro chars ar 24 heur;

Condaoni a ra *Anna Roussel*, intanves *Le Guen*, cuzereus eus al lavaret *Branellec*, d'an deporta-cion ;

Ha disclceria a ra o madou acquisytet d'ar Republik.

Eus an 28 germinal (mis ar sean), ar bloas 2 eus ar Republik Franç, unan ac indivisibl.

En hano ar bobl a Franç,

AN TRIBUNAL en deveus rentet ar barnediguez a heul :

Guelet dre an tribunal revolucionner, etablis-set e Brest, an act a accusasion dresset dre an accuser publiq en e guichen,

A enep *Yan-Mary Branellec*, boelecq, oaget a 37 bloas, guinidicq eus a Guisseny, o chomm e Porz-Leon, hac a enep *Anna Roussel*, intanves *Le Guen*, oaget a 44 vloas, pehini a vef eus e leve, guinidicq eus a Vrest, o chomm e Porz-Leon, departamant a Finistère.

Eus a behini act a accusacion e heul ama an tenor :

Josef-Frances-Igneau DONZÉ-VERTEUIL, accu-ser publiq e quichen an tribunal criminal dreist-ordinal ha revolucioner asezet e Brest,

A espos penaus, ar C'homite a surveillanç eus a goumunen Sant Pol a Leon, en eur beza bet dalc'het klos an hanvet Branellec, hac intanves Le Guen, varlerc'h un denonciacion great en o enep; ar c'henta evel bœlecq rebell nan deportet ha cavet var terouer ar Republiq; an eil, evel e beza cuzet en e zy : digouczout a ra eus ar peçziou roet d'an accuser publiq hac a sellont oud an affer-se :

1° Penaus, an decq nivôse diveza (mis an erc'h), ur membr eus al lavaret Comite a surveillanç, compagnuncquect eus a ur goard eus ar municipalite, en eur beza antrect e demeuranç an intanves Le Guen, o deveus arretet ur particulier suspedet da veza eur bœlecq rebell, pehini en deveus disclœeriet dezo en em henvel Yan-Mary Branellec, ama diaraucq cure eus ar Minihi, ha beza abavouc tri dervez e ty an intanves Le Guen, en ur gabinet;

2° Penaus, ebars en enterrogator subisset dre an intanvez Le Guen, yvez diracq unan euz ar barneuryen eus an tribunal, hi e deveus anzavet, ec'h anavezo Branellec abars ar revolucion; penaus e houye n'en devoa ket great he lê; penaus oa chommet en e zy abavouc ar sadorn, beteg al lun da beder heur diouc'h ar pardaëz;

ha penaus ez oa er moumend-se ez oant bet arrctet assambles.

Dioud hac hervez an espos-mâ, an accuser publiq en deveus dresset ar presant accusacion, quen a enep al lavaret Yan-Mary Branellec, quen a enep al lavaret Anna Roussel, intanves Le Guen; ar c'henta, evit, pa voa bœlecq, nan great e lé, nan beza oboïsset d'al lesenn var an deportacion, hac en dispris anezi beza chom-met var terouer ar Republiq, ha beza hi bet cavet euzet ebars ty al lavaret intanves Le Guen. Pe evit tra an accuser publiq, en em reserf goude ma en devezo great certenya ar paridiguez, da requedi a enep al lavaret Bra-nellec an execucion eus al lesenn eus an tregont vendemiaire (mis ar vendaich). Hac al lavaret Anna Roussel, intanves Le Guen, evit beza mi-ret dre guz en e zy, al lavaret Branellec, en eur anaoud aneza evit bœlecq rebell.

Pe evit tra an accuser publiq a requed penaus, dre an tribunal assamblet, e vezo roet act dezan euz ar presant accusacion-ma pehini a zoug a enep Yan-Mary Branellec, ama diaraucq bœlecq accustumet euz a barrez ar Minihi, euz a Sant Pol a Leon; hac Anna Roussel, intanves Le Guen, e demeurang e Sant Pol, dalc'het en ty

arret, lavaret ar C'hastell e Brest; ha dre gon-
sequancz, e vezo ordrenet penaus, dre an hucher
en tribunal, dougueur eus an ordrenanç da
rigouezout, al lavaret Branellec hac intanves
Le Guen bez e vezint quemeret dre gorf, arretet
hac cerouet el lavaret ty a arret, evit chomm
enna evel en ty a justiç : ha penaus al lavaret
ordrenanç a vezo roet da c'houzout quen d'ar
municipalite eus a Vrest, quen d'an nep accuset.

Great e cabinet an accuser public, ar pemp
var-n'uguent germinal (mis ar séan), an eil
bloaz eus a Republiq Franç, unan hac indivisibl.

Sinet : DONZE-VERTEUIL.

An ordrenanç a grog-korf rentet er memès
deiz dre an tribunal a enep Yan-Mary Branellec
hag Anna Roussel, intanves Le Guen.

Ar procès-verbal eus a ecrou o pherson-
naichou e castell Brest, evel ty a justiç.

An disclœracion eus an testou, pehini a zoug
penaus an accuset a zo presantet dezo en audianç
dindan an hano a Yan-Mary Branellec, a so
ervad en eur feçounn real Yan-Mary Branellec
ama diarauçq bœleeq e Sant-Pol-a-Leon, ha
nan great e lé ha penaus ec'h anavezont aneza
evit-se.

An disclœracion eus ar jury pehini a zoug ez
eo certen penaus epad nivose diveza (mis an
cere'h), ez eus bet coumettet eur c'huz euz a
veleyen rebell, ebars communen Sant-Pol a
Leon, penaus Anna Roussel, intanvez Le Guen
a so quendree'het da veza autor ha quendor-
fetourez eus an droue-ober-se.

An tribunal, goude beza elevet an accuser
publiq var an applicacion eus al lesenn,

Disclœrya a ra al lavaret Branellec quendre-
c'het da veza bœlecq rebell, hag er c'hiz-se beza
bet sujed d'an deportacion; dre gonsequanç
ordren a ra penaus e vezo livryet dioue'htu d'an
executer eus ar barnidiguezou criminal evit
beza laqueat d'ar maro ebars er peder heur var-
n'uguent var plaçzenn Triomphlou ar bobl eus
ar goumunen a Vrest, hervez an articlon 5, 10,
14 ha 15 eus a bere eus bet great lennadur, hac
ez int concevet en termenyou-ma :

« ART. X. — Bez int disclœryet sujed d'an
» deportacion, barnet ha punisset en hevelep
» guiz-se, an esqibyen, an diaraucq-ama ar-
» c'hesqep, ar personned conservet en o fonc-
» cionou, ar viqeled eus an esqibyen-se, ar
» superyoled hac an directored euz ar semi-
» neraou, ar viqeled eus ar c'hureed, ar profes-

» sored eus ar semineraou hac eus ar c'hollai-
» chou, an instituteuryen publiq, hac an nep o
» deveus prezeguet, ebars e nep peb ilis eve,
» abavoue al lesenn eus ar pemp c'huevreur
» 1791, pe ré n'o devezo quet great al lé or-
» drenet dre an articl nao ha tregont eus an
» decred an 24 gouere 1790, ha reglet dre an
» articlou unan var-n'uguent hag eiz ha tre-
» gont, eus a hini an daouzecq eus ar memès
» mis, ha dre an articl daou eus a lesenn an nao
» var-n'uguent mis du eus ar memès bloas, pe
» o deveus en em dislavaret aneza, ha pa o deffo
» memès prestet o lé abavoue o dislavar ; an oll
» tud a ilis quen cloër quen dindan reiz, breu-
» deur licq, pere n'o d'eus quet satisfyet d'an
» decregeou eus ar 14 eaust 1792 hac 21 ebreul
» diveza, pe pe re o deveus dislavaret o lé ; hac
» er-fin an nep oll pe re a so bet dinonced, pe
» disculyet evit eaus a zroug-oberyou a enep ar
» vam-bro, pa vezo bet cavet mad an dinon-
» ciacion, hervez al lesenn eus al lavaret deiz
» 21 ebreul.

. » ART. XIV. — An dud a Ilis eus a bero ez
» eus bet parlantet en articl X, pe re, cuzet
» e Franc, n'int quet bet ambarquet evit ar
» Guyanne eus a Franc, bez e vezint dalc'het,

14

» ebars an decq dervez eus a bublicacion, pe a
» embann eus ar presant decred-ma, d'en em
» renta d'an administracion eus an departa-
» manchou a sell oud-ho, pe re a guemero ar
» musurajou necesser evit o arrestacion, am-
» barqamand ha deportacion, hervez an articl
» daouzecq.

   » ART. XV. — An tremen-se achuet, an nep
» pe re a vezint cavet var an terouer eus ar
» Republiq, bez e vezint cunduet d'an ty a
» justiç, eus an tribunal criminal eus o depar-
» tamant, evit beza eno barnet hervez an
» articl V.

   » ART. V. — An nep eus an dud a ilis-se pe
» re a deui da antren adarre, an nep a so dija
» antreet var terouer ar Republiq, bez e vezint
» casset d'an ty a justiç euz an tribunal criminal
» eus o departamant ebars e spaçz pehini e
» vezint bet arretet, ha goude beza souffret an
» enterrogator, eus a pehini e vezo dalc'het
» remerq, bez e vezint ebars ar 24 heur, livryet
» d'an executer eus ar barnidiguezou criminal,
» ha laqueat d'ar maro, goude ma o devezo ar
» barneuryen discleeryet penaus ar re dalc'het
» ez int quendrec'het da veza bed sujed d'an
» deportacion. »

Condauni a ra al lavaret Anna Roussel, intanvez Le Guen, d'ar boan eus an deportacion, hervez an articl 19 eus al lesenn an 30 vendemiairo (mis ar vendaich divoza) eus a behini ez eus bet great lennadur hac a so concevet evel-hen :

« ART. XIX. — Holl citoyan pehini a roī diguemer e cuz da ur bœlecq sujet d'an deportacion, a vezo condaunet d'ar memès poan. »

Discloerya a ra ar madou eus al lavaret Branellec hac eus al lavaret intanves Le Guen acquisytet ha sœzisel da profid ar Republiq, hervez an articl 16 eus al lesenn an 30 vendemiairo eus a behini ez eus bet great lennadur, ha pehini a zo concevet evel-hen :

« An deportacion, an dalc'h hirbadus, hag ar boan eus ar maro, prononcet hervez an disposicionou eus ar presant lesenn, a zougo confiscacion eus ar madou. »

Ha c'hoaz hervez an articl II eus al lesenn an 10 meurs, eus a behini eus bet great lennadur, pehini a so concevet evelhen :

« Ar madou eus an nep a so condaunet da boan ar maro bez e vezint acquisytet d'ar Republiq, hac e vezo pourveat da vevanç an

» intanvezet hac ar bugale, ma n'o deveus ket
» a vadou a leac'h-all. »

A ordren penaus e diligeançz an accuser pu-
bliq ar presant barnidiguezou-ma, bez e vezint
executet, da c'houzout : a enep al lavaret Bra-
nellec ebars er peder heur var-n'ugent var ar
blaçzenn publiq eus a Driomphlou ar bobl eus
ar goumunen-man, hac a enep al lavaret in-
tanvez Le Guen ebars ar berra dilès, ha penaus
e vezint emprimet, embannet ha placardet e
gallecq ebars er Republiq en-oll d'an-oll, hac o
brezounecq ebars an departamant a Finistère.

Great ha prononcet an 28 germinal (mis ar
séan), eus ar bloas daou eus a Republiq Franç,
unan hac indivisibl, en audiançz publiq eus an
tribunal, dre ar citoyanet Per-Loys RAGMEY, pre-
sidant; Josep PALIS ha Yan-Corneille PASQUIER,
barneuryen, pe re o deveus sinet an original
eus ar presant-ma gand ar greffier.

En hano ar bobl a Franç,

Bez eo ordrenet d'an oll hucheryen, requeret
var guement-ma, da ober laqaat ar barnidiguez-
ma da execucion; d'ar goumandantet ha d'an
officeuryen euz an nerz publiq da rei sicour pa

vezint requeret hervez al lesennou, ha d'ar gommisseret eus ar galloud executif da zerc'hel an dourn varneza. E feiz a be tra ar presant barnidiguez-ma a so bet sinet dre ar presidant eus an tribunal, ha dre ar greffier.

Sinet : RAGMEY, presidant.
QUEMAR, greffier.

E Brest, e ty Audran, imprimer eus ar Representantiel.

Setu aman breman kanaouen an Aoutrou Branellec. Ne gaf ket d'ign o defe ar verzerien genta savet kaeroc'h kanaouen araok mont d'ar maro. An Aoutrou Branellec ne ket nec'het gant-han he-unan; dilenn a ra ar maro, he vuez a ro a galoun vad evit difenn he greden. Ne d-eo nec'het nemed abalamour d'an intanvez o deuz roet digemer d'ezhan; ne d-eo glac'haret nemed abalamour d'he vreudeur o deuz dilezet lezennou an Aviel.

Kanaouen an Aoutrou Branellec a vez kanet var don *hymm* ar verzerien : *Sanctorum meritis.*

14*

KANAOUEN

An Aoutrou BRANELLEC.

Ar varn a zo douget
N'ez cuz mui a dermen;
Dilenn 'zo d'ign roet
A zaou gand al lezen :
Pe dinac'ha ar feiz,
Pe beza dibennet,
O kinnig ha kriz ha kalet!

Me zilenn ar maro,
Euz a greiz va c'halon;
Ha me a gemero
Ar guir relijion,
'Lec'h heuil lezen direiz
Eur Gambr (1) kontammet oll,
Ha mad da gas ar vro da goll.

Va goall ha va zorfed
Dirak an nasion,

(1) An *Deputeed* a ioa e Paris oc'h ober lezennou.

Eo ma em beuz prezeget
An Aviel guirion,
Tamallet al lezen
Da veza chismatik,
Hag ouc'hpenn ivo, heretik.

Ne brezegan netra,
Ne ket guir, kristenien?
Gand va goad her sina
Me her raio laouen;
Mez, enep eur c'hontamm
Hag eur c'hontamm goalluz,
A ro ar maro peur-baduz.

Pobl, ouzit 'm beuz truez,
Eur veach c'hoaz kent mervel,
Kuita da zallentez,
Dalc'h mad d'an Aviel.
Goa! goa! ha mil gueach goa!
D'an nep n'hen heulio ket,
Rak, ep mar, e vezo kollet.

Digor da zaoulagad
Kren, ha deuz da euzi,
Me a ia gand va goad
Da ziskouez da fazi.

Ia, ia, evit va feiz,
Difenn ar virionez
Tud direiz, me ro va buez.

Lavar c'hoaz, mar kerez,
Den diboell ha digar,
Ez eo, var digarez
Kaout madou an douar,
Am beuz bet dinac'het
Da doui lealded,
Ha gouzaon poaniou ker kalet.

Mez perak, va Doue,
Klaskout en em venna,
Dirak tud didrue,
Tud an disleala,
Heretiket direiz,
A zismantr gand drougiez
An Iliz hag ar gristeniez.

Selaou, te, breur divad,
Breur difeiz ha diboell;
Krial a ra va goad
Evel hini Abel,
Venjanz enn da enep,
A enep da zis-fe,
Betek tron an Aoutrou Doue.

Breur kri ha disleal,
Ha te c'hell c'hoaz difenn
Eur gelen ker gadal,
Ha ker garo lezen?
Gand Satan 'out tree'het,
Mar deuez c'hoaz da heulia
Mac'herien a deu d'am laza.

Eur veach c'hoaz, va breur ker,
Saveta da ene :
Heuil Iliz hor Zalver,
Ha dilez prim da lo,
Mammen euz da zizeür
Ha da zaonedigez,
Ha kevret dizeür ar bobl kez.

Ped mil a eneou
'C'heuz a vreman kollet,
Dre hoc'h oll goall skoueriou,
Te ha da vignouned!
Touerien fall, direiz,
Dre oll e rit brezel
Da Jezuz, d'ho Iliz santel.

Eur veach dilezet
Gant ho kraz, va Doue,

Evel dour 'vez efet
A bep seurt fallente :
Arruet 'barz al lonk
Ar pec'her kaledet,
Ha! ped goall a zo gant-han gret!

Sklerait ho daoulagad,
Va Doue, d'ar re zall ;
Enn abek d'ar re vad,
Espernit ar re fall :
Lakit, mar plij gancoc'h,
Mar d'eo ho madelez,
Ar peoc'h en hor rouantelez.

Gand ho kraz, va Jezuz,
Me c'houzanvo laouen,
Pep seurt poaniou grevuz,
Kounnar va bourrevien.
Me a varvo enn Iliz,
Va c'horf 'iel d'ar maro :
Hogen va feiz a c'hounezo.

Ra zeuio va maro,
Jezuz, Salver ar bed,
Da rei ar peoc'h d'am bro
Ha c'hoaz ar sioulded ;
Ma vezo hoc'h hano,

Keit-all 'zo blasfemet,
E pep bro gand an oll meulet.

Ia, dre vir, va Doue,
Me ra gand levenez,
Euz va c'horf, va bue,
An azeulidigez :
Bezet d'eoc'h dudiuz
Pardouni, me ho ped,
Tud kabluz ha tud dirollet.

Va brasa kalounad
O kuitaat ar bed-man,
Eo ma'z oar ken divad
Ma'z eer da gasliza
Va madoubcrourien,
Va brasa mignouned,
'Vit va beza digemeret.

Kaloun hag habaskded,
Intanvez, bugel paour,
Doue en deuz voestlet,
Evit eur banne dour,
Roet enn ho hano,
Gobr kaer ha dudiuz,
Ebarz er vuez peur-baduz.

Kimiad, pobl a Gastel !
Kimiad, penitanted !
N'en em velfomp ken pell.
Dalc'hit d'ar feiz bepred :
Nep a goll ho vuez
'Balamour da Zoue,
Hep mar ebed, ho zaveto.

Kimiad, va breur Guillou !
Kimiad, va breur Biel !
Dalc'hit var ho taolou :
'Barz 'n oll lezen santel
E kafot abegou
A frealzidigez :
Heulit-hi gand guirionez.

Va breudeur beleien,
Na gollit ket kalon,
Labourit da zifenn
Er vro, ar feiz guirion.
'Vit gounit eun ene
Disprizit ar maro,
Ha Doue kerkent ho paeo.

Va breudeur beleien,
Nevez merzeriet,

O deuz ho c'hurunen
'Barz enn env kemeret :
Me ho ped, va Jezuz,
Da rei d'ign ho c'halon,
Ma arruign 'kichen ho zron.

Evel ar Vadalen
Dirazoc'h daoulinet,
Gand glac'har hag anken,
Me a vel va fec'hed :
Va Doue, pardounit,
Ha na zisprijit ket
Eur galon vuel, glac'haret.

Erruet eo eta
Penn va fire'hirinded,
Kuitaat a ran gand joa
Ar bed-man milliget
Evit monet d'ar c'hloar,
En deuz Doue goestlet
D'an nep en devo kendalc'het.

O dervez dudiuz !
O laouenedigez !
Mont da gaout Jezuz
Enn ho Rouantelez !

15

Beza abarz nemeur
Er Barados gant-han,
Da virviken oc'h chana!

Ha ne ket gounezet ho kaloun? Ha ne deu ket an dour enn ho taoulagad o klevet kana eur ganaouen ken doaniuz?

UNNEKVET PENNAD

—

Anna ar Zant

Distroomp breman da Benn-an-Neac'h da velet penaoz ez a an traou dre eno.

Goude m'oa eat ar zoudarded enn ho hent gand an Aoutrou Gall hag an Aoutrou Coarigou, Anna ar Zant ha Mari Kreac'h a joumaz ho diou mantret ha sebezet. Hini anezho ne lavare ger; n'oant ket evit lakaat enn ho fenn e viche guir ar pez a ioa c'hoarvezet. Ker pounner kroaz n'oa ket evit koueza var Benn-an-Neac'h; an traou-ze n'oant nemed huvreou.... Ah! siouaz! guir oant kouskoude, ha re vir zoken!

Goude beza skuillet forz daelou ha dizammet he c'haloun, Anna a deuaz enn-hi he-unan da genta. Dont a reaz da azeza e kichenn Mari.

— Klevet hoc'h euz, va c'hoar, eme-z-hi, ar pez en deuz lavaret araok mont kuit kabiten ar zoudarded : « Krena a dle an nep a zizent ouc'h lezennou ar Republik. » Hogen, gouzout a rit kerkouls ha me, e tifenn ar Republik rei golo d'ar veleien. Me gred ive-ta ec'h en em gavo aman adarre, varc'hoaz abred, ar c'habiten gand he zoudarded da c'houlen digant perc'hen an ti-man perak e tale'he e kuz an daou velek a zo eat gant-han herrio. Mad, me gaf d'ign, va c'hoar, eo red d'eomp en em glevet, rak erru an noz; n'hor beuz ket ive-ta re a amzer.

— Ia, va c'hoar Anna, ho klevet a ran; mez ne c'houzoun e peleac'h trei. Va c'haloun a zo glac'haret-oll, n'am beuz tamm nerz.

— Doue a roio nerz d'eomp. En em daoulinomp hon diou da c'houlen sklerijenn ha kaloun digant-han.

Hag an diou vaouez a en em daolaz ho diou d'an daoulin evit pedi Doue. — Peger c'houek peden e tlie beza hounnez !

Pa ouent savet enn ho za, Mari a lavaraz :

— Doue a zo eun tad mad, her gouzout a ran;

ne ra netra nemed evit hor brasa mad, her gou-
zout a ran ive. Mez evelato, re eo an dra-man...
Oh! koll a rign va fenn.

Ha Mari d'en em lakaat adarre da vouela
goasoc'h eged araok.

— Na zigalounekait ket, va c'hoar; ni ne
velomp nemed ar pez a zo dirak hon daou-
lagad; mez Doue a vel larkoc'h hag a c'hoar ar
pez a zo guella da ober evit hor brasa mad.

— Ia, traou brao eo kement-se hag eaz da
lavaret, mez pa ranker tremen dreiz-ho, int
c'houero meurbed.

— Hag hor Zalver, Mari, pa rankaz pignat,
gand he groas, var menez Calvar? Hag ar Ver-
c'hez Vari, he vamm, pa vele he mab Jezuz
barnet d'ar maro, staget oc'h ar groaz dirak he
daoulagad, ha brao oa he doare?

— Guir an traou-ze, va c'hoar; mez evidoun-
me n'am beuz ket a nerz avoualac'h evit tre-
men ar barr-man.

— Mari, na d-it ket da bec'hi. Red eo d'eomp
plega da volontez an Aoutrou Doue, hag hen
ober a galoun-vad.

— Plega da volontez an Aoutrou Doue, red
eo evit guir, mez plega a galoun-vad, n'oun ket
evit hen ober. Ha penaoz lezer aman pemp

minorik paour var va lerc'h? Oh! Anna, va
c'haloun a zizec'h em c'hreiz.

— Lezer pemp minor var ho lerc'h? N'euz
hano ebed a gement-se.

— Penaoz, n'euz hano ebed a gement-se? Her
gouzout mad a rit, siouaz! Per, ho preur ha va
fried karantezuz, a zo eat gand Doue, tremen
daou vloaz a zo; ha varc'hoaz, pa vezign-me eat
d'ar prizoun, va bugale a c'hello lavaret n'ho
devezo mui na tad na mamm, rak enn amzer,
evel a zo breman, ne vezer ket pell, evel a
c'houzoc'h, evit ober barnedigez var ar re a ro
golo d'ar veleien.

— Guelet a ran n'en em ententomp ket, va
c'hoar; ne ket c'houi eo a ielo d'ar prizoun.

— Piou-ta?

— Me, va c'hoar Mari.

— C'houi, Anna?

— Ia, me.

— Allaz, nann! Me eo mestrez Penn-an-
Neac'h. Var-n-oun-me ive-ta e kouezo ar beac'h.
Hag ouc'hpenn, eun dra leal eo.

— C'houi, va c'hoar, a zo mestrez Penn-an-
Neac'h enn eur c'hiz; c'houi a ra ar marc'hajou;
c'houi a bren hag a verz hervez ho faltazi; eve-
lato ne ket aman d'eoc'h kement tra a zo. Va

c'hoar, plijet ganeoc'h va zelaou. Enn eun amzer-all, birviken n'am biche lavaret d'eoc'h kement-man; fenoz e rankan her lavaret : ne ket evit ho klemm nag evit ho tamall, na kennebeut evit ho tiskar e giz e-bed eo her lavaran. C'houi a gaf d'eoc'h oc'h mestrez e Penn-an-Neac'h, marteze e faziit. P'oan-me eat d'ar gouent, an tiegez aman hag an oll vadou a ioa chomet dirann etre va breur ha me. Va lod a choume ganeoc'h aman da lakaat e talvou-degez, ha c'houi a dlie rei, bep bloaz d'ar gouent, ugent poezellat viniz ha daou-ugent skoued enn arc'hant. Breman, abaoue m'oun deuet d'ar gear, ne rankit paca netra ken evidoun. Dre-ze ive-ta e teu va zra d'ign ker goestl ha da bep hini.

— Oh! va c'hoar, n'her nac'han ket ouzoc'h, pell ac'hano; ho tra a zo d'eoc'h.

— Gouzout mad a ran ne nac'hit ket va danvez ouzign; ne ket ive evit her goulenn digancoc'h eo e komzan evel a ran.

— Na petra hoc'h euz c'hoant da lavaret-ta?

— C'hoant am beuz da lavaret d'eoc'h ez oun ker braz mestrez ha c'houi e Penn-an-Neac'h, hag abalamour da-ze eo ken nez di-me mont d'ar prizoun gand ar zoudarded evel ma'z eo d'eoc'h c'houi, rak kement ha c'houi em beuz roet golo d'ar veleien, pa'z eo guir eo an hanter d'ign aman.

— Ha! va c'hoar, eme Vari en eur lammet a-dro-vriad enn dro da c'houzouk Anna; nann, ne reot ket an dra-ze; re a garantez hag a galoun eo kement-man.

— Ha perak, va c'hoar?

— Abalamour m'eo di-me eo mont d'ar prizoun. Her gouzout a rit kerkouls ha me, aman ne reac'h netra hep goulenn va ali-me. Dirak Doue, me eo ar vestrez, di-me eo ive-ta mont gand ar zoudarded.

— Nann, ne d-eot ket; ma rank unan-bennag ac'hanomp mont, me eo a ielo.

Mari a choume sebezet; me gred oa stourmadek enn he c'haloun; c'hoant e doa da choum c'hoaz var an douar da zevel he bugaligou — ha ne ket souez — hag evelato he c'houstianz a rebeche d'ezhi e voa laosk.

Anna, oc'h he guelet en arvar, a zalc'haz startoc'h; edo o vont da c'hounit.

— Na vezit ket souezet, va c'hoar, emez-hi, ouc'h va c'hlevet. P'oan eat d'ar gouent, ha n'am boa-me ket lezet oll draou ar bed-man evit en em rei da Zoue epken? Ha n'oan-me ket

maro evit ar bed? Eun dervez ma oue digoret
dor ar gouent ha great d'ign dont kuit, me am
biche kavet guell kaout taol ar maro digant
unan-bennag eged dont adarre etouez ar bed.
Ha breman e kaf d'eoc'h e tec'hfenn araok ar
maro? Nann, nann, va c'hoar.

— Kouskoude, Anna, va c'houstianz ne ket
direbech dirak Doue; me eo mestrez Penn-an-
Neac'h.

— Nann, Mari, eur veach c'hoaz, ann dra-ze
ne ket guir. N'oc'h ket muioc'h eged-oun-me
mestrez e Penn-an-Neac'h, rak an hanter a zo
di-me; ker braz mestrez oun-me ive-ta ha c'houi,
ker kabluz ha c'houi oun ive-ta da veza roet
golo d'an Aoutrou Gall ha d'an Aoutrou Coari-
gou. Tavomp var gement-man, ha guelomp a
behini ac'hanomp hon diou e vezo ar brasa
dienez er bed-man.

— Va c'hoar baour, roit peoc'h; ranna a rit
va c'haloun. Dispartia dioc'h va bugale!...

— Diou gristenez vad omp hon diou, me
gred; neuze e c'houzomp ar bed-man ne d'eo
nemed eur skeud, eur bouill moged. Eur bla-
vez muioc'h pe nebeutoc'h var an douar, petra
a ra ze? Hor guir vro a zo gand Doue enn he
Varadoz; ar c'henta mont kuit ac'halen eo ar

guella. Evelato ez eo red, evit darn, chom var ar bek douar-man, keit ha ma c'houlen ho stad. Ha c'houi, va c'hoar, hag ho stad ha ne c'houlen ket e chomfac'h c'hoaz er bed-man evit sevel ho pugale? Bremaik e ranne ho kaloun, ha ne ket iskiz, o sonjal e rankac'h ho lezer var an douar, evel pemp minor paour, dilezet gand an oll, gand Doue zo-ken, marteze; ha breman, pa c'hellit chom gant-ho direbech ha dibec'h, ne fell ket d'eoc'h? Oh! sonjit peger braz dienez o ve ar c'holl ac'hanoc'h!

— Nann, Anna, ho kinnig a zo re vraz. Ke-meret diganeoc'h ho puez!... Nann, ne c'hell-fenn goude-ze kousket berad. Bep sourrad avel a glefenn, enn noz, a gaf d'ign, a ve hoc'h ene o tont da rebech d'ign va laoskentez ha va ne-beut a galoun.

Edo Mari oc'h achui he c'homz, pa glefcheur trouz er porz.

— Erru ar zoudarded enn dro, eme Anna, di-me eo mont gant-ho, ha mont a rign.

— Nann, nann, eme Vari, me eo am beuz roet lojeiz d'ar veleien.

Ne ket ar zoudarded a ioa erru er porz, bugale Mari oa.

Pa oue guelet ar zoudarded o tont enn ti gand

15*

kere Pont-Eoun, Mari a lavaraz d'he flac'h, gand aoun n'en em gafche drouk gant he bugale, kemeret anezho buan ha mont gant-ho da guzet e ti eun amezek-bennag. Ar plac'h a ioa eat, ha, breman p'oa deuet an abardavez-noz, pa gouie oa eat, eur pennad a ioa, ar zoudarded enn ho hent, oa erru d'ar gear d'ho digas d'ho mamm.

Ar vugale a deue er porz en eur c'hoari, en eur c'hoarzin, o reded an eil var-lerc'h egile, evel m'oant boazet d'hen ober bemdez. Daoust hag int-hi a anaveze ar c'hlac'har a ioa enn ho zi! Ar c'hosa anezho a ioa o ren he unnek vloaz epken!

— Va c'hoar, eme Anna, evel sklerijennet en eun taol euz an env, setu aman ho pugale; ha c'hoant hoc'h euz d'ho c'huitaat ha d'ho lezer var an douar eb den d'ho c'helen, d'ho lakaat var an hent mad?

— C'houi, Anna, a raio em leac'h.

— Nann, n'oun ket evit hen ober. Den ne c'hell dere'hel plas eur vamm e kenver he bugale; eur vamm a dle chom gand he bugale keit ha mar plij gand Doue he lezer, ha c'houi a dle chom gand ho re. Greomp guelloc'h, goulennomp digant-ho petra da ober : ar virionez a glever aliez a c'hinou ar c'hrouadur.

Ha ker buan Anna, hep gortoz respount he c'hoar, da c'hervel map kosa Mari.

— Deuz aman, Iannik, ha selaou mad ac'hanoun. Vare'hoaz vintin e tle soudarded dont aman adarre da gerc'hat da vamm pe me da vont gant-ho d'ar prizoun, evel m'int bet, er gentaou, o kerc'hat an Aoutrou persoun ha belek ar gouent; mad, lavar d'ign pehini ac'hanomp hon diou a ielo gant-ho.

Na penaoz e vez penn an den, mareou a vez! Daoust ha n'oa ket nez da Iannik goulenn e chomche gant-han he vamm? Mez, nag Anna, na Mari, n'ho doa sonjet e kement-se. C'hoant ho doa ho diou da rei ho buez an eil evit e-ben.

Ia, ken nez oa ho mamm d'ar vugaligou baour, ma teuaz pevar anezho d'en em deuler e barlenn ho mamm en eur vouela hag en eur grial: Nann, va mamm, c'houi ne d-eot ket gand ar zoudarded, c'houi a choumo gancomp-ni. — N'hon euz tad ebed, eme Iannik, ha, mar d-it gand ar zoudarded, n'hor bezo mamm e-bed kennebeut!

— Ac'hanta, klevet a rit, va c'hoar, eme Anna, evel dizammet?

Mari ne respountaz ger: dont a reaz da veza

drouk-livet; he daelou a zac'haz; he daoulagad
a droaz enn he fenn ; koueza a reaz semplet e
starn-an-daol... Re bounner beac'h oa ar c'hom-
zou-ze evit kaloun eur yamm.

Anna hag ar plac'h he zavaz var ar skaoun.
He daelou a deuaz da reded a-nevez, mez ne
lavare netra ; ne rea nemed difrounka ; he c'ha-
loun a lamme enn he c'hreiz evel p'en diviche
c'hoant da strinka er meaz. Eun truez oa he
guelet !... He c'hoar Anna, evel krenveat gand
Doue, ne zigalounekea tamm. Treac'h oa d'he
c'hoar, gounit a rea ; hi eo a dlie mont antronoz
gand ar zoudarded d'ar prizoun, ha goude-ze
d'ar maro. Ne glaskaz ken komz euz an dra-ze
d'he c'hoar, rak aoun e doa da ober poan d'ezhi
a-nevez.

Gervel a reaz da zont d'he c'haout eur mevel
koz a ioa mevel e Penn-an-Neac'h p'edo ho zad
ouc'h ho zevel, he breur Per hag hi, hag a ioa
evel unan euz a gerent an ti. — Ar mevelien-
all a ioa eat, eur pennad a ioa, pep hini anezho
d'he vele hep tamm d'he goan, ker glac'haret
oant o velet ar pez a ioa c'hoarvezet hag o
klevet ar pez a c'hoarvesche antronoz vintin. —
Ho zri, Anna, Moriz hag ar plac'h, a grogaz e

Mari evit he lakaat enn he gouele, er penn huella euz ar gampr, rak n'oa ket evit chom ken var he zreid. Ar plac'h a choumaz enn he c'hichen gand aoun ne diviche eur fallaenn-all. Anna ha Moriz a deuaz kuit.

Moriz, he galoun rannet, a azezaz var eur skabell e korn an aoled. An daelou a rede dourek euz he zaoulagad a-hed he ziouvoc'h roufennet gand ar gozni. Anna, evit beza dare da vont enn hent kerkent ha ma teuchet d'he c'hlask, a en em lakeaz dioc'h-tu da lakaat an traou enn urz vad, ha da zestum an traou a dlie beza kuzet araok ma teuche ar zoudarded enn dro da furcha a nevez an ti, rak an disterra tra a ioa avoualac'h evit lakaat devi antronoz tiegez Penn-an-Neac'h enn he bez. Goude-ze e lakeaz en eur baner eun tammik dillad evit-hi; nebeudik, rak diskredi a rea n'e doa ket izoum a galz. P'e deoue great an traou-ze, e teuaz da gaout he mevel koz.

— Moriz, deuit d'am c'haout, emez-hi.

— Petra eo, Anna.

— N'emaoun ket enn arvar divar ho penn. Va guelet hoc'h euz bianik, pa ne c'hellen ket c'hoaz bale; abaoue m'am beuz skiant, n'em beuz

guelet gancoc'h nemed pep scurt giz vad. Dou-
janz Doue a zo enn ho kaloun, fisianz am beuz
enn-hoc'h, hag ez an d'hen diskouez d'eoc'h.
Deuit aman gan-en em c'hamprik.

Ha Moriz a ieaz varlerc'h Anna.

— Guelet a rit ar c'houfr bian-man?

— Ia, Anna.

— Mad, enn hennez eman arc'hantiri ha traou
sakr an Iliz. Setu aman an alc'houez hen digor,
enn-hoc'h-c'houi e fizian anez-han. Va c'hoar-
gaer ne ket deuet c'hoaz avoualac'h enn-hi
he-unan, n'em beuz ket a c'hoant da nevezi
gouliou he c'haloun en eur lavaret d'ezhi e ran
an dra-man. Hen-nez, ar c'houfr-se, a ranker
da guzet a-raok ar zoudarded. Evit-se n'euz
nemed eun dra da ober : kemerit ho pal, ha,
breman p'eo noz, pa ne c'hell den ho kuelet, it
du-hont da gorn ar jardin, e tu ar zao-heol,
grit enn douar, a-zindan ar vezen lore, eun toull,
braz ha doun avoualac'h evit her lakaat. Var-
c'hoaz, dioc'htu ma vezign-me eat kuit, lavarit
d'am c'hoar-gaer e peleac'h eo kuzet ha petra a
zo enn-han. Roit ive an alc'houez d'ezhi. Lavarit
ive ar memez tra da Loranz ar Sann, a Lopreden;
hennez a zo ive eun den ecun hag a zoujanz
Doue ha ne verzo ket ac'hanomp. Guelloc'h eo

e c'houfe daou pe dri e peleac'h eman traou an
Iliz eged ho guelet o vont da goll, rak ne c'hoar
den petra c'hell c'hoarvezout c'hoaz dre aman.
Marteze, siouaz! e ranko ouc'hpenn unan dont
var va lerc'h-me.

Moriz a grogaz enn he bal hep lavaret ger;
ne rea atao nemed voucla.... Ar paour keaz
koz!...

Great an toull, ar c'houfr a zo ebarz, var
gorre euz taolet douar, a-rez douar ar jardin.

— Breman, Moriz, eme Anna, e c'hellit mont
d'ho kouele da ziskuiza ha da gousket eun tamm.

— Great eo va c'housk evit fenoz, Anna geaz,
eme Voriz, oc'h huanada!

Evelato e kemeraz eur pennad goulou rousin,
hag e savaz d'ar zolier, el leac'h m'edo he vele.

Anna a choumaz c'hoaz var vale evit lakaat
pep tra enn he renk, var he meno; mez, e gui-
rionez, evit lavaret kenavezo oa, evit ar veach
diveza, da gement tra a ioa enn ti hag a ioa bet
test, enn he bugaleach, euz he c'hoariou genta.
Piou a c'hellfe lavaret petra ica neuze dre
galoun ar vaouez paour-ze? Den; rak eur c'hi-
miad evel hen-nez a zanter er galoun, mez n'hen
disklerier ket; komzou an den ne d-eont ket
betek eno.

Mont ha dont a rea dre an ti, goustadik hag evel var begou he zreid, euz an eil penn d'egile, en eur denna avechou huanadennou hirr. Edo erru da lost an ti, pa oue galvet gand Yvonaik, he nizez, ha n'oa nemed c'houeac'h vloaz :

— Va moereb Anna, emez-hi !

— Petra eo, Yvonaik?

— C'houi a zo aze?

— Ia, va merc'h vian; petra fell d'id?

— Va mamm, ha ne ket-ta, ne ket eat gand ar zoudarded?

— Nann, nann, Yvonaik. Da vamm a zo enn he gouele kousket c'houek. Ne ket eat gand ar zoudarded, n'e d-aio ket zoken.

— N'e d-aio ket?

— Nann, va merc'h vian.

— Mad, me am boa aoun rak an dra-ze, va moereb, ha n'oan ket evit kousket.

— Kousk dinec'h, Yvonaik, da vamm a chou-mo gan-ez.

— Mad, guell a-ze, ha bennoz Doue d'eoc'h, va moereb; breman me a gousko.

Ar c'homzou-ze a c'hounezaz Anna. Dont a reaz dioc'htu d'he gouele en eur youela d'he zro, o klevet eun ealik bian o komz er c'hiz-se, hag

en eur veuli Doue da veza roet d'ezhi nerz
avoualac'h evit trec'hi he c'hoar-gaer.

— Bennoz d'eoc'h, Aoutrou Doue, emez-hi
daoulinet e kenver he goule, da veza roet nerz
d'am c'haloun ha pouez d'am c'homzou ! Setu
aze eun ealik hag am fae, er bed-man zoken,
euz ar pez am beuz great; c'houi, Aoutrou Doue,
am faeo er bed-all. Breman e c'hellan kousket
dinec'h etre ho taouarn ; breman e c'houzoun e
vizign, varc'hoaz vintin, nerzusoc'h eged bis-
koaz e ken kaz me defe va c'hoar Mari c'hoant
da vont a enep he ger.

Va c'hredi a c'hellit, den ne gouskaz c'houek
e Penn-an-Neac'h enn nosvez-se.

Bep mare e klevet huanadennou e goule
Mari, ha goude-ze ar c'homzou-man euz ar
Bater : *Dimitte nobis debita nostra, sicut et nos
dimittimus debitoribus nostris....*

N'oa ket c'hoaz goulaouet an deiz pa deuaz
Anna da aoza dijuni da dud an ti, evel m'her
grea a ziagent. Den n'en doa naoun, den ne
zebraz tamm....

Mari a ioa sebezet, evel enn noz araok. Chom
a rea, evel mantret, da zellet ouc'h he c'hoar-
gaer, hep lavaret ger e-bed out-hi. Anna a iea
hag a deue hep komz ive ouc'h den. Anat oa e oa

doaniet, mez ne doa ket a c'hoant d'hen dis-
kouez; moustra a rea he c'haloun. Nec'het oa
ive evit gouzout penaoz lavaret kenavezo er
bed-all da Vari, pried he breur; aoun e doa da
fall-galouni enn taol diveza.

Mont a reaz d'he zammik-kampr, hag eno,
daoulinet dirak ar grusifi e doa klevet he feden-
nou ken aliez a veach, e pedaz Doue a voueled
he c'haloun. En em erbedi a reaz ouc'h Jezuz
en doa he-unan en em erbedet ouc'h he Dad, er
Jardin Olivez, hag a gouie peger kriz eo ar
maro da bep den.

Jezuz a zelaouaz he feden. Skuilla a reaz enn
he c'haloun eur berad euz an nerz-se en doa
bet he-unan digant Doue an Tad.

Krenveat evelse euz an env, Anna a zistroaz,
a-benn eur pennadik, ker seder ha ker mao,
ma viche lavaret, ouc'h he guelet, ne dlie drouk
e-bed c'hoarvezout gant-hi.

— Va c'hoar Mari, eme-z-hi, goulaouet eo an
deiz eur pennad a zo. Bremaik e teuio ar skle-
rijenn, rak gouzout a rit peger berr eo ar min-
tiniou er marcou-man euz ar bloaz. Red eo
d'eomp en em guitaat.

— Nann, nann, eme Vari, n'oun ket evit ho
tilezer.

— Mari, en em glevet omp; peoc'h var ge-ment-se; lezit ac'hanoun da sturia ac'hanoc'h; sentit ouzign.

— Dizec'ha a ra va c'haloun em c'hreiz.

— Savit-hen varzu an env : Doue a ro nerz d'an nep a c'houlen. Selaouit ac'hanoun; abarz nebeut, me gred, eman ar zoudarded aman. Mad, red eo d'eoc'h beza eat kuit araok ma teuint, abalamour d'ign-me da lavaret, gand guirionez, eo me mestrez Penn-an-Neac'h. Ar pez hoc'h euz da ober ive-ta eo mont da di Loranz ar Sann, da Lopreden; eno e viot dige-meret kalounek, c'houi hag ho pugale. Eberr, pa vezign-me eat kuit, c'houi a deuio enn dro, hag a raio guella ma c'hellfot en eur fiziout e Doue.

— Nann, nann, n'oun ket evit ho tilezer, va c'hoar geaz, eur vuntrerez e vefenn! Na petra a lavarfe ac'hanoun ho preur Per, va fried?

— Me a lavaro d'ezhan, p'en em gavign gant-han dirak Doue, ouc'h chomet var an douar da zevel ho vugale, d'ho c'helenn, d'ho skora, evit m'en em gavimp-oll, en eur gichen, a-benn eur pennad aman, e Baradoz an Aoutrou Doue.

— Oh! va Doue, ranna a rit va c'haloun!

— Plegit a galoun vad da volontez an Aoutrou

Douc, red eo. — Bugale, deuit aman, ho pemp
da lavaret kenavezo d'ho moereb. — Kenavezo,
Iannik! Kenavezo, Goule'henik! Kenavezo,
Laouik! Kenavezo, Yvonaik! Kenavezo, Jan-
nedik! Sentit, bugale, oue'h ho mamm; heuliit
bepred lezen Doue, hag heuliit-hi stard, hag
eun deiz ee'h en em velimp er Baradoz. La-
varit ive, eur veach an amzer, eur beden evit
ho moereb....

Aman, mouez Anna a gouezaz, uza a rea he
nerz. En em deuler a reaz a-dro-vriad enn dro
da c'houzouk he c'hoar-gaer en eur lavaret
epken :

— Kenavezo, Mari!!!

Hag an diou c'hoar a choumaz eur pennad
stak-oue'h-stak an eil oue'h e-benn.... Ho c'ha-
lounou a lamme harp oc'h harp.... Ho daelou
a en em veske.... Siouaz! evit ar veach diveza
ee'h en em velent er bed-man !...

Ar vugale, o velet hag o klevet kement-all, a
vouele hag a grie.... Red e oue d'ar meveleien
distaga an diou c'hoar an eil diouc'h e-ben....

Mari a zemplaz !....

— Kasit-hi buan da di Loranz ar Sann, enn
hano Doue, eme Anna.

Ker buan, ar mestr mevel, Tangi an Dero,

a grogaz enn-hi; n'oa buez ebed enn-hi ken, kel laosk oa he izili evel pa viche maro. Tangi a lakeaz eur vreac'h a-zindan he diouskoaz hag eun-all a-zindan pennou he daoulin; ar plac'h a harpe he fenn, ar vugale, ho femp, krog enn ho mamm, hini aman, hini a-hount, a deue da heul en eur vouela hag en eur grial, ma'z oa eur guir rann-galoun ho c'hlevet.... Ne c'houfe den kounta evel ma'z eo dleet traou ken doaniuz.

Kerkent ha m'oa eat he c'hoar-gaer kuit, Anna a zaoulinaz e-kreiz al leur-zi :

— Me ho trugareka, o va Doue, emez-hi, da veza roet nerz d'am c'haloun. Eur vamm vad hag euz ho toare a choumo gand he bugale. Ha me am beuz fizianz da veza abarz nebeut gancoc'h enn ho Paradoz. Bennoz d'eoc'h, o va Doue !

Goude-ze e savaz enn he za hag ec'h azezaz var ar skaoun e kichen an daol. Eno, he daoulagad savet varzu an env, ne lavare ger ouc'h den; lavaret e viche edo o kaozeal gand eun eal bennag euz ar Baradoz. — Tud an ti, oll, a vouele dourek o velet eun hevelep karantez etre diou c'hoar. Ar re-all a vez o klask miret ha

derc'hel ho buez, hag an diou-man a zo oc'h
klask mont d'ar maro an eil evit e-ben.

Ne choumchont ket pell er stad-se. Marteze
eun hanter-heur goude m'oa eat Mari kuit, e
teuaz d'ar red hag en eur grial, enn ti, ar
mevel bian a ioa er meaz oc'h ober diouc'h he
zaout :

— Erru ar zoudarded enn dro, emez-han ;
diou lodenn a zo anezho ; eul lodenn a zo erru
dre an hent hag eul lodenn-all abiou Koat-ar-
Forest.

— Va Doue, eme Anna o vont adarre var
bennou he daoulin, nerz ha galloud d'am c'ha-
loun, skiant d'am zeod ! Ho polontez ra vezo
great var-n-oun ha var va buez !

Abarz nemeur e voe klevet chaok ar zou-
darded, hag enn eun taol oa eul lodenn anezho
a bep tu d'an ti, unan e kichen pep dor.

Kerkent ar c'habiten a lamm enn ti gand eur
guchenn euz he dud.

— Pelcac'h, emez-han, eman mestr an ti-man,
an den fall a ro digemer d'ar veleien, enebou-
rien ar Republik?

— Mestr an ti-man, Per ar Zant, eme Anna,
a zo maro, nebeut blaveziou a zo.

— Unan-bennag kouskoudo a dle beza e penn
ı tiegez ?

— Ia, me eo breman ar vestrez ; her guelet a
hellit, rak ar re-man, an dud-man, a zo enn
ro d'ign, n'int nemed mevelien ha mitizien,
a di-me eo d'ho c'haz ha d'ho digaz, d'ho
uria ervez va faltazi.

— Martezo, maouez, oc'h euz c'hoant da
ıvaret, dre ar c'homzou-ze, e c'hellit lakaat
nezho da enebi ouzomp-ni ?

— Nann, n'am beuz ket a c'hoant d'ho lakaat
a enebi ouzoc'h ; evit lavaret d'eoc'h eo, n'euz
en aman hag a ve e penn an tiegez nemed
un-me.

Anna a gomze er c'hiz-se gand aoun n'en
iviche unan-bennag eveseat ; enn dervez araok,
ant diou vaouez enn ti, ker mestrez ha ker
nestrez, ha breman n'euz nemed unan.

Ar c'habiten, evit doare, n'en doa ket taolet
vez ouc'h kement-se, rak respount a reaz :

— Mad a rit chom hep stourm ha lezer
c'hanomp da ober hor giz, rak tud ho ti n'int
et a-bouez diouzomp-ni. Mar hoc'h euz
'hoant d'her guelet anat, n'hoc'h euz nemet
ellet e toull an or er meaz, hag e vellfot. —
lad, pa'z eo c'houi mestrez an ti-man, e rankot

dont gancomp da Gastel da lavaret d'hor jeneral Canclaux perak e roit golo da veleien dizent ouc'h ar Republik. Mez araok eo red d'eoc'h lavaret d'eomp e peleac'h ho deuz kuzet, ar veleien a ioa eat gancomp deac'h, an arc'hantiri hag an traou da oferenna, rak gourc'hemennet eo d'eomp ho c'haz da Gastel d'hor jeneral.

— Ar veleien a ioa eat gancoc'h deac'h ac'halenn, a zo, me gred, etre ho taouarn; ha n'hoc'h euz ket goulennet digant-ho e peleac'h ho deuz kuzet ho arc'hantiri?

— Nann, rak n'ho diviche ket lavaret d'eomp; mez ni a c'hoar emaint kuzet aman, enn ti-man.

— Ar veleien-ze kouskoude a dle gouzout e peleac'h ho deuz kuzet ho zraou.

— C'hoant hoc'h euz, a gaf d'ign, maouez, da ober goap ac'hanomp-ni. Fall a rit. Anzavit ouz-omp-ni ho torfed, hag ar Republik a vezo madelezuz enn ho kenver.

— Ho Republik ha c'houi, kabiten, a c'hell ober ac'hanoun-me ar pez a girint; an nerz a zo etre ho taouarn, mez n'oun ket evit lavaret d'eoc'h e ve enn ti-man, gand va guiziegez, ar pez n'eman ket.

Nann, e korn ar jardin edont, a-vad, kuzet enn douar.

— Ah! c'hoant oc'h cuz da ober ho penn fall? Mad, bremaik ni her guelo; ni a ia da freuza kement tra a zo enn ho ti, ha kaout a raimp ar pez a glaskomp.

— Freuzit ha furchit kement ha ma kerfot, goude-ze e velfot ne lavaran nemed ar virionez, mak ne gafot enn ti-man netra euz ar pez a glaskit.

— Ni a ia da velet. Goaz a-ze d'eoc'h mar cavomp an disterra tra; ne ket braoaat a raio io toare.

— Doue am zelaou hag a c'hoar ne lavaran ket a c'hevier.

— Me ne ran ket a forz euz da Zoue, koz naouez; me a ia da velet, eme ar c'habiten, trouk enn-han.

Ker buan e c'halvaz da zont enn ti ar zou- larded a iea er meaz; ne lezaz nemed daou e kichen pep dor, en eur goure'hemenn d'ezho ourra did.ruez ho baionnettez e kof an hini a c'hoantache kemeret an teac'h. — N'en doa ket izoum da lakaat kement-se a evez. E Penn- n-Neac'h e gouiet petra a erruche, her guelet tor beuz great.

Anna ar Zant ne doa ket a aoun e kafche ar oudarded eun dra-bennag, rak ar guenneien a ioa enn ti a ioa eat gand ar plac'h da di ar Sann da rei da Vari pa deuche enn-hi he-unan, hag arc'hantiri ha traou an iliz a ioa e korn ar jardin kuzet-kloz. Ne doa ket a aoun e vichent dizoloet, rak eun nozveziad reo ha barrou grizill a ioa bet, ha toull kuz ar mevel koz n'oa ket anat e peleac'h oa great. Dinec'h oa ive-ta divarbenn enklask ha furch ar c'habiten.

Ar zoudarded a en em lakeaz da c'houillia ha da furcha kement tra a ioa enn ti, euz an eil penn d'egile, euz an neac'h d'an traon ; an armeliou a oue divarc'het, an dillajou stlapet e-kreiz al leur-zi, an hirrier didalet hag ar greun ingalet aman hag a-hount; aoun ho doa paotred ar Republik e viche kuzet unan-bennag etouez an dillad pe e-kreiz eun arc'had viniz. Mez kaer ho deoue freuza ha difreuza, ober trouz ha pec'hi, ne gafchont netra nemed seiz pe eiz guennek mouniz a ioa ankounec'heat var stal armel ar mestr mevel. Ha talout a rea ar boan da ober kement a drouz hag a freuz evit ken nebeut a dra?

Ne oue ket avoualac'h d'ezho furcha diabarz an ti, mont a rejont c'hoaz er c'hreier, er granchou, e lok-al-ludu, ha zoken o klud ar ier.

Kaer o deoue klask, ne gafchont netra. Drouk a ica e lod anezho.

— Ha ne ket eur vez evit soudarded eveldompni, eme unan fallakroc'h eged ar re-all, me gred, beza evel-hen o koll hon amzer, hag o rei leac'h d'hor goapaat d'an toullad koueriaded a zo dre aze? Lakeomp an tan enn tiegez enn he bez, er c'hreier, er granchou, er berniou kolo; devomp saout ha kezek.... An dra-ze a raio eun tantad brao, hag e c'hellimp tomma da viana, rak evidoun-me a zo hanter-skournet.

— Ia, Ia, devomp ar stal a bez; an dra-ze a raio aoun d'ar goueriaded-all.

— Nann, eme ar c'habiten, ker mezek hag ar re-all, ha muioc'h, marteze, rak touet en doa da Ganclaux digas d'ezhan, araok an noz, forz traou brao, forz arc'hant, ha ne gave netra. Nann, ne lakeomp ket an tann, rak an ti-man a zo zavet var an huel; an tan a ve guelet a-bell, hag abarz nemeur e ve aman eur vandenn goazed hag a c'helfe trei enep-d'omp buan avoualac'h. Ar sioula ma raimp hon tro eo ar guella. Ar pez hon deuz da ober eo mont d'an ti da c'houeza eun tantad mad a dan enn oaled da domma ha da boazad hor lein er c'hiz ma'z eo red. Me am beuz guelet du-hont var ar c'hradaill eun tamm brao a gig moc'h, hag er siminal eun dousenn anduill a-ispill; en eul laouer vean, er gampr, em beuz dizoloet boutailladou leun, avoualac'h evit karga hor c'hof d'comp-oll; me gaf d'ign e raio an traou-ze muioc'h a vad d'comp eged lakaat an tan aman da zacha mar-teze ar c'har var hor c'hein. Ha ne ket guir, va zoudarded?

— Eo, eo, eme ar zoudarded. Guelloc'h eo d'comp kaout dirazomp, var an daol, guin da efa ha kik da zebri, eged ne d-eo guelet an ti-man o tevi. Guelloc'h eo tomma ar c'horf gand banneou leun ar c'hof, eged ne d-eo gand tomder an tan, n'euz forz pegen tomm e c'helfe beza, rak nao blavez kraza a ia gand eur sourrad avel.

Dioc'h-tu e teujont d'an ti. An eil blac'h hag Anna a rankaz kerc'het ar c'hik hag hen netaat; ar mevelien a oue great d'ezho mont da gerc'hat keuneud ha da c'houeza an tan.

Edot oc'h aoza lein pa glefeheur eul leue bian o tont enn ti en eur vlejal, rak lezet oa digor dor he graou var-n-ezhan.

— Gortozit, gortozit, eme eur zoudard, setu aman eun tamm kik douz da lakaat gand ar c'hik sall.

— Hennez, al leue-zo?

— Ia, he-man enn he bez.

— C'hoant ac'h euz da ober goap ac'hanomp; red eo da viana ma vezo poaz da leue.

— Poazet e vezo e berr amzer; lis-lis, m'hen taolign enn tan.

— Araok e ranki her laza hag her c'hignat, me gred.

— Ann tan her lazo, hag her c'hignat ne ket red.

— Te gaf d'id e tebrimp-ni da leue kroc'hen hag all? He vleo a stanko toull hor gouzouk.

— A gaf d'eoc'h. E kichen Roazon, n'euz ket pell, va c'hamarad ha me, enn eun ti evel he-man, var ar meaz, hor boa poazet kroc'hen, · bleo hag all eun ejenn enn he bez-pikol.

— Eun ejenn enn he bez! C'houez ar gaou a zo gan-ez.

— Ganen-me c'houez ar gaou?

— Ia, ken na flerii treuz nao moger.

— Pa lavaran d'eoc'h eo guir, e c'hellit va c'hredi. Ouc'hpenn an dra-ze am beuz great c'hoaz. E-kichen an Naoned, eur veach-all, n'euz ket tri miz abaoue, eur c'hamarad-all ha me, divoueded gand an naoun, hon deuz debret

16*

eun eheul bloaz, poazet gancomp kroc'hen hag all, evel ejenn Roazon.

— Goasoc'h goasa ez a gan-ez. Ne c'houzomp ket betek peleac'h ez i ma vezez lezet.

— Perak ne gredit-hu ket ac'hanoun?

— Abalamour ma'z oud eur gaouiad.

— Me gaouiad?

— Ia, ker braz gaouiad ha kear Vrest enn he fez.

Hag an oll diroll da c'hoarzin.

— Lezit anezhan da gounta marvaillou, eme ar c'habiten, o tont da lakaat ar peoc'h. Pa'z eo guir hor beuz kavet eul leue, eo kouls terri 'he benn out-han hag her c'hignat buanna ma c'hellor. — Ne ket te, Alexis, a zo bet kiger enn da vro, eme-z-han, da eur zoudard-all?

— Eo, va c'habiten.

— Mad, hast a-fo laza al leue-ze hag her c'hignat. Gra diou lodenn anezhan. An hanter a lakaimp da ober kik rost, hag an hanter-all a vezo lakeat er pod gand ar c'hik-moc'h hag eun tamm patatez. Kik dous ha kik sall, ann eil gand egile, a dle beza mad.

— An dra-ze ne vezo ket pell evit beza great, eme Alexis; biskoaz den n'en devezo debret kik freskoc'h.

Hag evit guir, ne zalcaz ket. A-benn eur pen-
nadik e teuaz da gaout an aoled gand daou
beziad kik, hag a oue lakeat unan e pod ar iod
silet, gand eur pillerad amann, egile e pod ar
soubenn gand kik moc'h ha patatez. Tan a forz
a oue great, hag abarz nebeut, lein ar zoudar-
ded a ioa aozet.

Tud an ti a joume mantret, hini anezho ne
grede lavaret ger.

Lein a oue debret; kement banne guin a ioa
enn ti, a oue efet. Daoulagad ar zoudarded a
ioa skerj enn ho fenn, erru oa tomm d'ezho.
Poent oa mont kuit, ar c'habiten her guele, rak
ne veze ket dinec'h gand he zoudarded pa veze
re dommet d'ezho; neuze ne zentent nak ouc'h
urz, nak ouc'h lezen. Abalamour da-ze e savaz
dioc'h an daol hag e teuaz da lavaret da Anna :

— C'houi ive-ta eo mestrez an ti-man?

— Guelet a rit ar re-man-oll a zent ouzign,
rak n'int nemed mevelien.

— Mad, neuze e rankit dont gancomp da
Gastel da gaout hor jeneral Canclaux. Eno e
leverot perak hoc'h euz roet golo da veleien; eno
ec'h anzavot e pelcac'h eman arc'hantiri an iliz.

Hag en eur zistrei ouc'h he zoudarded :

— Daou ac'hanoc'h staga stard ho daouarn d'ar vaouez-man adren ho c'hein.

Ha n'oa ket brao guelet hanter-kant soudard o kaout aoun rak eur vaouez?

Goude ma oue staget ho daouarn d'ezhi, Anna a c'houlennaz komz ouc'h ar c'habiten.

— Petra eo, eme he-man, o tont d'ho c'haout?

— Gouzout a rit er-vad, eme Anna, n'oun ket evit mont euz ar gear hep kas gan-en eun tamm dillad. Eur goaz louz a zo divalo da velet, eur vaouez louz a zo divalaoc'h c'hoaz. Lakeat em beuz eur guchennik enn eur baner; guelet a rit n'oun ket evit ho dougen, rak ereet eo va daouarn, abalamour da-ze e c'houlennan diga-neoc'h lezer va mevel koz d'ho digas d'ign betek Kastel.

— Ia, evit kaout tud d'ho tenna euz a dro hon daouarn, mar teu unan-bennag da enebi ouzomp var an hent.

Hag int-hi a zo aounik, soudarded ar Re-publik!

— Nann, kabiten, ne stourmign ket ouzhoc'h; ha m'am biche c'hoant d'hen ober, ne ket he-man, ar mevel koz-man, eo a iache gan-en. C'hoant am beuz her lesfac'h da zont gan-en netra nemed evit dougen va faner d'ign betek ar prizoun.

— Mad, grit ervez ho faltazi, ha kasit gancoc'h ho mevel koz.

— Kabiten, eme eur serjant, me gaf d'ign eo eun tamm dismegansuz evidomp mont e kear gand eur vaouez ercet ho daouarn d'ezhi. Lavaret a rafe an oll hor befe aoun raz-hi, ni soudarded.

— Guir a lavar ar serjant, eme ar c'habiten. Distagit d'ezhi ho daouarn, ha neuze e c'hello dougen he faner er c'hiz ma karo.

Kerkent ha me deoue Anna kroget enn he faner, ar c'habiten a lavaraz d'ho dud :

— Breman, hastomp a-fo mont enn hent, rak nemed re hirr n'hor beuz dalcet dre aman.

Betek aman Anna o deuz bet kaloun, mez breman, pa rank kuitaat ho zi, hag her c'huitaat evit biken, hen diskredi a ra, he c'haloun a venn mankout d'ezhi. Betek aman oa chomet stard, ne doa skuillet berad daelou, ha breman e vouel e giz eur bugel. Ne vezit ket souezet e velet kement-se. Mar hoc'h euz kuiteat ho kear ha ranket lavaret kenavezo d'ho tud ha d'ho pro evit mont a-bell da choum e-touez tud estren, mil gueach dishenvel diouzoc'h ken dre ho iez,

ken dro ho guiskamant; mar hoc'h euz ranket
mont da joum enn eur vro ien ha digaloun, enn
eur vro ha n'euz tamm menez enn he c'hreiz na
banne mor var he zro, neuze e c'houzoc'h guell
eged na c'hellfenn her lavaret d'eoc'h, peger
poaniuz ha peger kriz eo kuitaat tud hor bro. Ha
kouskoude peger braz kemm a zo etre stad an
hini a guita he vro evit eur pennad, gand ar
c'hed da zistrei enn-hi divezatoc'h, ha stad Anna
ar Zant, a ia er meaz euz he zi evit ar veach
diveza, her gouzout mad a ra? Na vezit ket ive-
ta souezet o velet Anna o trei hag o tistrei en
eur zellet enn dro d'ezhi ouc'h kement a ioa enn
ti. An disterra tra a zigase enn he mennoz he
amzer dremenet. Aman, bianik, e c'hoarie gand
he breur; a-hount e tennaz he mamm he huanad
diveza; var an daol-ze oa bet gourvezet korf he
zad araok beza lakeat enn he arched; larkoc'h,
du-hount, enn he c'hambr, edo he guerc'hezik
Vari, e doa ken aliez a veach daoulinet dirazi-
hi evit goulen sklerijenn ar Spered-Santel da
anaout ar stad a vuez m'oa galvet d'ezhi gand
Doue. Ar guel euz an traou-ze a ranne he c'ha-
loun. He faner ouc'h he breac'h, e chome enn
he za sebezet ha dilavar. Ne d-ea na ne deue.

No choumaz ket evelato pell evel-se, rak ar

c'habiten, breman p'eo leun ho gof, a zo mall gant-han mont kuit.

— Ac'hanta, maouez, emez-han, a zo o chom-fot da huvreal? Poent eo bale, buan enn hent.

Ar c'homzou-ze a zigasaz Anna enn-hi he-unan. Trei a reaz ouc'h tud an ti, ne reant nemed vouela, en eur lavaret epken :

— Kenavezo er bed-all ! Pedit Doue evid-oun !

— Hag ho fenn pleget, an daelou o reded dourek var ho diou voc'h, ez eaz er meaz euz an ti.

Dioc'h-tu ar zoudarded a oue renket, lod araok, lod varlerc'h, hag Anna e-kreiz, evel m'oa eat, enn dervez araok, an Aoutrou Gall hag an Aoutrou Coarigou. Ha kerkent e oue roet urz da vont enn hent.

Oant en em gavet var eun huelen a zo etre maner Kerlaodi ha bourk Plouenan, hag o velet divar ho gorre kalz bro, pa deuaz Anna, en eur huanada, da drei ouc'h Penn-an-Neac'h en eur lavaret :

— Kenavezo, va bro baour ! Kenavezo, va zud keiz !

Hag en eur zellet ouc'h bourk Plouenan :

— Kenavezo va iliz parrez ! Enn-hoc'h oun

bet badezet, enn-hoc'h em beuz great va fask
kenta! Kenavezo ive, Itroun-Varia a Geroloun!
Dirazoc'h em beuz pedet meur a veach; na
zilezit ket ho pugel, rak c'houi eo va mamm.
Roit nerz d'am c'haloun da herzel ouc'h ene-
bourien hor relijion, ha da vont d'ar maro
evit-hi, mar d-eo red.... Digorit d'ign dor ar
Baradoz!

— Na choumomp ket evelse a-za da huvreal,
eme ar c'habiten; balcomp e-dillo.

Hag int-hi adarre enn hent.

Mar doa bet deac'h mantret Kastelliz o velet
an Aoutrou Coarigou o tont e kear gand eur
vandenn soudarded, oant mantretoc'h c'hoaz
herrio o velet ar memez soudarded o tigas d'ar
prizoun eur vaouez..., eur vaouez epken.

Dor ar prizoun a zigoraz adarre hag a zerras
kerkent ha m'oa eat ebarz Anna ar Zant. Mez ho
doa, me gred, ar zoudarded o veza bet kement-
all o kerc'hat d'ar prizoun eur plac'h iaouank
dinerz ha diskoazel.

Anna ne zaleaz ket e Kastel. A-benn eun
nebeut dervesiou e oue kaset da Gemper gand
an Aoutrou Gall, an Aoutrou Coarigou ha
pemp pe c'houeac'h-all euz an dud vella a ioa
er vro. E Quemper e ouent barnet ho zri d'ar

maro; ho zri ho deuz skuillet ho goad evit ho feiz, ho relijion hag ho Doue, e miz guengolo 1794.

N'eman ket em mennoz kounta d'eoc'h ar pez ho deuz gouzanvet e prizoun Quemper da c'hedal mont d'ar maro; traou re zoaniuz eo an traou-ze da gounta. N'em biche lavaret netra d'eoc'h ive-ta divar-benn prizoun Quemper, m'am biche gellet miret da gounta d'eoc'h ar pez a reaz eno daou zen koz araok mont d'ar maro.

Unan anezho oa an Aoutrou Riou, persoun Lababan. P'edot ouc'h ho varn, ar barner braz, hen anavezo mad, rak er memez amzer hag er memez skol oant bet desket, a lavaraz d'ezhan:

— Aoutrou Riou, c'houi hoc'h euz tri-ugent vloaz, rak kosoc'h oc'h eged oun-me.

— Nann, eme ar belek, tri miz a vank d'ign.

Ar barner braz en doa c'hoant d'hen tenna er meaz; mez an Aoutrou Riou ne falveze ket d'ezhan lavaret gevier. Ar re ho deveze tri-ugent vloaz achu, ne vezent ket barnet d'ar maro. Lakeat e vezent enn eur prizoun-bennag, evel e Brest, e Rochefort, enn enezen Re, pe enn eur prizoun-all-bennag el leac'h ma varvent gand an dienez. Lod-all a veze kaset da eur

17

vro a-bell, ar Guian, el leac'h ma varvent abarz nebeut gand ar c'hlenved.

D'ar zul Bleuniou, da grestciz, o tlie beza dibennet an Aoutrou Riou. Evel ma tigore Pask enn dervez-se, o talc'haz da gofez betek unnek heur-hanter. Neuze o lavaraz d'an dud a choume hep beza cofeseat :

— Ne ket re d'ign kaout d'am zro eun hanter-heur evit en em lakaat e stad da vont da gaout va Doue. Pedit evid-oun !

Egile a ioa eun den divar ar meaz, he hano oa Corintin, mez ne c'houzoun ket e lez-hano; klevet em beuz oa a gostez Leuhan pe ar C'has-tel-Nevez. Ne ket red goulen abalamour da betra oa bet destumet gand ar sitoianed; anat eo oa abalamour ma karie re he Zoue hag he roue, evel ar re-all a ioa eno. Rak na d-it ket da gredi e viche, er marcou-ze, lakeat al laeroun hag an dud fall er prizouniou; unan-bennag, martcze, mez nebeut. An darn-vuia euz an dud fall hag euz al laeroun a c'haloupe bro, a laere an ilizou, ar maneriou, a zeve an tiez var ar meaz, hag a gase, enn ho leac'h d'ar prizoun, an dud vad hag a zoujanz Doue, pa n'ho deveze ket ho lazet pe ho devet.

Mad, hen-nez, ar c'houeriad koz-se, Corintin,

vit-han da veza barnet d'ar maro, a ioa eno en eaz ha ker mad evel pa viche bet enn he car o tomma e kichen an tann. An nep en diche her guelet, gand he zaoulagad habask ha kouen, gand he car dinee'h, gand he vleo hirr, giz Kerne, faoutet dre an hanter var greiz he enn, o koueza a bouchadou kordigellet var he iouskoaz; an nep en diviche guelet peoe'h eun en keun ha leal var he dal, ha mouse'hoarz eun ken dinam var he vuzellou, en diviche lavaret edo o vont da ober, deiz eured he vap, eun droanz var al leur-gear. — Ha neuze kroz an laboulin o tregerni dre gear, en eur gas tud d'ar maro, a viche bet soun ar biniou o c'hervel ar baotred da vont enn dro.

Eur vintinvez edo o paouez mont diouc'h an Aoutrou Gall; azezet oa var eun tamm koat en ioa kavet e mesk ar c'holo hanter-vrein a ioa e-zindan ar brizounerien, pa deuaz da vont e-biou d'ezhan, unan euz an dud a garg a zo el keac'h enkrezuz-se; dioc'h he stumm oa anat gouzont petra oa.

— Va den mad, eme Gorentin d'ezhan ken eaz ha tra, selaouit ac'hanoun eur pennadik. Da bed heur e vizign-me kaset d'ar maro?

— C'houi? Pe hano oc'h euz?

— Me eo Corintin.

— Corintin?

— Ia, Corintin, an hini a zo aman pemzek dervez a zo, hag a dle beza dibennet herrio.

— Gortozit, ma'z ign da velet.

Hag hen da gaout ar prenestr gand eun tamm paper a ioa gant-han enn he c'hodell.

— Merket oc'h evit pemp heur e-berr.

— Daoust ha ne c'helfenn ket mervel eun tamm kentoc'h? Deoc'h-c'houi e dle beza ann dra-ze ar memez tra, ha di-me n'eo ket.

— Na perak-ta?

— Abalamour me garfe mervel var dro an heur ma varvaz gueach-all hor Zalver Jesus-Christ, evidomp-oll, er groaz, var menez Kalvar.

— Ha da bed heur an dra-ze?

— Da deir heur.

— Ne ket diez rei d'eoc'h ho c'hoant. Unan-bennag a veze fouge enn-han o velet ho vuez astennet d'ezhan a ziv heur. Me a ia da verka hoc'h hano evit an eil karrad o leac'h an tredo.

— Guell a-ze.

Goard ar prizoun — ne ouzoun ket pe hano da rei d'ezhan ken, — a joumaz eur pennad souezet da zellet ouc'h Corintin :

— Ar re-all ho deuz c'hoant da veva an hirra

ar guella, hag he-man en deuz c'hoant da vervel div heur kentoc'h evit gellout mervel d'ar memez heur gand ho Zoue !... Daoust ha ne ket maro ar feiz c'hoaz enn ho galoun? Ne ouzoun dare. Trei a reaz ho benn ha mont a reaz kuit. An diaoul, me gred, en doa her c'habestet pell a ioa, hag a reaz nouze eur chachad var ar ziblenn evit hen digas enn ho hent koz.

Corintin ne reaz van; en em lakaat a reaz da lavaret ho japeled var ho viziad. Ia, var ho viziad, abalamour da gounta mad an dizene-zennou, ha da lavaret ar *Gloria Patri* hag ar *Pater*, pep hini d'he boent, rak n'oa lezet chapeled ebed gand hini euz ar brizounerien ; an dud difeiz a lavare n'oa an traou-ze nemed bri-zerez. An Aoutrou Coarigou en doa desket d'ar vugale, e kouent Kastel, lavaret evel-se ho chapeled var ho biziad, enn ho gouele, enn noz, pa ne c'hellent ket kousket, evit kas enn ho hent an drouk-spered, pa deue da c'houlen digor enn ho c'haloun ha da glask ho sacha er pec'hed. Mad, an Aoutrou Coarigou en doa desket ive da Gorintin ar c'hiz-se da bedi Doue, ar pez a rea eur vad vraz d'ho galoun hag a verrea kalz hirder an amzer.

Var dro kresteiz e teuaz unan euz a vevelien

ar bourreo, pe an dibenner tud, da lavaret d'ezhan oa mall beza kempennet evit mont d'ar maro da deir heur evel m'en doa c'hoant.

— Beza kempennet, eme Gorintin ! Ha petra am beuz-me da ober evit an dra-zo?

— Red eo trouc'ha ho pleo.

— Pell braz a zo n'int ket bet trouc'het; ha perak ho zrouc'ha herrio, pa'z eo guir a-benn eberr e vizign maro?

— Abalamour gand ar bleo hirr-ze e ve re ziez d'eomp-ni ober hor micher varnoc'h. Hastit buan dont aman er sklerijenn, rak ni n'hon beuz ket kement-se a amzer, aman ez euz labour.

— C'houi a c'hoar ho micher; mad, grit ar pez a zo red da ober.

Goude ma oue kempennet, Corintin a droaz ouc'h mevel ar bourreo, hag a lavaraz d'ezhan :

— Va den, c'houi oc'h euz kaset meur a hini da Varadoz an Aoutrou Doue; c'houi ive-ta a c'hoar penaoz e ranker en em lakaat evit mervel evel ma'z eo red; c'houi hoc'h euz eun ear vad, evidoc'h da gaout eur vicher zivalo; ha beza o pefe ar vadelez da ziskouez d'ign petra da ober, penaoz en em lakaat evit kaout taol ar maro?

— Oh! ia-da. Ne ket diez ho kentellia. Deuit

aman da gichen ar prenestr, ha me hen dis-
kouezo d'eoc'h.

Corintin a icaz d'he heul.

— Kenta hoc'h euz da ober, eme mevel ar
bourreo, eo en em astenn a-ze var an douar.

Corintin a icaz var bennou he zaoulin.

— Ne ket avoualac'h kement-se, red eo d'eoc'h
gourvez enn hoc'h hed.

Corintin a c'hourvezaz.

— Breman, lakit ho taouarn var ho kein, rak
er c'hiz-se e vizint staget d'eoc'h.

Corintin a astennaz he zaou-zourn a-hed
livenn he gein.

— Ho taou benn-c'hlin a zo re hirr an eil
diouc'h egile, red eo ho zostaat.

Corintin a reaz ar pez a ioa goure'hemennet
d'ezhan.

— Mad avoualac'h evel-se. — Tostait ive ho
treid an eil ouc'h egile, rak var ar plankenn
n'ho pezo ket kement-se a frankiz da fringal.

Corintin a dosteaz he dreid an eil ouc'h egile,
ha setu hen ceun evel eur vaz.

— Breman e rankit astenn ho kouzouk.

Ha Corintin da astenn he c'houzouk.

— Ne ket mad evel-se. Arabad eo d'eoc'h sevel ho penn varzu an neac'h, red eo her plega. Harpit ho tal ouc'h an douar.

Corintin a zentaz adarre.

— Breman, astennit ho kouzouk muia ma c'helfot.... Muioc'h c'hoaz.....

Ha Corintin a astenne he c'houzouk.

— Mad avoualac'h evel-se. Breman e c'hellit sevel. N'hoc'h euz nemed ober er c'hiz-se e berr, ha ne vezor ket pell evit ober ho stal d'eoc'h.

Corintin a zavaz enn he za ken dinee'h ha ma save a-ziagent divar bennou he zaoulin goude beza lavaret e bedennou dioc'h an noz pe dioc'h ar mintin.

Mevel ar bourreo a choume da zellet out-han; n'oa ket evit gouzout petra ioa e penn Corintin.

— Daoust, eme-z-han, ha kollet en deuz he benn? Pe c'hoant en deuz, dre eur brabanserez diskiant, diskouez n'en deuz ket a aoun rak ar maro?

C'hoant her gouzout en doa : abalamour da-ze e lavaraz da Gorintin :

— Breman, me gred, e tle beza mao ho spered ha laouen ho kaloun p'am beuz ho kentelliet kerkoulz?

— Ia, va den mad, eme Gorintin, breman

oun dizoan ha dinec'h, bennoz Doue deoc'h evit ho madelez. Breman e c'houzoun petra a rankign da ober pa deuio ho mestr d'am dibenna, ha netra ne viro ouzign da lakaat va spered da sonjal e Doue, ha va c'haloun d'her c'haret betek va huanad diveza.

Setu penaoz e varvo hon tud koz!

DAOUZEKVET PENNAD

—

Kere Pont-Eoun

Marteze e karfac'h ive gouzout petra oa deuet da veza enn he gozni kere trubard Pont-Eoun, en doa kaset d'ar maro an Aoutrou Gall, an Aoutrou Coarigou, Anna ar Zant, ha marteze re-all c'hoaz; ne c'hoar den. Me garfe her lavaret d'eoc'h, mez n'oun ket evit hen ober, da viana gand guirionez penn-da-benn. Setu aman evelato ar pez a c'hellan da gounta d'eoc'h.

Epad ma chomaz an drubuill dre ar vro, ar c'here ne veze guelet er gear nemed dervesien-

17*

nou. Bemdez a veze gand ar zoudarded o c'ha-
loupat bro, o tiskouez d'ezho an hentchou hag
an tiez mad. Pa veze lakeat eun tiegez e skrab,
ar pez a c'hoarveze aliez, ar c'here ne veze ket
da zizeza oc'h ober furch. Evel ma gouie guel-
loc'h eged ar zoudarded, n'oant nemed divroidi,
giz ar vro ha boasiou an dud, e veze peur-vuia
da genta o lakaat he graban var ialc'h ar mestr.
Pa c'helle e c'huzet, he lakea buan-ha-buan
enn he c'hodel, hag e veze kuit da ranna gand
ar re-all. N'euz forz penaoz ez ea an traou, ar
c'here en deveze atao eul lodenn-bennag, braz
pe vian, rak ne chane da grial ken na veze reet
d'ezhan. Evit netra enn deveze he voued. Pa
veze e Kastel, e Montroulez, e Brest pe e Les-
neven gand ar zoudarded, e veze bevet gant-ho,
ha pa'z ea var ar meaz, e veze bevet, evel ar
zoudarded, divar goust an ti ma vezet enn-han.
Er c'hiz-se, me gaf d'ign, en doa destumet
meur a vennek, ha, bep tro ma teue d'ar gear,
e teue evit kuzet an arc'hant hen doa laeret.

A drugare Doue, ar barrad goal-amzer-ze a
dremenaz. Euz ann env, Doue a reaz eur zell a
druez ouc'h Breiz; avoualac'h a bennou a ioa
bet diskaret, avoualac'h a c'hoad skuillet. Digas
a reaz ar peoc'h d'hor bro. An ilizou a oue di-

goret, hor beleien a deuaz enn dro, hag abars
nemeur, an traou a iea er vro evel araok an
dispac'h vraz. Neuze e kouezaz kerse var ar
c'here.

Anavezet gand an oll, den ne d-ea var he
dro; tec'het a reat diouc'h out-han evel ma
tec'her diouc'h ar c'hi klan. Nak hen, ken ne-
beut, ne d-ea var dro den; ne veze zoken na var
dro belek, na var dro iliz ebed. Chom a rea enn
he di ne c'hoar den da ober petra. Avechou, pa
veze kouezet an noz, e veze guelet o vont he-
unan a-hed an hentchou distro da aveli he benn.
Mez kerkent ha ma vele unan-bennag, e tistroe
divar-n-han hag e teue d'ar gear a-dreuz ar
parkeier pe ar c'hoajou.

Evel a velit, n'oa ket brao doare ar c'here.
Mez goasoc'h en em gavaz gant-han c'hoaz eur
bloavez-bennag goude m'oa deuet ar peoc'h,
rak koueza a reaz an dienez enn he gear. « Ar
» pez a deu a-berz an diaoul, a leverer, a ia oll
» d'he houarna, ha c'hoaz e chom d'ezhan eun
» troad dis-houarn. » E ti kere Pount-Eoun ec'h
en em gavaz guir ar c'homzou-ze. Ar c'here en
doa laeret meur a dra, meur a vennek, meur a
bez daou-skoed zoken; arc'hant avoualac'h a ioa
bet etre he zaouarn evit beza pinvidik bete fin

ho vuez; hag evelato, breman n'en deuz guen
nek; teuzet eo he oll-vadou etre ho zaouarn.
Doue her guele, Doue her gede, ha breman
Doue a sko, rak deuet eo he dro.

No ket gand kere Pount-Eoun epken eo
c'hoarvezet kement-se. An darn-vuia euz ar re
ho doa, epad an dispac'h, laeret leveou an Iliz
pe re an noblansou, a zo deuet da veza paour,
ha va-unan em beuz roet an aluzenn da vugale
lod anezho. Lod a zalc'h martezo c'hoaz ho
danvez; mez ha ne velit-hu ket ho bugale, pe
ho bugale-vian, o tont var an douar mud pe
diot? Ha mar teuont divac'hagn er bed-man, e
varvont e-kreiz ho brud hep lezer ho hano var
ho lerc'h. Setu petra c'hoarvez peur-vuia gand
ar re a laer madou an Iliz hag ar zent.

Kouezet a-nevez er baourentez, ar c'here en
em lakeaz adarre da labourat var ho vicher
goz. Mez hini a dud ar vro ne roe d'ezhan an
disterra tamm labour; oll hen anavezent, ha
den ne falveze d'ezhan na mont d'he di, na
komz eur ger epken out-han, na zoken teuler
ho zourn var ar pez a viche bet etre ho viziad.
Aoun a ioa da veza stlabezet; c'houez ar muntr,
c'houez ar goad a ioa gant-han.... Eur Santegad
pe eur Roskoad bennag, avechou, abalamour

ma ne gouie ket hen anaout, a roe d'ezhan eun tamm koz botez-ler-bennag da c'hriat ha da aoza, pa veze o vont a-biou da verza, da Vontroulez, he artichaot, he ougnoun hag he gignenn; mez nebeut paet e veze evit an tammou labour dister-ze, hag ar guenncienn a c'helle da gaout ne badent ket pell. Kerse oa ive-ta gand ar c'here, hen boazet da ober chervad gand ar zoudarded. Evelse he c'hrek hag he vugale a ioa enn noaz; n'oa ket a arc'hant da brena dillad d'ezho. Goasa ma oa, oa d'he vugale. Avechou, evit-ho da veza hanter-noaz, e c'hoanteant mont da c'hoari gand ar vugale-all a dro-var-dro. Daoust ha ne ket nez d'ar vugale, ken paour, ken pinvidik, kaout c'hoant da vont da c'hoari an eil gand egile? Mad, kerkent ha ma vezent guelet o tont e-touez ar vugale-all, e klevet dioc'htu unan-bennag o lavaret.

— Erru a-ze bugale ar c'here trubard; d-comp ac'halenn d'ar gear.

Pep hini a iea raktal enn he hent; nikun ne choume gand bugale ar c'here; evel aoun a ioa raz-ho.

Hag ar vugale baour a zistroe d'ho zi en cur vouela da lavaret d'ho mamm ne vezent hanvet nemed bugale ar c'here trubard. Ne gouient ket petra oa ar c'homzou flemmuz-se, rak d'an oad o doa ne zonjent e drouk ebed, hag ho c'haloun n'oa ket evit rei d'ezho da gredi n'oa ho zad nemed eun trubard hag eur muntrer. E pelcac'h eman ar c'hraouadur mad hag a gaf abek enn ho dad ? Mez ma ne gouient ket petra oa ar c'homzou-ze, e kavent evelato diez kenan guelet an oll vugale-all o kemeret an teac'h ker buan ha ma vezent guelet o tont. Ho mamm geaz, ouc'h ho c'hlevet, a vouele dourek, rak hi e doa eur galoun vad, ha ne doa biskoaz heuliet he fried enn ho oberou fall. Evelato ec'h anaveze ho dorfejou, hag abalamour da-ze e doa aoun ha mez o vont e-touez an dud, ha ne d-ea er meaz euz ho zi nemed, evel ar bleiz euz he goat, pa deue an naoun d'ho goaska.

Truezuz oa, evel a velit, doare an tiad tud-se, braz ha bian, ha kouskoude den n'en doa truez out-ho. Pa lavaran n'en doa den truez out-ho, e fazian. Unan a ioa er vro hag a gase d'ezho bep sizun he aluzenn, hag anez e vichent marvet gand an naoun; hounnez oa Mari Kreac'h, grek Per ar Zant, c'hoar-gaer Anna ar Zant ! N'oa ket evit mont he-unan, a lavare, betek ti ar c'here, rak ar guel anezhan a roe kridienn

ha spount d'ezhi — ha ne ket hep souez, — mez
kas a rea he flac'h enn he leac'h da gas he
aluzenn. Ar plac'h zoken ne d-ea ket enn ti,
gervel a rea ar c'hrek, rei a rea an dorz vara
d'ezhi ha ker buan e teue d'ar red varzu ar gear
gant aoun na viche deuet ar c'here var he
lerc'h. Kaerra aluzenn! Ha ne ket an dra-ze
ober vad d'ar re a ra drouk d'comp? Per hag
Anna ar Zant a dlie he c'haloun tridal gant
levenez, e Baradoz an Aoutrou Doue, o velet
Mari oc'h ankounac'haat, er guel a Zoue, an
drouk great d'ezho ha d'ezhi.

Aluzenn Mari Kreac'h, kaer e doa beza kalou-
nek, n'oa ket evelato braz avoualac'h evit beva
eun tiad tud a-bez. Dre-ze, ouc'hpenn berrentez
a ioa e ti ar c'here, ar gernez a ioa enn-han. Ne
ket hep souez ive-ta ma kastizent bemdoz, an
dud paour, ha ma oant treuteat kement, a-benn
eur pennad, ma n'oa nemed ar skeud anezho.
Ar c'here a ioa deuet da veza ken dizec'h ha
ken tano hag eur baluc'henn; he c'hrek a ioa
henvel out-han. Ar vugale a glevet o voucla, o
krial, o c'houlen eun tamm bara ha n'oa grin-
senn da rei d'ezho, ha den ne rea van evit ho
c'hlevet. Doue hag an dud a ioa evel en em
lakeat er memez tu evit beza kriz e kenver ar

c'here hag he dud. Doue a c'hortoz hag a c'hed,
mez ne ankounac'ha ket ar goall-oberiou.

Ma karche ar c'here beza cat da ziskarga he
goustianz d'he bersoun pe da eur beleg-all-
bennag er gofesion, Doue hag an dud o diviche
great eur zell a druez out-han. Mez ar c'here
ne d-ea na var dro belek na var dro iliz ebed,
evel m'am beuz her lavaret d'eoc'h, ha setu
perak, er vro, e kredet e kendalc'he he vuez
difeiz ha direiz; ha setu perak ive den ne
gemere truez out-han. An traou n'oant ket evit
padout pell er stad-se, pe, abarz nebeut, e viche
kavet, e Pount-Eoun, eun tiad tud marvet gand
an naoun.

Eur meurvez, mintin mad, ec'h en em gavaz,
e Lopreden, eun trafiker amann a Vontroulez,
a veze bep meurs e marc'had Kastel, hag a
anaveze mad ar c'here.

— Dont a ran da lavaret d'eoc'h, emez-han,
hoc'h distlabezet dioc'h kere Pount-Eoun.

— Ha guir a lavarfac'h, eme an oll?

— Ker guir ha m'her lavaran d'eoc'h, eme-
z-han. Ganen-me eo en em gavet er mintin-
man, var dro teir heur, o tiskenn d'ar Vadalen,
e kichenn Montroulez. He c'hrek hag he vugale
a ioa gant-han. N'ho doa ket a galz dillad, evel

a c'houzoc'h, evelato ar pez o deuz a ioa en eur
pakad, gand ar c'here ouc'h he gein. P'am beuz
hen anavezet, em beuz dalc'het va marc'h a-za,
hag em beuz lavaret d'ezhan :

— Sell, te a zo a-ze, kere?

— Ia, emez-han.

— Ha da beleac'h ez ez evel-se?

— Red eo d'ign tec'het diouc'h Plouenan, rak
mervel a rankfenn gand an naoun e Pount-
Eoun, me, va grek ha va bugale. Mont a ran da
chom en eur vro-all.

— Enn eur vro-all ne vezi ket anavezet hag e
vezo eaz d'id dont var an tu mad, rak pell braz
a zo ne valeez ket var an hent eeun.

N'oa ket re sklear c'hoaz, evelato e velen lagad
ar c'here o lugerni gand an drouk ouc'h va
c'hlevet; anat oa ne rean ket a vad d'he galoun;
anat oa n'en doa ket a c'hoant da zistrei var an
hent mad. Pa veliz kement-se, e roiz eun taol
fouet d'am marc'h, ha me ac'hano.

— Salo, e ve guir ar pez a livirit d'comp a-ze,
eme baotred Lopreden !

— Ker guir eo ha m'her lavaran d'eoc'h, eme
an trafiker amann.

— Mad, guell a-ze!

Arabat eo d'eoc'h beza souezet o velet kement

a fouge o paotred Lopreden pa glcfchont oa cat
kcre Pount-Eoun enn he hent. Ha setu aman
perak : Ar c'hero a ioa anavezet er parresiou a
dro-var-dro, a-bell hag a-dost; enn-ho oa bet
gand ar zoudarded, hag o pep leac'h en doa
lezet merk he graban ha roud he grizder.
Goasoc'h oa zoken eged ar zoudarded, abala-
mour ma gouie giz ar vro, ha ma kave easoc'h
he bleg da ober poan ha drouk d'an dud vad.
Dre'n abek-se, pa veze paotred Lopreden er
marc'hajou hag er foariou, pa vezet oc'h esa
prena pe verza, pa veze goulennet digant-ho,
evel m'hor boaz d'hen ober, a beleac'h oant, ha
pa respountent oant a Lopreden, e veze komzet
dioc'h-tu er c'hiz-man out-ho :

— C'houi a zo euz a Lopreden?

— Ia, a lavarent.

— Ar gear-ze a zo azioc'h Pount-Eoun, a gaf
d'ign?

— Ia, a lavarent adarre, azioc'h.

— Neuze ec'h anavezit eur c'hero a zo eno
hag en deuz great kement a zrouk epad an dis-
pac'h. Mar d-ouc'h henvel ouc'h hennez, ne dle
ket beza brao ober marc'hajou gancoc'h.

Ar c'homzou-ze a bike paotred Lopreden enn
ho c'haloun, rak n'euz ket muioc'h a dud fall e

Plouenan eged el leac'h-all, ha nebeutoc'h mar-
teze e Lopreden eged e pep leac'h.

Ar virionez en doa lavaret an trafiker amann,
rak antronoz, e teuaz eul lastez bourc'hiz, gand
eur c'harr, da gerc'hat an tamm armel a ioa
chomet enn ti.

E Lopreden, dioc'h an arbardavez, e ouo ke-
ment a levenez, ma teuaz paotred ar Sann hag
ho amezeien da gichenn an Ty-Du, gand bep a
hordenn lann. Ober a rechont eun tantad, evel
da c'houel Sant-Ian ha da c'houel Sant-Per, evit
trugarekaat an Aoutrou Doue da veza kaset euz
ho bro eun den ker fallakr ha ken dismegansuz
evit-ho.

TRIZEKVET PENNAD

—

An Dour-Du ha Plougasnou.

Ha da beleac'h ôa eat da chom ar c'here
trubard? Marteze d'an Dour-Du. Da viana, setu
aman ar pez a c'hoarvezaz, el leac'h-se, d'ar
mare ma komzan d'eoc'h :

Henvel a reer an Dour-Du ar guchenn diez a
zo, enn eun draonien, var dro hanter an hent,
etre Montroulez ha Plougasnou. Eul lodenn
euz an tiez a zo e parrez Plouezoc'h hag eul
lodenn-all e parrez Plouiann. Mad, eno, er
mare ma'z eaz euz a Bount-Eoun ar c'here fal-
lakr, ec'h en em gavaz da zere'hell hostaleri,
enn eur c'hoz-ti bian, eun den euz a gostez
Leon, ha n'oa anavezet er vro gand den ebed.
Ar Berthou oa he hano, a lavare.

D'ar mare-ze, kerkouls ha breman, Plouga-
naouiz a garie mont bep sadorn da Vontroulez.
Ar marc'had ne viche ket bet great mad ma ne
vichent ket bet enn-han. Ha pa n'en defe nemed
pevar vi, pe eun hanter-lur amann da verza,
paotr Plougasnou a gavo guelloc'h koll he zer-
vez er gear evit mont da Vontroulez da verza
he bevar vi pe he hanter-lur amann, eged ho
rei, ouc'h ar memez priz, er gear, da eun trafi-
ker-bennag euz ar bourg. Hounnez oa ar c'hiz
koz, hounnez eo ar c'hiz a zo breman.

Paotred Plougasnou n'int ket bet, ha n'int
ket atao zoken mezvierien ; evelato, ec'h efont
ho banne ker c'houek ha pep hini ; ha mar kirit
rei d'ezho da efa, ec'h efint d'ho *krasou mad,*
evel a leveront, o leac'h lavaret d'ho iec'hed,

el laouen ha tra. D'ar maro-ze, kerkouls ha
reman, araok dont euz a Vontroulez, o veze
ep a vanne, ha goude-ze o teuet var eeun d'ar
ear. Mez ouc'h an nevezinti o vez sell atao, pe
vezont mad, pe ne vezont ket. Abalamour da-
o calz anezho, o velet eur bod ilio ouc'h ti bian
n Dour-Du, a lavare an eil d'egile :

— Sell, setu aman eun hostaleri nevez ;
-comp da velet hag evach mad a zo enn-hi.

Ar Berthou a anavezaz raktal he dud. Guelet
reaz oa paotred Plougasnou paotred dioc'h-tu,
aotred dijipot, paotred leal hag eeun an tamm
nezho. Tud evel-se a ioa eaz suna ho arc'hant
igant-ho, rak kredi a reant n'oa ket muioc'h a
allagriez er re-all eged enn-ho ho-unan. Aba-
amour da-ze, an hostiz nevez a en em lakeaz
l'ho zenna d'he di bep tro ma tremenchent
-biou. Gand he gaochou brao, gand he gomzou
lour, e teuaz a-benn euz he daol.

Abarz nemeur e oue guelet Plouganaouiz o
ont d'ar gear, tommet mad d'ezho, mezo zoken
liez. Ar gragez, er gear, a glemme o velet ho zud
c'h en em gaout er stad-se euz ho marc'had,
a, dreist-oll, o velet pegement a zispign a veze
great. Ar pez a c'hoarveze gand Plouganaouiz,
c'hoarveze gand Sant-Ianniz ; ar memez hent

a reant en eur zont euz a Vontroulez, ar memez
tra a c'hoarvezo gant-ho; ha kement a zrouk
a ioa e gragez Sant-Iann-ar-Biz evel a ioa e re
Plougasnou.

Ouc'hpenn an dra-zo c'hoaz : ar bek douar-zo
a zo leun a vartoloded a rank dilezer ho bro evit
mont, a-dreuz ar mor braz, er broiou a-bell, da
c'hounit eun tamm bara d'ezho ha d'ho zud er
gear. Betek neuze, p'en em gave eur martolod
e Montroulez, e teue var eeun d'ar gear da zigas
ho arc'hant d'ho c'hrek evit prena bara d'ar
vugale. Mad, abaoue m'edo ar Berthou enn
Dour-Du, ar vartoloded zoken a deue d'ar gear
mezo hag ho arc'hant hanter-dispignet. Marto-
loded Perroz ha martoloded Terenez a ioa bet o
meur a vro, o doa guelet tud a bep liou, o doa
ranket tenna ho spillenn euz ar c'hoari e meur
a leac'h, a oue zoken flemmet evel ar re-all.

Perak oa troet an traou er c'hiz-se? Setu petra
c'houlenne an oll.

Eur zulvez vintin, araok an ofern e chapel
Kerbabu, edo an oll o c'hoarzin goap da Nonnik
an Deun, a ioa be' oc'h ober beach an Indez
gand ar Saint-P.. ; hag a ioa deuet d'ar gear
gand daou skoued enn he c'hodel, e leac'h daou

c'hant skoued a dlie da gaout. Nonnik en deuao
mez, hag a lavaraz dirak an oll :

— Me a c'hoar e peleac'h eo bet laeret va
arc'hant.

— E peleac'h-ta, Nonnik, eme an oll ?

— Enn Dour-Du, e ti ar Berthou.

Den na c'hoarzaz. Chom a reaz an eil da zellet
ouc'h egile, rak an darn-vuia anezho a ioa
bet, evel Nonnik, e ti ar Berthou, hag, evel
Nonnik, a ioa bet flemmet.

Korkent e savaz brud e-touez an dud. Lavaret
a reat e roe ar Berthou da efa d'an dud, mar-
c'had mad, evit ho mezvi hag ho laerez goude-
ze. Mez den ne c'helle toui oa guir kement-se,
rak an den mezo ne vel netra, ne c'hoar
petra a ra.

Enn abek da-ze, den ne grede mont araok,
hag an traou a viche chomet er stad-se n'eo gaz
gouzout pegeit, ma ne viche ket bet, er marc-ze,
persoun e Plougasnou, eur belek ha ne var-
c'hate, ha ne dortille ket pa viche menek da
harza ouc'h ar goall giziou. An Aoutrou Troadec
oa he hano. Epad an dispac'h oa chomet kuzet
er vro, ha meur a dro en deuz great d'ar repu-
blikaned. Pa deuaz ar peoc'h, an Aoutrou'n
Eskop her lakeaz da gure gand an Aoutrou

Morvan, ha, da varo he-man, e oue hanvet da
bersoun e Plougasnou. An Aoutrou Troadec a
ioa ceun evel eur vialenn, tamm fallagriez
enn-han. C'hoarzin a rea kalounek gand an
nep a gounte d'ezhan a-du eur marvaill brao.
Komz a rea oue'h ar paour kerkouls hag oue'h
ar pinvidik, na muioc'h na nebeutoc'h. N'en
doa drouk nemed oue'h eur rumm dud : oue'h
ar re a gomze a enep Doue, a enep ho nesa pe
a enep lezennou hor mamm zantel an Iliz. Ar
re-ze a-vad, ne zalcent ket da veza kaset gant-
han divar ho dro; fae oa gant-han lavaret eur
ger epken out-ho.

Boazet, epad an dispac'h, da veza bemdez var
riskl da goll ho vuez, ne gemere aoun rak
netra. N'oa bet strafillet nemed eur veach enn
ho vuez, hag evit eun dra ker farsuz oa, ma
n'oun ket evit miret d'her c'hounta d'eoc'h.

E traon bourk Plougasnou eman an aot. Enn
aot-se ez euz eur roc'h hanvet Roc'h-Ledan.
Pa vez izel ar mor, ez eer enn-hi var droad;
mez pa zao ar mor, e vez buan kelc'het gant-
han. Eun dervez eur pillaouaer, euz a barrez
Botmeur, e menez Are, a deuaz da billaoua da
gostez Plougasnou ha Sant-Iann-ar-Biz; n'en
doa biskoaz, a lavare, guelet lenn ebed ker

raz hag ar mor. — Ne ket souez. — Mont ha
ont a rea, var an treaz, a-hed ar mor a ioa
tel, mar doa eun dudi he velet. Skuiza a reaz
velato o vale, hag e teuaz c'hoant d'ezhan da
ont da ober eur c'housk var ar Roc'h-Ledan.
az oa d'ezhan mont, rak ar mor a ioa eat kuit;
rao oa d'ezhan, rak tomm oa an heol.

A-benn eur pennad, ar C'herne a zihunaz.
Iez siouaz! ar mor a ioa deuet enn aot hag en
oa kelc'het ar roc'h. Kaer en doa ar C'herne
lask hent da zont kuit, ne gave hini; enn dro
'ar roc'h n'oa nemed mor. Koll a reaz he benn;
n em lakaat a reaz da grial ha da iouc'hal ken
dregerne an aot gant-han, betek Rufellik ha
'regastel zoken. Ne oue ket pell evit rei da
levet, rak, ouc'hpenn ma krie kren, Roc'h-
edan a zo e kichenn an douar, hag enn aot-se
vez tud atao. Den a-vad ne oue spountet, rak
ouzout a reat oa amzer da vont d'ar Porz-
iouarn da lavaret da eur vag dont d'her c'her-
'hat; ha setu ive ar pez a oue great.

An Aoutrou Troadec a glevaz, ker buan hag
r re-all, oa kelc'het eun den, gand ar mor, var
toc'h-Ledan. Dont a reaz d'ar red d'an aot:
'hoant en doa da vont var neun d'her c'here'hat;
e da vervel gant-han. Miret e oue out-han, rak
18

ar C'herne n'edo ket var var da veza beuzet; guelet a reat dija eur vag o tont dreist bek Tregastel. Mez an Aoutrou Troadec n'oa ket evit chom o peoc'h e kichenn ar mor. Dont a reaz da Draon-Ispi, hag ac'hano, divar eun dorgenn, o roaz an absolven d'ar C'herne. Ar pez her lakea evel-se da vont er meaz anezhan he-unan, oa abalamour ma ne c'helle ket kofez eun den hag a gave d'ezhan a ioa o vont ala veza beuzet dirak he zaoulagad. Mez n'en em gavaz drouk ebed; an Talbot, a Dregastel, a en em gavaz e poent gand he vag; digas a reaz d'an douar ar C'herne ne chane da grena o velet oa bet ken tost d'ezhan beza beuzet.

Me gred ne' ket bet ar C'herne-ze, biskoaz abaoue, o kousket var eur roc'h, e kreiz ar mor, n'euz forz pegenn tomm e c'helfe beza bet an heol var he gein.

Mad, honnez, an Aoutrou Troadec-se, o klevet a begement a bec'hejou oa penn-kaoz ar Berthou, a lavaraz eur zulvez da dud Plougasnou n'oa ket mad d'ezho mont, evel a reant, da efa da di *fripouned*, evel ar Berthou.

Unan-bennag a gasaz ar gomz d'an Dour-Du, ha d'ar zadorn varlerc'h, ar Berthou, divar dreujou he di, a lavare da dud Plougasnou, a iea a-biou, rak hini anezho ne d-ea enn ti — hon tud koz a zente atao ouc'h ho fersouned :

— Me a c'hoar perak ne deuit ket herrio enn ti ; mez lezit ho persoun ganen-me, varc'hoaz me her c'houmpezo.

— C'houi, Berthou, eme unan o chom a-za.

— Ia, me; rak me a zo eun den guiziek hag a c'hoar kalz a draou divar benn ar velein. Var-c'hoaz me a ziskouezo d'hoc'h Aoutrou persoun Troadec ne c'heller ket evel-se stlabeza tud evel-d'oun-me a c'hounit ho bara dioc'h ho micher.

— C'houi, Berthou, eun den guiziek?

— Ia, me.

— Mad, efidandomen, hon Aoutrou persoun-ni ne ket eur ginaouek eo, ken nebeut.

— Pa gomzign-me out-han e velo, rak me am beuz guelet meur a velek epad an dispac'h.

— Ne gredan ket evelato, kaer hoc'h euz beza desket mad, en defe aoun razoc'h, hon Aoutrou persoun-ni.

— Varc'hoaz e velot.

— Na varc'hoaz zoken! Dioc'h-tu evelse?

— Ia varc'hoaz ha dioc'h-tu. Varc'hoaz vintin me a vezo e Plougasnou, eun den a lezen guiziek meurbed ha me. Ne ket n'am befe aoun va-unan, mez guelloc'h eo daou eged unan. Ha,

ma ne deu ket ho persoun d'en em zislavaret
euz ar gador, epad ho brezegen, dirak an oll, e
velpt da beleac'h ez ai an traou, rak al lézen a
zo breman striz var ar veleien ; ne ket evel
araok an dispac'h.

— Ne ket strisoc'h, me gred, var-n-ezho eged
var an dud-all ; ha ne c'heller ket ober muioc'h
a zrouk d'ezho evit d'comp-ni ?

— Nann, d'ar re n'ho d-euz ket a ijin ; mez me
a c'hoar ar pleg var-n-ezho.

— Ma n'euz nemed ijin gancoc'h, Berthou,
n'hoc'h ket evit lavaret evelato e ve al lealded
enn ho tu.

— Oh ! gand ar veleien n'euz ket a izoum da
gaout kement-se a lealded.

— Kement ha gand ar re-all, me gred.

— Fazia, ha fazia a vraz a rit, paotr Plou-
gasnou.

— Perak-ta, Berthou ?

— Setu aman perak. Mar lavarit drouk divar-
benn unan-bennag, evel c'houi ha me, e rankot
diskouez eo guir ar pez a livirit, pe den n'ho
kredo, pe zoken e rankot dislounka ho lavar
dirak ar barner, ar pez a goust arc'hant
avechou.

— Ha ne ket er memez tra evit ar veleien ?

— Nann; avoualac'h eo tamall anezho, lavaret traou divar ho fenn, n'euz forz pegen diskiant o c'helfent beza; an traou diskianta a vez kredet da genta, an oll a gredo ac'hanoc'h, hag ar veleien a zo ken aounik, ma ne gredont lavaret ger.

— Mad, Berthou, klevet a ran ac'hanoc'h, ha chom a ran sebezet ouc'h ho klevet.

— Varc'hoaz e klefot goasoc'h c'hoaz, rak varc'hoaz, evel am beuz lavaret d'eoc'h, ho persoun a ranko en em zislavaret euz ar gador, dirak an oll, dirak Doue paotred Plougasnou.

— Ma rank en em zislavaret enn ho zermoun, e vezo red d'eoc'h da viana her lavaret d'ezhan araok an ofern?

— Hennez eo ive va mennoz.

— Neuze-ta e vezoc'h du-man varc'hoaz araok an ofern bred?

— Ia, ha rok an tamm ac'hanoun, zoken.

— Ha da bed heur e vezoc'h e ti an Aoutrou persoun?

— An ofern bred, am beuz klevet lavaret, a zo da zek heur e Plougasnou; mad, da nav heur, me a vezo krog enn ho persoun.

— Da nav heur? Mad, me her lavaro da gement hini a velign, ha ni a en em gavo gan-

18'

choc'h eno neuze, hag a velo penaoz ez ai an traou.

— Ia, ia, deuit, hag e velfot penaoz e vezo kribet ho benn d'hoc'h Aoutrou persoun Troa-dec.

— Mont a raimp, Berthou. Kenavezo var-c'hoaz !

Hag an dud bodet, enn dro da di ar Berthou, epad ar gount-se, d'ar gear hep banne ebed.

Antronoz, eun tamm araok nav heur, edo ar Berthou e bourk Plougasnou. Ar brud euz ar pez en doa, enn dero'hent, lavaret enn Dour-Du, a ioa bet kaset gand tud an ofern vintin dre bevar c'horn ar barrez, ha zoken dre Zant-Iann. Enn abek da-ze oa leun ar c'hoc'hi a dud, mall gant-ho klevet ar Berthou oc'h ober he gomz. An Aoutrou Troadec n'en doa klevet menok ebed euz ar pez a ioa c'hoarvezet enn Dour-Du, ha den n'en doa lavaret d'ezhan e tlie ar Berthou dont d'her c'haout. Evel-se edo erru dineo'h euz ho di d'an iliz da gofez ho dud. Chom a reaz souezet o velet kement-all a dud er c'hoc'hi. Trei a reaz varzu enn-ho en eur lavaret :

— Sell-ta, paotred, petra a zo a nevez gan-eoc'h?

Ker buan ar Berthou a deuaz euz a-douez

an dud, ha var he lere'h, eun Aoutrou barvek, dil-
lad bourc'hiz gant-han. Krena a rea he izili gand
he joul; he zaoulagad a lugerne evel daou gef-
tan. Evelato e tennaz he dok dirak an Aoutrou
persoun en eur lavaret :

— Me eo ar Berthou, hostiz an Dour-Du.

Hag ec'h en em zave var he dreid.

— Ah ! te eo ar Berthou, eme an Aoutrou
Troadec, en eur zellet out-han euz an eil penn
d'egile. Ah ! te eo ar Berthou !

Hag an Aoutrou persoun a vouse'hoarze. —
N'oa ket strafillet enn dro-man, evel m'oa bet
evit Kerne Roc'h-Ledan.

— Ia, me, emez-han rok, hag em beuz izoum
braz da gomz eur ger ouz-hoc'h.

— Pa giri, Berthou, eme an Aoutrou Troadec
o trei out-han, pa giri, hag e ve aman ha dioc'h-
tu zoken e ve.

An dud, epad keit-se, a ioa en em gele'het a
dost hag a astenne he gouzouk evit klevet guel-
loc'h penaoz e iache an traou enn dro. Ouc'hpenn
daou c'hant den, a leverer, a ioa eno, ha dont a
rea atao tud er bourk.

Ar Berthou a reaz eur zell faeuz ouc'h an
dud. Kaout a rea d'ezhan ez ea, en eun taol, da
zouara an Aoutrou Troadec, hep kaout izoum

euz an don a lezen, ar barvek hirr a ioa deuet gant-han euz a Vontroulez. Abalamour da-ze e lavaraz d'an Aoutrou persoun ker rok ha tra :

— Gouzout a rit, kerkouls ha me, ce difennet dispenn an nesa, droist-oll d'ar veleien?

— Ia Berthou.

— Mad, disul diveza, hoc'h euz lavaret n'oan-me nemed eul laer.

— Me, Berthou, am beuz lavaret oaz laer?

— Ia, Aoutrou persoun, c'houi. Ha m'hen anzavit ket, dek test e leac'h unan a gavign d'her lavaret d'eoc'h pa gerfot.

— N'em beuz ket lavaret e vichez laer, Berthou, hag aman an Aoutrou Troadee a zavo he voucz evit beza klevet guelloc'h; lavaret em beuz great a-vad oaz eur *fripoun*.

D'ar gomz-se, ar Berthou a zounnaz, luc'hedennou a strinke euz he zaoulagad. Chom a reaz da zellet ouc'h an Aoutrou Troadee; he zen a lezen a ioa ker mantret hag hen.

An Aoutrou persoun a gendalc'haz :

— Ia, Berthou, lavaret am beuz great n'out nemed eur *fripoun;* n'em beuz ket lavaret oaz laer, avad.

— Ha ne ket ar memez tra an daou c'her-ze : laer ha *fripoun*.

— Nann, Berthou. Martezo n'out ket laer, me n'her gouzoun ket, mez *fripoun* out a-vad. Anzao ouzign; ped gueach nee'h euz ket sachet tud enn da di evit ho mezvi, ha, pa vezont mezo, ped gueach ne c'heuz ket lakeat da zourn enn ho godel evit kemeret ho guenneien! Ha ne ket *fripounerez* eo an traou-ze? Ha c'hoant ee'h euz o kafen-me tud da doui d'id eo guir ar pez a lavaran? Selaou, n'em beuz nemed lavaret eur ger : Paotred Plougasnou, eme an Aoutrou Troadec en eur zevel ho vouez huelloc'h c'hoaz, ha ne ket guir ar pez a lavaran? Ha ne ket guir eo ar Berthou eur *fripoun?*

— Eo, eo, eme an dud a-unan, ar Berthou a zo eur *fripoun....* Ar Berthou d'ar gear.... Dao var ar Berthou....

Neuze e savaz mesk ha kabal e-touez an dud; unan a lavare an dra-man, eun-all a lavare eun dra-all; an oll a ioa dirollet, den ne c'helle gouzout petra a lavaret; ne glevet nemed malloziou var ar Berthou.

Ar barvek a c'hellaz en em zila kuit, mez ar Berthou ne c'hellaz ket ober ar memez tra. Unan-bennag, ne c'houfenn ket lavaret d'eoc'h piou, nemed Job Lo e viche, a roaz d'ezhan eun hortad hag hen stlapaz a-daol var ar re a ioa enn tu-all. Ar re-man a roaz d'ezhan eur buntad-all, gand eun taol troad pe zaou, evit her c'has larkoc'h. Fall ec'h en em gavaz enn dro-man, rak koueza a reaz var Fanch Kerveni. Fanch, drouk enn-han, a grogaz, gand he zaou zourn er Berthou, hag hen stlapaz d'he dro, a flao, ouc'h moger ti an Avalou.

An Aoutrou Troadec, o velet edot o vont da zispenn paour keaz hostiz an Dour-Du, a lava-raz her lezer da vont d'ar gear. Ha ker buan, Plouganaouiz, atao sentuz ouc'h mouez ho fer-soun, her lezaz da vont kuit.

Ar Berthou a en em zestumaz buanna ma c'hellaz, hag a ioa o vont kuit mezek meurbed, ha c'hoenn enn he lerou, va c'hredi a c'hellit, p'en em gavaz er bourk Nonnik Deun. Nonnik a redaz var he lerc'h hag a roaz d'ezhan eun taol troad, evel ma c'hoar rei eur martolod, en eur grial a-bouez he benn :

— Ha va daou c'hant skoued-me, Berthou laer, e peleac'h emaint?

Ar Berthou ne zistroaz ket zoken da zellet piou a skoe gant-han. Ne reaz nemed astenn he gammed evit mont buannoc'h er meaz a vourk Plougasnou.

Goude tro ar re vraz e teuaz tro ar re vian.

Ar vugale, o velet ho zud o kempenn ken didruez hostiz an Dour-Du, a ieaz d'hen ambrouk, betek an Ti-Nevez, en eur deurel mein var he lerc'h. Meur a vean a doumpaz en eur goueza var he gein, mez ne rea van; ne zistroe ket da zellet, ne rea nemed bale buannoc'h-buanna varzu he gear....

· Ha ma viche-ta en em gavet var-n-han krennardet Terenez, Samson ha Perroz!

Araok an noz, ar brud euz a gement-man a ioa eat betek Plouezoc'h hag an Dour-Du, larkoc'h marteze; ar brudou a ia ker buan! A-zia-gent oa bet eur gomz-bennag divar-benn ar Berthou, mez den ne grede mont araok da genta; eun tamm aoun a ioa ra-z-han, abalamour ma oa, a lavare, desket ha krenv var al lezennou, ha ma c'helle, var he veno, kas d'ar prizoun ha zoken d'ar galeou, an nep a glaskche trabas out-han. Breman a-vad, pa oa bet kefestet gand an Aoutrou Troadec, pep hini a lavar ar pez en deuz klevet. Oll e gouiet oa ar Berthou a gostez Leon; kals o doa klevet en doa great eun torfed braz-bennag var dro Plouenan; lod a lavare oa eur muntrer; lod-all a lavare en doa lakeat an tan enn eun ti ha devet daou graouadur; lod-all c'hoaz a lavare en doa laeret ilizou epad an dispac'h, ha guerzet beleien d'an dispac'herien.... Mez ar brudou-ze a ioa oll mesk-a-mesk, ha den n'oa evit lavaret e peleac'h edo ar guir virionez. N'euz ket zoken gouezet biskoaz, evit mad, abalamour da betra en doa ranket kuitaat he vro.

Hag hennez e ve e guirionez kere trubard Pount-Eoun? Ne c'hellan ket her lavaret d'eoc'h gand guirionez, rak n'em beuz merk anat ebed a gement-se. Ar pez a zo guir eo, d'ar zadorn varlerc'h, dor ar Berthou a ioa serret enn Dour-Du. Abaoue ar iaou oa eat enn he hent gand he c'hrek hag he vugale. Da beleac'h oa eat ac'hano? Den ne gouie, den n'en deuz gouezet abaoue.

Daoust ha marvet eo, evel Loull ar Bouc'h, enn eur c'hougn-tro-bennag, pell dioc'h pep kristen?

P'en devez great an den fall he reuziad var an douar, pa vez kouezet doun avoualac'h e puns ar pec'hed hag er fallagriez, an diaoul hen dilez en eur c'hoarzin iud. Tro an Aoutrou Doue a zo erru, zoken er bed-man, da c'hedal ma roio, er bed-all, da bep hini hervez he oberou.

Douc no ziles james ar re a vale a-du gant-han : avechou er bed-man o devez evit guir eun tamm poan, mez er bed-all e vezint paet mad.

Achu eo va c'hount.

Ra blijo gand Douc beza madelezuz e kenver Ian Pennors, ankounac'haat he bec'hejou, rei d'ezhan ha d'an oll gristenien, lod enn he Varadoz!!!

FIN.

TAOLEN

Brest. — Moullet e ti F. Halégouët, ru Kléber, 11.

www.ingramcontent.com/pod-product-compliance
Lightning Source LLC
Chambersburg PA
CBHW050153030726
47505CB00005B/1350